有爱的青春陪伴者

图书在版编目（CIP）数据

失落拼图 / 纽纽贝果著. -- 南京：江苏凤凰文艺出版社, 2025. 4. -- ISBN 978-7-5594-9431-3

Ⅰ．I247.5

中国国家版本馆CIP数据核字第202575EG53号

失落拼图

纽纽贝果 著

责任编辑	王昕宁
特约编辑	嘎 嘎
责任校对	言 一
出版发行	江苏凤凰文艺出版社
	南京市中央路165号，邮编：210009
网　　址	http://www.jswenyi.com
印　　刷	长沙鸿发印务实业有限公司
开　　本	880mm×1230mm 1/32
印　　张	9
字　　数	294千字
版　　次	2025年4月第1版
印　　次	2025年4月第1次印刷
书　　号	ISBN 978-7-5594-9431-3
定　　价	42.80元

江苏凤凰文艺版图书凡印刷、装订错误，可向出版社调换，联系电话025-83280257

目录 Contents

- **Chapter 1　老朋友**
  "我做梦都在想你，哥哥。" /001

- **Chapter 2　失控**
  孤男寡女，有情有义　　/024

- **Chapter 3　"谈恋爱"**
  我们必须看起来很相爱　/041

- **Chapter 4　醋意**
  来接女朋友回家　　　　/064

- **Chapter 5　礼物**
  有一盏灯会为你而留　　/092

- **Chapter 6　噩梦**
  再炙热的心也只会冷却吗？　/118

- **Chapter 7　栽跟头**
  "原来你今天也过得很糟糕。" /141

目录 Contents

✦ **Chapter 8　真心**
　　我的爱也都是你的　　/166

✦ **Chapter 9　照片**
　　恨也会消散　　/184

✦ **Chapter 10　离开**
　　要么做恋人，
　　要么就是陌生人　　/203

✦ **Chapter 11　眼泪**
　　要一直往前走　　/221

✦ **Chapter 12　我们的家**
　　是彼此生命中
　　不可或缺的绝对唯一　　/239

✦ **番外一**
　　南半球的夏天　　/265

✦ **番外二**
　　爱抵万难　　/270

Chapter 1
老朋友

"我做梦都在想你,哥哥。"

1

秋天来临,H市躁动不堪的炎热天气终于有了降温的迹象。

车水马龙的市中心,群山般的写字楼直入云霄,人群川流不息地被囫囵吞进大厦。

人群里,一双红底高跟鞋稳健地戳在地面上,脚步声"嗯嗯"作响。女人越过前台,迈进电梯,一路升到二十五层,笔直地穿过"西林"的走廊间,拐了个弯,"哐当"一声,隐在玻璃门后头了。

"林老师真美啊,不愧是从国外回来的,果然气质非凡。"

"你懂什么啦,空降兵,不好说的。"

"不会吧?我听说她在总部很厉害的——"

玻璃门不知道什么时候又打开了,脚步声路过她们,对话戛然而止。

林缊月走进茶水间,从柜子里取出马克杯塞到机器底下,在一片嗡鸣声中等待她的早餐咖啡。

回来已半月有余,身体依旧要倒时差,她回到工位,边准备资料边喝咖啡提神。

"西林"总部设在英国,作为新传媒公司,这几年名声大噪,在各国相继开了几家分部。H市的分公司于年初成立不久,人手不够,便从总部选了些人外派过来,要求能力高、会双语,给出的待遇好,还承诺将来会升职。

林缊月凭借丰富的工作经验获得了这个岗位的调动。

还有一刻钟就要同"岩极"开会,他们预备推出一款来头不小的灯具,要求"西林"和众多公司竞争,谁出的方案更受赏识,谁就会有资格和"岩极"合作。

"西林"在海外虽然名头很大,但在国内只能算是刚起步,还没有打下坚实基础,如果这单合作成功,将会是一次很不错的亮相。

"资方也来。"黄助凑在林缊月旁边小声地解说,"这次这个项目双方都很看重,据说资方里还有个很帅的负责人。"

来新环境不久,林缊月对什么都很新奇,黄助口若悬河,从"岩极"的发家史讲起,又讲到"岩极"总裁的身世背景。总结一句,就是一个富二代要脱离父母靠自己创业的经典励志故事。

还没说到那个英俊多金的帅气资方,就见一群人从门口朝这边走来,黄助马上不说话了,小声提醒道:"是'岩极'的人来了。"

林缊月审时度势地和黄助跟在人群末尾挪进会议室。等公关部寒暄完,又有同事向"岩极"介绍团队成员。刚才黄助口中的八卦对象就站在自己眼前,林缊月和姜总打过招呼,同事又用同样的话术向旁边那人介绍道:"周总,这是我们本次项目的副总监林老师,总负责人秦总还出差在外,这段时间就由她来做一把手。"

林缊月正走着神,黄助赶紧捏了她一下,她靠着职业惯性伸出手来,露出微笑,对那人道:"周总,合作愉快。"

可她伸出的手并没有被握住。

林缊月对上男人的双眸,黑漆漆的,像一口井。

上午十点会就开完了,效果还不错,"岩极"并没给予过多意见,留了一定空间叫他们继续完善方案。

从会议室出来,大家作鸟兽散,林缊月抱着电脑出来。

黄助走在她旁边问:"帅吧?"

林缊月一下没反应过来:"谁?"

黄助说:"你都看迷糊了,还装傻?"

林缊月才反应过来黄助说的是那个不握手的周总。

他确实是帅,西方人的骨相,东方人的五官,面无表情的时候冷得掉渣,就算天王老子来了,也得承认他的外貌确实惹眼。

林缊月若有所思地回到工位,突然觉得公司空气混浊,一时感到胸闷气短,找了借口去外面透气。

大厦外秋高气爽,相比她落地H市那天,气温已经明显下降许多。

有一束日光正好落在樟树之上,落下的光斑影影绰绰像闪动的鱼鳞。伴随着吹过树梢的风声,一阵脚步声在身后响起,林缊月机敏地转头,是那个不握手的周总。

对方就要路过她,林缊月轻喊一声。

"周拓。"

男人的脚步没有停顿。林缊月笑了,他还是记仇的老样子。

"周拓。"她又叫了一声,"我说老朋友见面,怎么招呼都不打啊?"

半秒钟的寂静,秋风瑟瑟,踏在砂石上的脚步声一步一步远了。

次日。

林缊月一进"岩极"大厅,前台就立刻将她认出来。

"林小姐是吗?我领您去会议室。"

昨天她在会议上趁热打铁,借机向那边试探能否出相关专题,没想到对方欣然接受,还打包票说到时会安排姜总来接受采访。

那盏传说中的蚕灯就明晃晃地展示在中央,被罩进四方的透明玻璃里,棉花状的蚕茧包裹灯芯,散发出一阵油蒙蒙的亮光。

看起来倒像盏夜灯,没想到是这种温馨的基调。林缊月瞥了眼就移开目光,前台小姐推开会议室大门,她和里面男人的视线撞了个正着。

"周总,'西林'的人来了。"

林缊月定睛又看了眼,才发现自己并不是因为睡眠不足而产生了幻觉。偌大的会议室,静得只剩她耳朵里的鸣叫声。

"应该是前台领错地方了,我约的是……"林缊月有些疑惑,转身要走。

"你没走错。"那人身姿挺拔,礼貌颔首,"你要找的姜总临时有事,请我代他。"

"岩极"换人还不做通知,事情真是做得一点不周到。林缊月只好又转回去,微笑着把胸前的鬈发拨到后面,再次伸手问好道:"那希望我们这次能合作愉快吧,周总。"

过了一会儿,周拓才覆上手来。白衬衫向上挽了三折,能看见他手臂的青筋线条延伸进袖口里。

"合作愉快。"

他掌心温热,紧紧一握,很有力度。

林缊月拉开椅子坐下,从包里掏出文件递给他:"这是采访稿。不知道姜总向您关照过没有,我这趟的重点是——"

"蚕灯。"周拓十指交叉摆在桌上,点头道,"我知道,你问吧。"

看来姜严明应该真的关照过。

"好,那就先从大家最好奇的开始问吧。"林缊月按部就班地打开录音笔,中规中矩地按照准备好的提纲开问,"众所周知,这款灯具从面世开始就备受瞩目,短时间内斩获下不少国际奖项。而蚕灯的设计师从来没在公众场合出现过,关于它的创作灵感也众说纷纭……现在贵司决定量产,发售在即,这回是否能给我们再多透露点设计师的创作灵感?"

"抱歉,我平时只负责投资这块。"周拓漫不经心地扫视着采访稿,"这类问题姜总应该比我清楚。"

"这样啊,我了解,那……"林缊月打算跳到下个问题。

"我很好奇,林小姐对此是如何理解的呢?"

"你的意思是……"

周拓言简意赅:"蚕灯的创作灵感。"

林缊月来做采访,没问出个所以然来,反倒被人问住了。

可她怎么会知道呢?

周拓正紧盯着她。

好在昨天做足了功课,她把小道消息照搬着背了出来:"网上说灵感来自蚕茧,是化茧成蝶的过程,将丑陋的东西褪去,获得一个崭新的开始……是这样吗?"

"是不是这样,林小姐不了解?"

周拓似乎话中有话,但林缊月无法分辨其中意思:"我应该知道吗?可我并不是设计师,也只能好奇地同大家一起揣摩,周总不妨有话直说。"

"好奇……"周拓像在咀嚼似的重复着她的用词,"原来林小姐是这样想的。"

走出"岩极"的时候,林缊月正好接到上司秦烨的来电。

"怎么样?"

"姜严明没来。"林缊月转身看了看"岩极"的大门,如实汇报,"周拓代替了他,昨天开会的时候也在,你知道这人什么来头不?"

"周拓?"秦烨在电话那头若有所思,"他怎么成了'岩极'的股东?他不是周氏的……"

那边信号断断续续，林缊月见状，自顾自地说："周拓的采访用不了，合作的口风也没探到。"她叹了口气，"今天真是出师不利。"

"……采访不能用就算了。"秦烨的声音又从听筒里传来了，"我帮你再和姜总约时间。我们在H市的人脉还没铺开，如果蚕灯的项目能谈上，名气自然就打响了。"

她和秦烨本计划着借采访探探口风，来争取下商务合作。"岩极"财大气粗，蚕灯是人人都想吃一口的香饽饽，"西林"自然也不例外。

"我也再想想办法。"林缊月思忖道，"'岩极'那边除了姜严明，你还知不知道……"

正说着，一人从大门口迎面朝她走来。

对视一眼，林缊月有些不自然地挪开目光，贴着手机继续对秦烨说："你知道其他可以拍板这件事的人吗？"

对面安静得像消失了。

"……喂？"她举着手机"喂"了半天，声音有一下没一下的，再去看手机时，电话居然被挂了。

秦烨在高铁上，时不时会过山洞，信号不好，这会儿估计断开连接了。

没了听筒里的声音，周遭变得尤为安静。

这几天两人都心照不宣地互相装作不认识，在工作场合之外，林缊月才有精力打量起这位老熟人来。

本就清秀俊俏的少年五官经过几年的锻造，变得更加深邃明朗。倒是那股天生的冷感一点也没消退，像他骨血里带着的淡漠。

"看够了吗？"周拓双手插兜，略过寒暄，单刀直入地提醒她，"这份采访不用，你大概率会后悔。"

"为什么？"

"我的档期别人提前半年都约不到。"

"可别人约你是因为周氏。"

"所以？"

"所以我来是为了蚕灯，周总和蚕灯应该没有什么关系吧？"

"是吗？"

林缊月莫名感到压迫，下意识地反击道："难不成它还是你设计的？六年前住在你们家，我可没见过你有这方面的天赋。"

"嗯。"周拓笑了，侵略性很强，"那时没人比你更擅长吵架。你来采访,也算是专业对口。"

"多谢夸奖。"林缊月朝他露出一个八颗牙齿的微笑,刚才在会议室真是憋死了。她像被激发出某种唇枪舌剑的本能,不留一点回击的空隙,"但说到底,我能有这样的伶牙俐齿,还要感谢当年的你。"

他们以前一见面就吵架,能有现在这般敏捷的思维速度,确实得算他一份功劳。

林缊月订的网约车按响喇叭,她没工夫再去理会这位过去的"死对头",钻进车内,看着周拓的身影和后头那栋吞人的办公楼一起从车窗中一闪而过了。

"岩极"门外,周拓只是目送片刻,就转身离去。

2

周末,林缊月抽空回了趟老家。

是 S 市老小区的房子,普通的三室一厅,没再翻修过,依旧留有二十世纪的木质感。

林缊月走进房间,熟练地打开书桌从上往下数的第二个抽屉,摸出一把铜制小钥匙,再打开最下面抽屉的锁。

那里完好地保存着她的日记本、拍立得相片,还有曾经的生日贺卡,所有东西都封锁在抽屉里,林缊月翻动着,突然意识到不对劲。

拼图不见了。

那年外婆庆祝她升入初中,送了一幅城市夜景的拼图给她,她留了一片最漂亮的碎片在这儿。

她确信多年前离开的那个晚上,自己将日记本连同那片拼图一起都锁进了抽屉。房子空置多年,她妈妈张婉清几乎不来留宿,还会有谁来动过?

林缊月走进主卧,床头柜上摆放着插有茉莉的花瓶,花瓣掉了两片,水快到瓶底。

她拉了一下床头柜,那里被上了锁。

"嘟嘟……"

手机铃响了,她掏出手机,接听电话。

秦烨火急火燎的声音从听筒传来:"今晚'岩极'的酒会,你有没有时间去?"

"今晚？"林缃月推托道，"我在S市，晚上赶不回去。"

其实她就是犯懒，两个城市坐高铁一个小时就到了，但要赶去晚会，就意味着周末休息时间也得拿来应酬，实在不是个划算的买卖。

秦烨出差在外，心里依旧记挂着"岩极"，在电话那头好言相劝："姜严明也会在那儿，要是能去当面聊聊合作细节，我们还是十分有胜算的。林老师，求求你了，我给你报销高铁商务座的费用，好不好？"

终于从这"铁公鸡"嘴里抠出点钱了，林缃月得寸进尺地提议："上回打车的费用也给我报销。"

"报销，报销！"秦烨立刻眉开眼笑，林缃月从电话里都能听见他那上扬的音调，"你打商务车我都给你报！"

傍晚，大堂内，侍者按名簿比对好姓名，恭敬地弯腰带林缃月前往顶层露台。

觥筹交错的天台，角落里支起黄油般的蜡烛，台上摆着食物和酒水供客人们食用，氛围显得舒适又轻松。

林缃月进场后没找到姜严明，先端了一杯香槟喝着，靠着在国外锻炼出的社交技能三两下就和场子里的人打成一片。

王总和海外业务有往来，看到她的名片，恍然大悟："原来是'西林'——你们什么时候来的H市？"

林缃月笑说："H市的分公司年初才成立呢，还要劳烦王总多多捧场。"

"放心吧。"王总拍胸脯保证，"你们老板以前帮过我忙，我信得过你们'西林'。"

林缃月笑着向王总敬酒感谢。众人见王总赏识，也都跟着要了她的名片。一番应酬下来，喝了不少酒，林缃月感到燥热，借口先离开，踱步到栏杆处吹风。

一股难闻的酒味先蹿入鼻中，林缃月回过头，眉头不经意间微微蹙起。

刚才席间有个黄总，在她说话时就一直不怀好意地看着她，现在她来吹风，他居然还跟了过来。

林缃月不动声色地朝旁边挪动，没想到这人不依不饶地凑过来。

"林小姐，别走啊。"他挡在前面，"你的名片也给我一张呗？"

林缃月摸进口袋，伸出来展开给黄总看，手是空的。

"真不好意思啊黄总,刚好发完了。"

"装什么?你不就是来钓凯子的吗?"黄总笑笑,话中的羞辱意味明显,"怎么,还看不上我?"

"你?"林缊月上下打量,好像真的在思考可行性似的,"嗯……那确实看不上。"

她意有所指的目光落在他那油亮光秃的后脑上,黄总面子登时挂不住:"不识好歹,你不知道我是谁吗?"

"怎么会是不识好歹呢?"林缊月耸肩,真诚地看着黄总,"你问我话,我当然要如实回答了。"

黄总落了下风,血压升高,他来这儿可不是为了受这无名氏的气。他恼羞成怒地扫视林缊月:"'西林'就是这样做事的?你这妮子心高气傲,我先替你们老板收拾你。"

林缊月没再理会,转头就走,奈何黄总快她一步。她侧肩后退,暂时躲过触碰,又找到时机伸脚一踹。黄总被踹得跟跄后退,火气更旺,三两下就冲到她身前。

林缊月警告道:"来姜总的酒会砸场子,你胆子很大。"

"你以为自己是什么大角色吗?就算你今晚消失了,这里也不会有一个人发现。"

刚才为了不被打扰,林缊月特意挑了个僻静的地方,这里是主场的盲区,除非大声喊叫,不然没人会看见他们。

她包里常备防狼喷雾,边后退边给自己争取时间摸索。好在黄总走得慢,仿佛十分享受这种守株待兔的滋味。好不容易从包里摸到喷雾瓶,林缊月脚后跟突然踩到硬物,意外地闻到一股清新的檀香。

"黄总,你喝多了。"

来人将她拉到身后。

"你算个什么东西……周、周总?"黄总刚想发作的气焰顿时被浇灭,陡然成了畏缩的样子,眼睛滴溜溜地在两人之间转动,"二位……"

周拓没有回答。

黄总了然。

"真对不住啊周总。"黄总笑得尴尬,鞠躬着谄媚,知道自己惹错了人,作势要走,"我不知道林小姐是您女伴,但她脾气忒大,回去也该好好……"

"等等。"周拓叫住了他。

"周总，"黄总狗腿地抬头讪笑，"还有什么事？"

"给我道歉有什么用。"周拓把身后的林缊月拉出来，扬下巴示意，"跟她说对不起。"

看这架势，黄总知道自己这是犯了大错，讪笑着道歉："林小姐，我喝了酒，还希望您能原谅我一时糊涂……"

林缊月狐假虎威，也立马装腔作势起来："还把醉酒当借口呢，也不照照镜子看自己几斤几两。"

"是、是……"黄总只得硬生生吞下林缊月的嘲讽，脸上挤出一个讨好的笑，"今天确实是我思虑不周，以后不会再发生这样的事了……周总，我还有点事，就先不打扰您和林小姐了……"

"嗯，滚吧。"周拓没有说话，林缊月倒是自作主张地替他回答了，末了还装模作样地加上一句，"别让我下次再见到你。"

得到授意，黄总点头哈腰地逃了，背影看上去灰溜溜的。

秋风瑟瑟，一片昏暗里，周拓还扣着她的手腕。林缊月挣了下，他都丝毫没有松手的迹象。

"有点痛。"

"你还知道痛？"周拓像回过神似的放开了她。

"我只是伶牙俐齿一点，又不是痛觉消失了。"林缊月按摩着手腕，"谢谢你啊，没想到你正义感这么强，如果不是……"

"不用谢我。"周拓脸色很差，"林缊月，在没能力保护好自己之前，你可以不要这样逞强吗？"

"……我不愿受人欺负，这也有错？"

"不是叫你被欺负，是适当学会规避危险。"

平心而论，周拓说得没错，但眼下林缊月一点都没兴趣听他教育自己。

"总之，谢谢你帮我解围，但我要怎么做，会有何后果，那都是我自己的事了。"

周拓扯出一抹冷笑。他在远处几乎目睹了一切，要不是他及时赶来，还不知道会发生怎样的事。多少年过去，林缊月还是……

他突然转头看她："不装了？"

林缊月被他问得转不过弯："……什么？"

时间能磨去的东西很多，但总有一些瞬间会被裹藏、掩埋，再熬成永恒的烙印。

肆意、固执，又带点偏执的睚眦必报，周拓想，六年前林缊月住在他家的时候就是这样。

"林缊月，你为什么要回来？"

林缊月笑了："因为你啊。"

周拓猛地抬头看她。那双杏眼清澈见底，她的眼角因酒意缀上桃红，嘴角和眉梢都轻轻扬着，分明是戏谑的表情。

"……耍我很有意思，是吗？"

"你还不知道吗？我本来就是这样的人啊。"林缊月笑得更厉害了，"你能分辨真假，怎么还说我在装？"

林缊月并不知道，恰恰因为他可以分辨，才知道哪些是伪装，又有哪些是面具之后的真实。

"不过说真的，周拓，你希望我回来吗？"

"你觉得可能吗？"

"好吧。"林缊月轻松地接受了这个回答，耸耸肩，"我以为自己离开这么久，你多少都有点想我的……哥哥？"

几乎是不易察觉的，周拓眉头微蹙，但林缊月敏锐地捕捉到了。

那年他对自己避之不及，记忆里这个称呼尤为让他感到厌烦。

周拓莫名地朝她伸出了手，林缊月认定这是恼羞成怒，往后躲去："干什么？文明社会，打人犯法啊。"

她不想刚解决完黄总，又来一个周拓。相较之下，周拓一定是更难对付的那个。

但他的掌心只是轻轻地落到她的脸颊上，在靠近唇边的地方，他用拇指轻轻地抚了一下，一触即离。

周拓看了眼自己的指腹，好像也有些诧异自己这突兀的举动，半晌只说："……你的唇彩花了。"

他那双深潭般的眸中居然露出几缕不可思议的轻柔。林缊月躲开他的视线，却没法闭上听觉，他的声音和晚风一样轻柔。

"那你呢？"他反问她，"六年里，你想过我没有？"

"我吗？"林缊月想了想，突然笑了。

"我做梦都在想你,哥哥。"

"骗子。"

周拓面无表情的脸上终于有了一丝松动的痕迹。他弯腰靠近,一步一步地紧逼:"林缊月,你说谎。"

他曾经想过,或者说曾一直在想,但凡她有一秒钟想过自己,那年都不可能——

"周拓!"

远处不知谁的叫喊传来,顿时将他拉回了神。

他没去寻找声源,只是停下脚步,像才突然发现自己站在林缊月面前似的。

她说说而已,自己怎么就真信了?

"终于找到你了。"姜严明大老远就看见了周拓。难得他来自己的酒会,姜严明准备好好款待,端了两杯酒冲上前示意,"这种社交场合你就是要多来玩玩,别总是跟个清教徒似的……"

姜严明的声音突然顿住,看向一旁:"……林小姐?"

周拓没有理他,倒是林缊月辨认出这就是秦烨日思夜想的那位姜总。

她立马调整好状态,掏出名片自报家门:"'西林'的林缊月。我们之前开会见过,不知姜总是否还有印象?"

姜严明接过名片,只觉得这名字耳熟得厉害,等她提到采访的事,他才恍然大悟:"噢——是你啊。"

那个能让周拓推掉工作亲自提出代替他去参加的访谈,不知这女人究竟是有何种神奇的吸引力。

姜严明笑眯眯的眼神流转在两人之间,刚想说点什么,却见周拓默不作声地阴着脸走了。

姜严明从内衬口袋里掏出名片夹,打开抽出一张递给林缊月:"'西林'的方案我一直很看好,细节可以再谈,至于采访……周总做得也还不错吧?他对蚕灯的了解并不亚于我,如果不满意你们可以再约一次采访。"

又开始踢皮球了,但终究还是刷了个脸,得知些许口风,林缊月点头:"我明白了。姜总,我们保持联系。"

道了别,林缊月刚准备走,姜严明又突然叫住她:"林小姐毕业后就一直在 H 市?"

林缊月说:"之前都在海外。"

姜严明若有所思:"那就是才回来了?"

"算是吧。"林缊月点头,"刚回不久。"

目的达成,林缊月终于可以回家休息了。她出了酒会,在厅里等电梯。

那红彤彤的楼层数停滞不前,无聊的间隙里,男人控诉自己撒谎的模样突然闪现脑海中。

林缊月想,她又没骗人。

离开 H 市的很长一段时间里,住在周家的那些日子的确一直出现在她梦中。

她进了电梯,回到一楼,在酒店门口掏手机准备打车,却发现电量告急,早已经自动关机,附近看着也不像有出租车经过。

四处张望之下,她突然看见一辆黑色轿车停在远处,从那半敞的车窗中,露出了半张熟悉的侧脸。

唇边发痒,好像那温热的指腹还停留在那儿,林缊月下意识地伸手碾去,才发现唇彩都被自己舔空了色。

反正手机也没电了,怎么着都是破罐子破摔,能赖上熟人,她总归安心一些。

喝了点酒,林缊月不免歹意丛生,上前敲敲车窗:"这位帅哥,方便搭个顺风车吗?"

"不方便。"

"我手机没电了。"林缊月隔着车窗冲周拓示意,"要是黄总再回来报复我怎么办?多少年老朋友了,帮帮忙吧,去你家我们接着叙叙旧呗……周拓哥哥?"

里面半天没动静,但车门没锁,林缊月打开门,坐上后座,轻轻靠在他的身旁。

周拓还是一动不动,希腊雕塑似的安静。

她眨眨眼:"这是什么意思?"

周拓沉默片刻,妥协地对司机道:"开车吧。"

没一会儿,车子就驶进了私人街区,绕着里面正在吐水的喷泉转了个圈,稳稳当当地停在了一栋别墅门前。

周拓带她进了门。漆黑的室内没有一点光线,即便如此,林缊月还是瞥见了屋里的布局:沙发在正中央放着,前面是四方茶几。

规规矩矩的陈列方式,就像周拓这人一样。

林缊月的醉意突然"嗡"一下醒了大半,自己只是心血来潮敲敲车窗,就被灰姑娘的南瓜马车带到了这里,而这整间房子里都是他生活过的痕迹。

她突然有些发怵,好像一点都不想知道这些年周拓是怎么过的。

"手机没电了,借你的充电线用一用。"林缊月冲他强调,"我充好电就走。"

客厅的落地灯亮了,暖黄色的光线在半黑半明里弥漫。

"嗯,整晚都给你充。"

"不是。"林缊月说,"我的意思是……"

"哐当"一声,门被不由分说地关上了。

那股檀香突然变浓了,他的大掌抚上她柔白的颈项,那幽幽的声音在耳畔响起。

"你说得对,老朋友见面,是要叙叙旧的。"

有人帮她擦掉了额上逐渐冒起的汗珠,用那只温热、粗糙的手。

3

天热得要命。

书包压在身上,后背都被闷出了汗。

林缊月低头,用鞋尖轻点着地上的蚂蚁,看它们爬上她的鞋头,又把它们抖下去。

第五次重复这个动作的时候,一个声音叫她:"缊月,快过来。"

她抬头,发现所有人都看着她。

"杵着做什么?"林润刚朝她挥手,"快来和周伯伯还有李阿姨打招呼呀。"

她这才看清自己站在周家别墅门前,爸妈正和周氏夫妇寒暄着。

对面的清秀少年应该是同龄人,看起来有些内敛。林缊月上去问好,从周伯伯到李阿姨,笑着叫了个遍。

"真乖。"周放山赞许,拍拍那少年的肩膀,"我儿子开学也上高三,应该只比你大几个月,你可以叫他'周拓哥哥'。"

林缊月要仰头才能看清那少年的脸,似雕琢过一般的五官,一看就是含着金汤匙出生的。

她状似轻柔地喊:"周拓哥哥。"

少年蹙眉不语,周放山好言劝道:"爸爸一共也没几个朋友,现在他们家遇上困难了,我肯定是要帮忙的。妹妹住我们家这一年,作为哥哥,你要多照顾妹妹,知道没有?"

"哎——"林润刚出来打圆场,"就大几个月,还什么哥哥妹妹的?别看我们家缊月表面上装得乖巧,背地里可是叛逆得很,还要承蒙你们多担待担待。"

"哪里的话。"周放山摆手,"我既然帮了你,就要好人做到底。"

"唉,多亏有你。"林润刚叹气,"不然我都不知道该怎么办……"

家政阿姨领林缊月到二楼客房,底下传来她爸妈生意失败后唉声叹气的抱怨——自从她家破产后,家中就一直环绕着这样的声音。

林缊月躲在房里,不愿下楼,也不想闷在陌生房间里。门敞了一道缝隙,她瞥见走廊里的红木台子上放着一本物理笔记。

她拿来解闷,发现笔记的主人爱跳步骤解题,没一会儿她就跟不上思路了,重看几遍都没弄清结果怎么得出来的。

还想再看一遍的时候,她身后传来一个声音:"没人告诉你不要乱动别人的东西吗?"

天气炎热,周家的中央空调却开得异常低冷,林缊月捏着本子,莫名寒毛乍起。

那少年伸手夺走本子,要进房间,关门前像是想起什么,又转身礼貌地警告:"如果可以,还是请你最好离我远些。"

"嘀嘀嘀嘀……"

被闹铃吵醒,林缊月眯着眼摸到声源掐灭,床边已经空了。视线环顾一圈,发现周拓正背对着她套衣服。

半遮不露的倒三角身材,后背还隐隐约约点着两个腰窝。

她已经很久没梦到过他了,六年前的本尊现在居然就在她面前穿衣服,身材也变得高大魁梧些,不过一瞬,就被布料遮得严严实实。

周拓偏头看她:"醒了?"

林缊月总觉得再看几眼,他就要像梦里那样叫自己滚远点,心有余悸地爬起来穿衣服。

周拓家一尘不染,连家具都崭新如洗,她昨晚的担心就显得十分多余了。她壮着胆在"老虎"头上搔痒:"……老朋友了,再顺路送我去下公司?"

还真的送了她。

大厦二十五层,"西林"办公室。

林缊月敲门进去:"黄助说你找我?"

秦烨美滋滋的,很是殷勤:"蚕灯的事有着落了。"

"什么意思?"

"姜严明今早联系我,表示愿意把项目交给我们,等下简报就来,让我们一周完善方案。"

昨天没能和姜严明展开细聊,就这样居然还能顺利推进,林缊月颇感意外:"就这样?"

"就这样。"秦烨忍不住得意起来,"看来商务座的钱没白花。"他说完又立马补充,"也辛苦你去酒会,改天一定补偿你吃大餐。"

"改天是哪天?"秦烨最爱画饼,林缊月就爱看他汗流浃背的样子,"择日不如撞日,我看就今天吧。"

"今天?今天不行。我出差刚回来,累得扁桃体都发炎了……下周吧,下周可以吗?"

"骗你的。"林缊月露出一个得逞的笑容,"我今天约了朋友,你想请客我也没空。"

还没下班,今晚的那位朋友就开始蠢蠢欲动,陆续给她发来一长串的餐厅名单,毕恭毕敬地等待她做出选择。

林缊月兴致缺缺,无奈章筱一定要她选,说她在国外苦了这么久,一定要让她大饱口福。

章筱是林缊月的高中同学,也是这些年她唯一保持联系的好友,但没人知道,两人其实一开始互不对付。

据章筱回忆,说是林缊月作为转学生太漂亮导致被围观,搞得教室外总是很多人,吵得要命,害她坐在教室里连书都看不进去。

林缊月白了她一眼,说关自己什么事,又不是自己叫他们来看的,再说,她每天中午吵吵嚷嚷的,就很有素质吗?

章筱以前是宣传委员,天天午休时喊人去出黑板报。林缊月当过几年的大小姐,有午睡的习惯,每天中午听到章筱扯着嗓子在教室里喊人,埋在课桌上睡觉的脸都快皱在一起了。

两个人不动声色地互看不顺眼了个把礼拜,直到有一天……

那天,两人恰好都迟到了。市北高中有个不成文的规定,迟到就得在走廊罚站早读。

林缊月是"走廊罚站"的常客,这天正从书包里掏出语文书,看见章筱火急火燎地跑进教室,过了一会儿,又背着书包出来了。

她们相顾无言地站在走廊上,章筱扭捏了半天,林缊月才问出她忘带语文书了。

林缊月把自己的书与她共享,嘲笑道:"就你还出黑板报呢,连语文书都不带。"然后随便翻到一篇开始念。

"六王毕,四海一,蜀山兀,阿房出……"

章筱捏着那半边语文书,听林缊月放声朗读,犹豫着也小声跟上了她的节奏。

后来她们每次迟到,都从《阿房宫赋》开始念。

章筱看见林缊月朴素地穿着白衬衫和牛仔裤就风尘仆仆地从门口进来,精气神还没她一半足,忍不住问:"你几天没睡觉了?"

"不是几天没睡。"林缊月掐头去尾,直截了当,"是我和周拓睡了。"

章筱喝进嘴里的红酒差点吐出来,瞪大眼睛,说:"谁?"

"周拓啊,你忘了吗?我以前借住在他家。"

这怎么能忘!林缊月高中借住在周拓家,两人的关系那是一点都不融洽。

那个时候,周拓和她们不在一个班,但因为长相出众、成绩优异,在年级里相当有名,课桌里常年都被礼物和字条塞满。

不过林缊月和周拓在学校遇见时就和陌生人似的,谁也不理谁,甚至有时两人连和平相处都做不到。周拓平时谦逊又礼貌,唯独看见林缊月时冷得像刚从冰窖里捞出来似的。林缊月更别提了,遇见他就一副被踩住尾巴的样子。

章筱一开始不知道两人住在一起,直到有一天她看见林缊月和周拓上了同一辆车,惊得下巴都快掉了。

章筱觉得奇怪："你们不是都恨对方恨得牙痒痒吗？怎么搞在一起的？"

林缊月也觉得有些难以启齿："就……干柴烈火呗。"

章筱目光顺着林缊月握酒杯的手移到她那被衬衫半掩的红痕上，露出一个意味不明的笑来："这火一烧就烧了个老仇人出来……"

林缊月又跟章筱讲了采访那天的事。

章筱半是赞叹半是惊异："不过我说，你们以前讨厌对方成这样，他居然都不假公济私偷偷给你使绊子，看来人品还算不错。"

"这么说的话，周拓昨天还帮了我。"林缊月若有所思。

章筱实在觉得新奇："依我看，你要是巴结巴结他，说不定你那些项目就都有着落了。"

林缊月被章筱这个提议吓得半死："你知不知道我以前为什么老迟到？"

"你要是不迟到，我们也成不了朋友。"章筱点头，"怎么想到这事了？"

林缊月解释说，她上学迟到是因为周拓。她有点赖床，时常她还在房间里换校服时，就从窗户里看见司机发动车子走了。

没赶上车的日子，她都要"吭哧吭哧"地爬坡走路去学校。每次走得腰酸腿痛时，她都在心里恨恨地咒骂周拓，觉得肯定是他不想让她搭车。

既然如此，她也不会让他好过。

周拓礼拜六早上学击剑，每一套击剑服都要上千块。林缊月趁周拓不在家，偷翻出他最常穿的那套保护服，把里面的内衬给剪烂了。

那天中午周拓比平时都要早回来，他匆匆开门进来，气压低得可以把人挤成薄饼。

他在击剑课上对打，防守的时候不留神，被对方进攻直刺，差一点就划破表皮受伤。他把衣服脱下来一看，内衬被恶意损毁，难怪被对手的剑尖刺到的地方微微作痛。

这种蓄意报复的剪法，能做出来的人只有一个。

他在房间里找到林缊月的时候，她还趴在桌子上写作业，空白处全是她的涂鸦。林缊月扭头一看他怒气冲冲的样子，就知道自己的报仇计划得逞了。她盯着他冷冰冰的面孔："今天回来这么早……"

话都还没说完，周拓已经把她拎起来。

长年累月的锻炼让他拎林缊月就像拎一只小鸡崽。

她被压在墙上，挣扎无果，一脚踹在周拓的腿上。这一脚用了十分的力，周拓却纹丝不动，似钢一样稳固。

"放开我！"林缊月又咬上他的手臂。

可周拓只用一根手指抵住她的后脑勺，就轻易让她松开了口。

"林缊月，"他用一种极其冷静的目光审视她，"跟你说了不要惹我。"

林缊月喉间还残留着拉扯衣领留下的痛感。

周拓那双清冷幽暗的眸子再往里是一层怒火，好像要烧进她的五脏六腑。

那是林缊月第一次感受到她和周拓之间力量的悬殊。

但她哪是服输的性格，面对这样的力量压制，她还是仰头说："早上给我搭潘叔的车。"

词不达意，没有任何逻辑，但周拓听懂了。

她是在和他谈条件，她不惹他可以，但要让她和他一起坐车上学。

原来是为了这个。

周拓把她放下，林缊月面颊潮红，捂着喉咙咳嗽。

他皱眉后退一步，嫌恶般看着她："我每天提早一刻钟去学校，你要搭车，就得早起。"

"你这么早去学校干什么？"见周拓不说话，林缊月谈判道，"那你等我十分钟，我十分钟没来，你就叫潘叔开走。"

周拓："五分钟。"

"八分钟。"

"五分钟。"

林缊月看着周拓并不松口的模样，认命地咬牙："五分钟就五分钟，你说话算数吗？"

周拓显然不想多说，点头就算回答，头也不回地关门离开。

林缊月看着周拓离去的背影，刚刚他用过力的地方还在隐隐作痛。

什么清风霁月、温文尔雅，根本就是假象，她比所有人都更早地意识到周拓其实和她没什么两样，同样恶劣、野蛮、不择手段。

"真的假的？"

"你不知道的还多着呢。"林缊月得意于自己揭穿了周拓虚伪的面具，又想起什么，问章筱，"你见过我的拼图吗？"

"你外婆给你的那幅?"章筱知道她有一幅宝贝得要命的拼图,有一千多片,以前在林缊月房间里看她装裱起来挂在墙上。

"嗯。"林缊月对着炸丸子一顿戳,"走之前我藏了片在老家,现在找不到了。"

章筱想不通:"你为什么要藏它?你那个屋子常年没人住,可能还会进小偷,你给我保管都比藏在那里强。"

丸子被戳烂了都没被叉子的主人吃到嘴里,肉馅翻出来,乌紫乌紫的。

出租屋里,那幅外婆给她的拼图就堂而皇之地挂在客厅中央。

画中楼屋通亮,底下归家的人们抬头望着冬日飘雪,一派温馨和美的画面。

只不过漆黑的夜空当头,中间却莫名空了一块。

漫长的一天疲倦不堪,林缊月没再细想那块碎片究竟去了哪里,洗完澡沾到枕头就匆匆入睡了。

4

或许在富商云集的H市还姑且谈不上,但至少在S市这座小城里,林缊月绝对可以说得上是家境优渥。

从出生一直到十七岁,她算是做了小半辈子的千金小姐。

林润刚那时候开厂又开公司,生意昌盛兴隆,根本没空管她。

陪伴给得不够的时候,爱就从钱里散出来了。

林润刚给她和张婉清打起钱来丝毫不手软,林缊月从小就成为同学眼中令人羡艳的小富婆。

她母亲张婉清拿了钱,其他地方也不去,唯一的爱好就是打麻将,通常打到半夜两点才被司机接回来。

有时候关门声响会把林缊月吵醒,她一拉被子,翻个身,就又睡着了。

长此以往,林缊月缺乏管教,变成一个又野又叛逆的小孩。

外婆在世的时候,常常看到她就会摇头,说她倔得像头驴。

但她皮肤白净,长得又明眸皓齿,不笑的时候拒人于千里之外,看上去绝对和"倔强""叛逆"这类词汇没有一丝一毫的联系。

不过,只要她一笑起来,从那飞扬肆意的眼角中,还是能窥见一斑。

林缊月就是在这样的环境下随心所欲地生长的,像一丛无人管却依然茂盛美丽的路边野花。

十七岁那年，林缊月才发现自己并不是什么路边野花，她充其量就是小区里被物业园丁定时洒水浇化肥的品种花。而现在楼盘倒塌，高档小区不复存在，她被连根从土里拔起，不知栽向何处。

林润刚投资失败，厂里的会计又卷钱逃跑，资金链断得彻底，之前富足的生活晃一晃就变成泡沫飘走了。

她爸妈四处筹钱奔波了好一阵子，没想到事情还真的峰回路转——她爸以前合作的商业伙伴愿意给予帮助，给夫妻俩介绍海外的工作。

夫妻俩负担不起林缊月出国念书的开销，商量之下，打算留她一人在国内。从S市到H市，她更像一件多余的行李，被无期限地寄存在了那位朋友的家中。

8月酷暑，火辣的阳光铆足了劲要把万物抽干水分，知了像老家巷子里的八卦声那样不绝于耳。

帮助他们的居然是H市最有钱的人家。

多层别墅，漂亮的欧式雕花，花园里还栽了不认识的名品树。

林缊月从高档小区的泥土里，被移植到了更高一层的庭院别墅。

这里的每个人举手投足间都透着礼貌的疏离，像一群没有情感的工作机器。

林缊月本能地对此地感到厌恶，所以在去英国前把和周家有关的东西能扔就扔了，剩下那些全被藏进了老家的那方抽屉里。

这是自林家破产后家里唯一被保下的净土。

一周后。

林缊月同秦烨，还有组里几人用一周的时间熬夜出了方案，今天约了"岩极"验收。

"岩极"来的居然全是股东，阵仗排场大得惊人，"西林"的员工们全看傻了眼。

"中间的是谁？"同事星星眼，小声议论，"把西装穿得这么好看，下一秒就可以出道了。"

"你傻啊。"另一个人反驳，"这些人出生就锦衣玉食的，还用蹚娱乐圈的浑水？"

秦烨凑到林缊月的耳边:"上次接受你采访的就是他吧?"

"你怎么知道?"

"你不是问他是不是'岩极'的股东吗?"秦烨扬扬下巴,"我调查过了。周氏最近投了'岩极',入股不少,算起来周拓也是股东,但应该更像他们的金主爸爸。"

"这你又是怎么知道的?"

秦烨"嘿嘿"一笑:"找隔壁的黄助问的。"

黄助是"西林"出了名的八卦大王,消息来源杂乱不堪,但实属灵通,秦烨算是问对人了。

"西林"给"岩极"策划的方案是在线下举办一场与艺术家联名的展览,以此来吸引目标群体,同时邀请一些博主做客,也靠网络进行发酵,做两手准备。

"岩极"对方案暂时满意,叫他们按这样推进下去,合作实打实地稳了。

秦烨的得意快从他那春风满面的笑里溢出来了。

"客户还没走。"林缊月提醒他,"快把你的牙收一收。"

项目有了着落,林缊月正打算借上回没请的饭再狠狠敲诈秦烨一顿,话还没出口,边上就有人低声叫她:"林老师,周总找你。"

秦烨的目光下一秒就飘了过来,林缊月从中看出担忧,投去眼神安慰,实际上内心也是惴惴不安。上回采访也算是闹了点不愉快,周拓找她,不会要马后炮地找他们的碴吧?

而自从那天酒会之后,她就再也没见过他了。

会议室里铺了地毯,林缊月的脚步悄无声息。周拓背对着她在落地窗前看景,没意识到人已经来了。

西装衬得他身形更加挺拔,林缊月想起那天他背后的两个腰窝,靠墙欣赏了一会儿,才意识到哪里不对劲——他手上拿着的橙色文件袋,正是自己这几天苦苦找寻的东西。

袋子里是公司的报价单,她这些天找遍家里和办公室都没能看见它,焦虑得直掉头发,差点就要主动写检讨报告了。没想到东西一直在周拓这儿,应该是她上回不小心落在他家了。

——"你们以前恨对方恨得牙痒痒,他居然不假公济私给你偷偷使绊子,看来人品还算不错。"

章筱不说还好，说完之后，这话就像播下的种子，在她心里暗暗地生根发芽了。

　　这些天，林缊月的脑海中时不时就会闪现过去他们互相讨厌的瞬间。

　　她终于按捺不住，出声提醒："你手上的东西，是我的吧？"

　　周拓这才转过身来，好像并不好奇怎么突然多了一个人。

　　"你说这个？"

　　"对。"林缊月指着那抹橙色，"这是我的文件袋。"

　　"嗯，我知道是你的。"

　　家里的阿姨前些天在沙发缝隙里找到的，放在玄关处好久，今天他出差回来才看见。上面用正楷写着像蚂蚁一样小小的名字，他只看一眼就知道是谁的东西。

　　林缊月走近周拓，连边都没有摸到，周拓脸上的逗弄意味明显："不说谢谢？"

　　"偷藏起我的东西，居然还要我谢你？"

　　"你落在我家的，怎么就变成偷了？"

　　"谁知道你又想做什么。"林缊月踮了脚，从周拓手中一寸一寸抽出文件，"不要以为睡过一觉，我就会对你有所改观。"

　　她警惕地开袋检查，好在东西没有缺失，她放下心来。

　　"周拓，搞这些小把戏，真的很没意思。"

　　周拓沉默几秒，语调已不复刚才的轻盈："你为什么总把我想得这么坏？"

　　"我也很想信任你，"她的眼眸始终透出怀疑，"……可我记得你很讨厌我，不是吗？"

　　话外之意十分明显，他们都是互相给对方使过绊子的人，这样的两人怎么还会有信任可言呢？

　　林缊月认为自己说得有理有据，不知为何周拓看上去却有些阴晴不定。

　　她不愿在这个节骨眼上得罪"岩极"的大股东，又小心地笑笑道："难道我说错了？你想要握手言和，我当然也很愿意，毕竟那天我们都已经……"

　　林缊月脸上升起的小心翼翼碍眼得厉害，周拓心中烧起一股无名火。他马不停蹄地来"西林"，不是为了要看林缊月装样子讨好他的。

　　从她出现开始，又有哪里脱了轨。

022

或许他早知道原因,也或许他忘了,但不论如何,鲁莽地靠近一头龇牙咧嘴的凶兽,他注定将一无所获。

旅途的舟车劳顿都没有此刻让周拓感到疲乏,他昼夜颠倒地赶来这里,结果只是一场可笑的自作多情。

"你没说错。"周拓嘴角微动,"林缊月,有时候你真的让人很讨厌。"

…………

姜严明和周拓从"西林"出来的时候,总觉得哪里不对劲。

"来的时候好好的,怎么走的时候脸色这么差?对方案不满意啊?"

周拓不理他,姜严明更来劲了:"难道是周氏最近出了问题?"

"我是很闲的人吗?"

姜严明干笑几下:"倒不是这个意思。只是不闲的话,你最近怎么对'岩极'这么上心?又是参加酒会,又是来'西林'验收,要不是你,我也根本不会在这儿。这种事叫小张来看看就行了……再这样传下去,又说周氏要收购我们'岩极'了。"

"你再多说一个字,我明天就收购'岩极'。"

周拓今天跟吃了火药似的,姜严明真怕他一生气就收购了"岩极",领情地赶紧闭嘴保"岩极"平安,周拓面容却更黑了。

不像那个谁,一点都不领情。

狗咬吕洞宾,不识好人心。

Chapter 2
失控

孤男寡女，有情有义

1

董事长临时来视察，整个周氏都陷入慌乱之中。

为了展现最好的工作状态，各部门的主管先巡视一遍，确保大家都抬头挺胸地坐在工位上，做出热爱工作、斗志昂扬的姿态。

张秘书在门口等到周拓，微微鞠躬，附在他耳边小声说："您父亲已经在办公室等了。"

"嘎吱"一声，门开了。

周放山欣赏着从高楼望出去的都市日景，蝼蚁一样的车水马龙，鳞次栉比的高楼大厦，底下还有条缓缓流动的江水。

听见开门声，周放山没有回头。

周拓问："叫我什么事？"

半晌，周放山转过身来，审度片刻才开口："潘家那个女儿，你不喜欢？"

"那天是你把我叫过去的。"

周拓被借谈生意之由临时叫到包厢时，还以为有什么要紧的事。看见潘家带了女儿来，他才知道这是双方家长组的相亲局。

"就算不喜欢，总归要给人家女孩一点面子吧？"

周拓皱眉："我已经很给她面子了。"

潘家那小女儿对他的攻势如炮火连天，他三番五次婉言拒绝邀约，表现得已经算是相当礼貌。

"他们家的女儿我一个缺点都挑不出来，你连这样的都不喜欢，究竟想找什么样的？"周放山手上转动着的佛珠突然停了，"你也快到成家立业的年纪了，我不会任你再这样挑挑选选。"

周拓沉默不语。

周放山说："听说你还在酒会上得罪了黄敬立？你最近……是以前的苦还没尝够？你不乐意坐这个位置，自然有人前赴后继来接你的班。"

周放山平日像只笑里藏刀的大老虎，全靠那不怒自威的气势来震慑人，今天看起来应该是真的气到了。

"最近都在抢'盛资'的项目，周佳文那边已经先一步联系上了。你得罪了潘家，'盛资'不会买你的账。怎么让潘丰消气，你自己来解决。"

秘书见董事长终于走了，找了个合适的时机敲门。

周拓："进。"

"拍卖会被延迟到下周了，得到消息说周佳文那边也会去。"

周拓想了想，问秘书："和潘丰那边的饭局定的什么时候？"

旁边的中年男子身材健硕，挥杆站定片刻，"啪"的一声，球进洞了。

"潘总，好球。"

潘丰笑笑，抬手示意："小拓，你来。"

周拓把球杆往身侧扬击，球呈一个漂亮的弧线落地，在洞口滚了一圈，落了进去。

"好球！"潘丰把球杆递给身后的球童，"哎呀，打了快两个小时，我老眼都昏花啦。"

"正好。"周拓笑笑，"我在附近订了一家茶室，我们移步休息休息？"

茶室包厢内，木雕的茶台，周拓和潘丰面对面地坐着。

潘丰端起晶莹剔透的茶杯，尝了口，抿唇品味："这茶……"

周拓笑说："祖父在云南那边有片茶林，都是老茶树。这是那里头春的熟普，今天我带了茶饼过来请茶室泡的。"

潘丰又喝了一口，欣赏地说："难怪喝着不一般，口感清甜，回甘又好。"

周拓说："潘总喜欢的话，我请人给您送几饼茶过去。"

"那真是谢谢你了，小拓。"

"顺手的事。"周拓放下茶盏，"潘总，有幅画不知您感不感兴趣？"

话音刚落，几位身着黑西装、戴着白手套的保镖端着一幅山水画走了进来，画里群山层峦叠嶂，沿河的房屋低矮，气韵逼人。

潘丰一向对山水画爱不释手，他上前欣赏笔触，恋恋不舍地抬头看了眼周拓。

周拓示意："潘总要是喜欢，拿走便是。"

这幅画是真的漂亮，保存完美的清代名家遗作，上个月本该就在潘丰手上，谁知道拍卖会中途杀出个程咬金，一直加价，最后以高出市场价两倍的价格给拍走了，没想到是周拓。

潘丰知道他是拿这幅画来赔罪了，但凡周氏要拿"盛资"的项目，就要过他这关，奈何自家小女儿一点也不争气，胡搅蛮缠许久，自己面子上也过意不去。

潘丰看看周拓，又想起上周来找他的那个男人，相似的五官，一个姓氏，却是两种截然不同的风格。

他沉吟片刻，终是松了口："你们周氏内部的事情我管不着，我也不介意把邀请函给你。只不过，还有件事要麻烦下你。"

周拓盯着他，缓缓开口："潘总尽管说，要是我能做到，一定尽力。"

2

潘言薇看上周家那个继承人已经多时，风度翩翩又不近女色，全然符合她对完美男人的幻想。

为了能和周拓说上话，圈内的酒会潘言薇是一场也不落下，连爸爸的商业饭局都吵着闹着去了几次，才勉强和周拓有过几次对话。

但周拓每次都止步于礼貌问好，她想再深入时，他总借口离开。

潘言薇上面全是大她十几岁的哥哥，她爸四十多岁才有的她，一听她对周家独子感兴趣，二话不说就联系了周放山，让他安排两个小年轻见见面，认识认识对方。

那天周拓到了包厢，连座位都没坐热，一看清自家父母的来意，就黑着脸走了。

可把潘丰精心保护的小公主给伤心坏了。

潘丰好言相劝，她这样的条件，想要什么样的男人没有？怎么就非得在一棵树上吊死？

可从小自己想要的，什么没得到过？潘言薇哭得更大声了，她不管，她就是要他!

这不,有求必应,一哭百应。她刚刚就收到了周拓邀约的消息。

潘言薇精心选了一条漂亮的小裙子,坐上车,动身前往她挑的那家松饼甜品店。

甜品店内的顾客络绎不绝,潘言薇点了他们家的招牌松饼,将菜单递给周拓的时候,他没看就合上了。

"我就不吃了。"

"为什么?这家的甜品很好吃的哦。"

"有些事还是和你说清楚比较好。"周拓没理会她的提议,"你现在的年纪还小……"

"松饼是哪位的?"

甜点上得快,服务员端着盘子凑进来打断了对话,潘言薇没出声,周拓替服务员解围,腾出桌面上的位置。

"放这儿就好。"

喷香软糯的松饼淋了蜂蜜可可酱,散发出甜腻的奶香,可潘言薇动都没动。

周拓接着说:"不用再在我身上做任何尝试了,我现在不打算恋爱,以后也不会结婚。"

"我就小你三岁,别说得好像你大我一轮。"潘言薇不信他那套唬人的说辞,撒娇道,"为什么不和我试试呢,哥哥?"

听见这个称呼,周拓眉头轻蹙:"没为什么,我对你没有任何男女之间的好感,还请你……"

窸窸窣窣的声音响起,两位顾客在服务生的安排下坐在他们旁边。

一个熟悉娇俏的声音从斜对面传来。

"张鑫,你想吃什么?"

林缊月前几天和客户应酬,中途去了趟卫生间,出来的时候有人在旁边盯她盯了好一阵。

"缊月?"

林缊月闻声抬头,辨认片刻,迟疑地说:"……张鑫?"

他那为了打球方便特意修剪的寸头已经蓄长,因为训练而晒黑的肌肤也白了回来。

他们是高中同桌，两人关系不错，失去联系很久，没想到在这儿遇见了。林缊月惊喜地问："你怎么在这儿？"

张鑫努努嘴："应酬呢。"

真是同病相怜，林缊月笑了："这不巧了嘛。"

加上联系方式，两人又各自回到应酬的饭局。回家后，林缊月收到张鑫发来的消息，说是请她喝杯咖啡，顺道叙叙旧。

甜品店不是很大，但胜在装潢漂亮，吸引了一众年轻又赶时髦的顾客来这儿打卡，店内经常是座无虚席。

张鑫预约在先，不用排队。服务员领他们穿过满座的大堂，越过白色浮雕拱门，里面是相对安静的位置。

"不做运动员了吗？"林缊月问他，"你什么时候退役的？"

"考上大学就退了。"

张鑫家里并不富裕，他全靠打排球进了H市最好的高中，又因为体育勉强上了个说得过去的大学。

都说运动员退役以后难逃发福的命运，但张鑫居然保持得很好，肤色又没了以前的黝黑，整个人看上去十分清爽利落。

张鑫笑着说："那时你不告而别，我还以为出什么事了呢。"

"吓到你们了吧。"林缊月笑笑，"临时做的决定，没来得及告诉大家。"

前一天还在学校一起上课，后一天就像人间蒸发般消失了，张鑫感觉有什么东西说不通："可你明明前一天还在学校……"

两人现在的关系不比当年，他说到一半，意识到过度探究别人的生活并不是有涵养的表现，于是按捺下探索的欲望。

"多年不见，你变了好多。"

"你不也是。"林缊月吃了口她点的抹茶舒芙蕾，"我那天差点没认出你来。"

想了想，她又好奇地问张鑫："我哪里变了？"

"眼睛。"

"眼睛？"

难道最近熬出了黑眼圈？还是说眼角趁自己不注意，长了些细纹？林缊月打开补妆用的散粉盒，用里面的小化妆镜照眼睛。

好像眼角确实是和之前不一样了,眼下也有点褶皱。她咬咬牙,今天回家就把购物车里的眼部精华都给买了……

持化妆镜的手一歪,她从镜子里看见隔壁桌的客人。

薄唇,高挺的鼻梁,剑眉星目,那目光……

"啪!"

在对方看见自己前,林缊月马上把散粉盒盖上。

张鑫问她:"你怎么了?"

林缊月笑容僵硬,怎么到哪儿都可以碰见周拓?她连忙胡说道:"发现自己长细纹了,有点惊讶。"

最近是梧桐落叶的季节,两条金色大道铺满了枯叶。两人吃完,张鑫发出邀请:"难得天气好,要不要出去散步?"

林缊月求之不得地离开了甜品店。

梧桐大道,踩上去"沙沙"作响。

两人又从高中趣事聊到张鑫以前的队友,张鑫说有个人现在在做直播,运动方面类的科普,赚得比他多。

博主?林缊月想到最近有个项目正好在找科普博主做宣传,张鑫听都没听完就拍胸脯保证,说是自己最好的兄弟,过几天就组局让两人认识认识。

天色渐黑,张鑫瞥了眼时间,大惊失色:"原来都已经五点了?"

"怎么了?"

"我等下还约了客户,刚刚说得起劲,没看时间……"

林缊月让他快走,并表示:"我自己回家就好。"

张鑫匆匆离去,林缊月又独自散了一会儿步,消食完,就叫了网约车回家。

不远处停着一辆黑色轿车。

潘小姐气得东西都没吃就走了,周总看着也不太开心,黑着脸上车,也不说走,只是眼睛盯着窗外。

等下还有晚会,司机犹豫片刻,小心翼翼地开口提醒:"……周总,那里六点就开始了。"

"嗯。"望着网约车消失的路口,周拓回过神来,"走吧。"

3

到了公司,林缊月发现他们组里个个都无精打采的,她没来得及问清缘由，先照例在茶水间倒上一杯咖啡续命。

远远地，一个身影匆匆走来，平时那插科打诨的腔调都不见了，语调很冲，满脸愁容："你怎么还有心思在这儿喝咖啡？"

"怎么了秦烨，火气这么大？"

秦烨说："你还不知道吗？'岩极'那边要取消和我们的合作！"

"什么？"

"岩极"资源丰厚，对"西林"来说就像是一个小罗马。

这个项目若是做得好，算是把"西林"通向罗马的路都给铺好了，路一通，资源就四面八方地朝他们展开了。

可现下"岩极"突然取消合作，不亚于有人背着炸药包把这条康庄大道给炸飞了，残垣断壁，满目疮痍。

秦烨还没回答，林缊月突然想起自己那天和周拓在会议室里的对话。

没想到惹怒周拓，他直接把她的合作给踢了，不带这样玩的吧？

"你也别太慌了。"秦烨看林缊月愣在原地，软下心安慰，"'岩极'还没说原因，我们可以再尝试争取一下。"

她心虚地躲开眼神交流，秦烨觉得奇怪："你眼睛怎么还有点斜视？我知道工作压力大，但身体才是本钱……"

"你有周总的联系方式吗？"

"你要这个做什么？"秦烨疑惑，"周总的联系方式，我怎么会有，他又不是'西林'的客户。再说，有也不会给你，你给他发消息是越级，可别乱来啊。"

半个小时后，林缊月在网络上搜寻到一个不知真假的私人邮箱。

斟酌再三，她花了一刻钟起草了一封礼貌的邮件问好。

> 周总您好：
> 　　不知"岩极"的事情能否还有商量的余地？
> 　　祝好。
>
> 　　　　　　　　　　　　　　　　　　"西林"林缊月

就知道周拓心眼没这么大。

林缊月今天一天不知道把他在心里翻来覆去骂过几十回了，以前就锱铢

030

必较,现在居然还是这么记仇。

她苦着一张脸等到下班,往地铁站走的时候收到了张鑫的消息,叫她别忘了今晚还有酒局。

那天本以为他只是顺口一提,没想到还真帮自己约到了那位博主兄弟。

张鑫还顺带叫了些以前的朋友凑了场局来玩。章筱最爱这类酒局,林缊月想叫上她,奈何她有事来不了,叫林缊月代她问个好。

酒吧叫"淼",在时下的年轻人中十分流行,一楼到四楼是劲歌热舞的地方,提供给那些喜欢喝酒和热闹的顾客。

林缊月在高中见过几回张鑫的那些朋友,她记性不好,假装自己记得谁是谁:"你是那个……"

知情的朋友偷偷用手肘捣捣张鑫,神色暧昧:"都过去多少年了,你怎么还惦记着她呢?"

张鑫皱眉叫他别多嘴:"前几天刚好碰到,都是朋友。"

大家开始玩酒桌游戏,林缊月又菜又爱玩,几轮下来喝了不少酒。张鑫叮嘱她:"你不行的话,我可以替你喝。"

林缊月哪能让人看不起,直挥手拒绝:"我酒量很好。"便又开始和大家碰杯玩了起来。

"淼"的顶层八楼,静谧无声的吧台,酒保为客人倒出威士忌。

姜严明看着姗姗来迟的周拓,眼睛往旁边瞟,暗示已经有人在。

"真不是我故意的。"姜严明看向周拓,满脸歉意,"她硬要我约你出来,一整天都待在'岩极',害我都没工作好,不然也不会临时把你叫来了……"

暗色光下,潘言薇笑得妩媚:"哥哥,坐下喝点吧。"

"淼"的五楼往上用了高端的隔音材质,底下夜店敞开大门做生意,五层到八层,是实行会员制度的神秘酒馆,隐私性极强,是圈内人谈生意和休闲聊天的绝佳去处。

周拓刚到不久,坐都没坐下,看见又是潘言薇,脸上显出不耐烦:"那天我已经和你说得很清楚了。"

"交个朋友而已。"潘言薇故作无辜,这是她最擅长的。她伸手将威士忌端给周拓,"朋友间喝点酒,总可以吧?"

周拓接过酒杯,说出的话却让潘言薇心凉了半截:"我不交你这样的朋友。"

他递到嘴边一饮而尽,把酒杯"咯噔"一下摆在台上,冷冷地说:"下次我就不会再像现在这样好言好语的了,潘小姐,这是我对你最后的忠告。"

潘言薇望着周拓的背影,不禁惋惜着:"要是能再待个半小时……"

这丫头今天快把他烦死了,姜严明忍不住出言嘲讽:"我早和你说过,看到是你,他还是要走。我和周拓做朋友这么多年了,别看他表面上礼貌又有涵养,倔起来那是连牛都拉不回来……你啊,搞不定他的。"

舞池里的人渐渐多了起来,音乐像鼓点一般击打周拓的耳膜,他从五楼往下走,卡座上座无虚席。

酒精、热舞的人群、震耳欲聋的音乐,"淼"的火爆果然名不虚传,一些男女热情难控,坐着就开始缠绵。

周拓只想快点离开。他不喜欢这样放纵的氛围,就算抛开那些条条框框的教条,他也并不能从破例和放纵中得到一丝快感。

失控意味着极强的不确定,不确定又意味着风险。

而周拓从小被教导的,是用尽一切方法把风险降到最低。

暧昧的灯光几十秒一换,几乎看不清东西的蓝色,所有东西好像都有了重影,周拓眯起眼加快脚步。音乐吵得他头痛欲裂,离门还有几步之遥,他就可以离开这个人声鼎沸的鬼地方。

灯光又变成红色。

"淼"按照古罗马的风格建造,鲜艳的灯光把"淼"照得像中世纪的斗兽场,里面的人和物都被照得一清二楚。

周拓突然停住脚步。

远处墙边有对男女,看起来格外刺眼。

那个好言好语给他发来邮件求和的女人,正缩在角落貌似与人缠绵。

几轮下来,林缊月喝了不少,没一会儿就要站起来去卫生间。

张鑫看她摇摇晃晃的,担心她摔倒,说:"我和你一起。"

"什么?"音乐声太大,林缊月听不清。

张鑫凑近解释:"我也去下卫生间——"

这个时候人开始变多,张鑫的手悬浮在林缊月的肩膀上方,两人跟随着荧光路标,一前一后在躁动热舞的人群里慢慢地贴着墙边往前挪动。

不知道地上哪块出现了一个小小的硬物,林缊月走路拖沓,根本没抬起脚,直接被硬物绊倒,身体不可避免地向前跌去。

张鑫扶住她的胳膊,奈何林缊月重心前倾,天旋地转,等回过神来时,她已经被他压在墙上了。

五彩斑斓的跳跃灯光令林缊月双眼蒙眬,这短暂的一秒里,她瞥见远处有张熟悉的面孔一闪而过。想起今天那封还未得到回复的邮件,她推开张鑫,追去确认,只看见一个快速离去的背影。

"周拓?"

那背影没有回头,可能是自己认错了,但林缊月心有不甘,挤出人群,左绕右躲,不一会儿就赶了上去。

"周拓,真的是你。"林缊月拽住他的袖口,才敢喘气,"叫你怎么不理我?"

他不言不语,迈腿就走。

"哎!"她赶紧攥紧,"别走,我们谈谈。"

林缊月生怕他又跑走,紧紧握住衣角那片布料,示意他道:"邮件你没看见吗?"

他当然是看见了。

越级给私人邮箱发消息,内容又显得模糊不清,不用他看就被助理当垃圾邮件删除拉黑了。

周拓轻动嘴唇,惜字如金:"这时候想起我来了?"

鼓点震动耳膜,林缊月选择性无视他的嘲讽,说:"这里太吵,我们出去再说。"

4

酒吧外的小巷,夜风吹得两人衣角翻飞。

林缊月试探地说:"蚕灯的事……"

"你不知道吗?我最近不在'岩极'。"

"所以取消合作的事和你没关系?"

又是将信将疑的态度,周拓淡淡地道:"信不信由你。"

林缊月仔细分析,认为周拓确实没必要在这上面欺骗她,如果真是他所做,看见自己求和的狼狈样子,他一定会扬扬自得地嘲讽几句。她记得他们一向如此。

思索过后,她才想起来这是在酒吧,而周拓就站在自己面前,便问:"你也来这儿喝酒啊?"

"这不重要。"周拓的薄唇抿成一条线,脑袋有些昏沉,那些昏暗的画面又在他脑海里过走马灯,"……你说完了吗?我要走了。"

"等等。"林缊月不依不饶,"即使不是你做的,那这件事……"

像是害怕他生气,她眼神上移,看了眼他又迅速垂下:"这件事还有可谈的余地吗?"

"余地?"周拓险些以为自己听错了,"我没理解错的话,林小姐的意思是——要我帮你?"

"这个项目对我们很重要。本来都说好了,我实在想不明白'岩极'那边为什么要临时反悔?"

周拓分不清是林缊月主动让他帮忙更恼火点,还是她那低到阴影里去的眉眼让他更烦躁。他伸手把她下巴抬起来,四目相对时,他眸里的锋芒像匕首一样锋利。

可她有比牡蛎外壳还要坚硬的心脏。

"这时候不怕我了?"

林缊月摇头:"我怕你做什么?"

"就像你那天说的,我这么讨厌你,你就不怕我趁机报复?"

林缊月想了想:"可按照我的经验来说,你答应过我的事,好像从没见你毁过约。"

那年她划破击剑服换来的五分钟等待,后来不自觉就成了一刻钟,然后是半小时,到最后就演变成他们两个一起迟到。

周拓不知想到什么,脸又阴下来:"林缊月,你就只会利用我,是吗?"

她想了想,这对他确实有点不公平。她用商量的口吻问:"那你在我身上有所求吗?如果你需要,我不介意做个交换。"

周拓的太阳穴疼得一跳一跳的,所有的念头混杂在一起,最后都只变成一个声音。

"刚刚……"他的声音是自己都没料到的沙哑,他看着林缊月的眼睛,"刚刚你在干什么?"

话说得没头没尾,让林缊月一愣,如实回答:"喝酒啊。酒吧里还能做什么?"

"我说的不是这个。"周拓的目光紧紧贴在她的脸上,莫名的压迫感席卷而来,"你和那个人……靠在墙壁,在做什么?"

林缊月恍然大悟,周拓原来都看见了。

她摔了一跤,被张鑫扶起,倒促成这样一个"美丽"的误会。

但她并不打算解释,这是她的私事,难道还要一五一十地和他汇报吗?

"就算我要做些什么,你都管不着吧。"

"做些什么……"周拓仔细品味,眯起眼,"你想和他做什么?"

"你觉得呢?"看见周拓阴沉沉的表情,林缊月心情居然意外好起来,她故意放慢语调,"两个有情有义的孤男寡女,还能做什么?"

簌簌的风穿越而过,周拓半张脸都浸在阴影中,好半天都没有讲话。

好一个有情有义。

原来那天晚上,他也只是她可有可无的选择之一。

"你就这么……"他停顿了半响,像在找合适的词语似的,"随便吗?"

"你又不是第一天认识我。"看见他脸上的困惑,林缊月居然有报复的快感,她贴近他,用逗弄的语气说道,"哎,你究竟能不能帮我搞定?再不给答复,我就要走了。"

"走去哪儿?"周拓轻而易举地擒住她的手腕,"再去里面找那个人?"

不知道从什么时候开始,周拓就头痛欲裂,可能是林缊月惹的,也可能在遇见她之前就开始痛了。他觉得浑身上下都有些不对劲,什么东西一触即发。

周拓抬起眼,理智在告诉自己,此时放手,一切尚在正轨。

这段时间,他停了跟"岩极"的业务往来,蚕灯的项目也都放手让姜严明去做,家中大扫除过一番,生活又恢复本该有的那般平静。

这才是他需要的秩序感、稳定、规律,无坚不摧。

但怎么她轻飘飘一句,就又有什么东西要破土而出了?是他天然的讨厌,还是说那星点残余的情愫?

他记得自己确实不喜欢她,具体到她上挑的眼角、说话的方式,以及对一切都不甚在意的随便态度。

过了这么久,久到他以为自己已经可以将这份讨厌一丝不漏地藏起来的时候,再遇到她,他才发现自己依旧讨厌她讨厌得要命。

就今天,周拓想,让原则见鬼去吧。

他恶狠狠地握住她的下颌,发现她的呼吸也在碰撞间乱了套。

可如果她没有追出来找自己,那现在这样的,是不是就不是自己了?

周拓凶狠地警告林缊月:"不准回去找他。"

然后,在听到她的回答之前,他闭上眼,俯身凑近,低头吻上了这个张牙舞爪的"小凶兽"。

她要挠他,总比去欺负别人强些。

这个空无一人的狭小巷子连路灯都没有,一墙之隔还可以听见酒吧门口有人在说话。

林缊月承认自己又色欲熏心了,周拓的嘴唇居然比自己的还要软,她像在啃噬一颗浓郁的青柠味软糖,还没把里面的果味夹心吞进肚里,就已经虚弱地贴在墙上,要靠周拓抵着才不至于跌倒下去。

他们在黑暗中短暂喘息,声音像此起彼伏的海浪声。

"你……"

"嘘。"

鬼使神差地,周拓替她擦去了唇上的晶莹。

林缊月伸手碰他的额头,被周拓下意识猛地握住制止。

"你发烧了。"林缊月提醒道。

即使短暂触摸,也足以让林缊月意识到周拓的额头烫得有些可怕。

刚刚她不小心咬破了周拓的唇,拥吻后的铁锈味散去,她才后知后觉地尝出那个吻里有很浓的烈酒味。

路灯下,周拓脸上透着极其反常的绯红。

然而不仅仅是她,周拓也意识到了:那个吻居然都能花掉自己大半力气,现在体力透支,头痛逐步消失,取而代之的是浑身上下燥热不堪。

他刚刚昏头了,根本没注意到身上一系列不正常的反应。

"你先回去。"周拓深呼吸,逐步将理智找回,"我明天再来找你谈合作的事。"

林缊月拉他:"你发烧了,听懂没有?"

周拓躲开触碰:"我没有。"

"难道不是吗?你摸摸额头。"

林缊月刚要碰上他的脸,他又后撤着身体躲开了,喘气声还有些粗重。

林缊月愣了一下。

意外出现在酒吧的周拓、巷子里的湿吻、滚烫的身体，还有难得一见溢出的闷哼——无论哪一个都不像是他平时的风格。

"我知道了。"

她挑眉打量，十成的玩味在眉眼中飞扬。

"我知道你为什么这样不正常了。"

巷子寂静，她的声音震耳欲聋，带着挑衅的玩味。

"第一次来酒吧玩啊？怎么不懂得好好保护自己？"林缊月凑近周拓，他的呼吸变沉闷、迟缓，脸上出现因身体变化而困惑的神情。

"你被下药了，知不知道？"

司机很费解。

来时只有周总一人，走时他身边却无端多了一个人。

还是个女人。

周总平时洁身自好，形形色色想要贴上来攀关系的人很多。此刻，他看上去有些醉，不知道是不是被人偷偷占了便宜……司机正犹豫着是否要提醒一下雇主。

"出去。"周拓闭目养神，嘴里挤出这两个字来。

"我不。"不速之客笑嘻嘻的，想凑热闹的恶趣味全写在脸上。

周拓往左边挪一寸，她就往他那边靠一寸。

"够了。"周拓把中央扶手放下来，隔在他们两个中间，"安分点，就这样坐。"

司机从后视镜里看那两人，周总显得有些心口不一，说的和做的完全是两码事。

"开车吧。"周拓打断了司机的胡思乱想，"回云光路别墅。"

他面色潮红，额上出了一层薄汗，看起来像生了病。

等到家后，他昏昏沉沉地从车上下来，输错了两次密码才勉强开门进去。回过身要脱鞋，差点撞到林缊月，他无奈道："你怎么还在这里？"

隔了些距离，林缊月都可以感受到周拓的躁动。

"你不难受吗？"林缊月去够摇晃在他唇下的拉链，还没碰到，就被他捏住。

去酒吧他居然就穿一件老干部样式的灰色冲锋衣。

037

"不要碰我。"他退后几步保持距离,自己拉开外套,再松掉几颗衬衫纽扣,透着警告的语调,"热闹看够了,就回家去。"

这场景实在百年难遇,某种本能让林缊月想要继续待在这里探个究竟。

"那当然是没有看够啦。"

周拓终是懒得赶她,只能气若游丝地威胁她道:"待着不要乱动,乱动的话,我就将你捆起来。"

语气唬人,但林缊月知道那根本就是纸老虎,他现在自身都难保。

"怎么捆?"她将两只手握拳并拢在一起递上前,直勾勾地盯着周拓,"是这样吗——"

玉瓷一般的手腕,在客厅暖黄色的灯下晶莹剔透。

林缊月看他煎熬,笑意更深,背过去,把双手放在后边:"还是这样?要不要我——"

"啪——"的一声,周拓就近进了一间房,甩上门。

林缊月还想再戏耍一番,却听那边落了锁。

世界终于恢复安静。

但沉重的呼吸、门口踏来踏去的脚步声,都仍在无限放大,吵得周拓耳朵痛。他勉强冲了一刻钟的冷水澡,才躺在床上闭目养神。

门外传来大件家具被挪动的嘈杂声。

自刚才开始,屋外就一直发出一阵"丁零哐当"的动静,不知林缊月在折腾什么,他无心理会。

声音更大了。

周拓皱眉翻身,即使冲过冷水澡,身体还是发烫。如果此时他开门查看,林缊月不知道又会怎么嘲笑捉弄他。

过了一会儿,响声停止,屋子里又恢复了平日该有的安宁。

八成是走了。周拓知道,她只要一无聊,就不会有兴趣再待在这儿。

窗外秋叶簌簌,室内没有开灯,他躺在一片宁静里。

今天他确实又有些失控了,但或许只是药物的缘故,等到药效过去,明早起来,一切兴许都会恢复原样,看起来似乎尚可挽回。

燥热逐渐消退,林缊月一走,他又可以变回那个冷静又理智的自己了。

周拓浮动的思绪渐渐回归平静,马上就要进入半入睡的状态……

"砰!"

门外急急地传来某种瓷器打碎在地上的声音。

周拓被这声巨响吵得太阳穴重重一跳。

玻璃掉落的动静、尖锐的破碎声……他的脑海里突然出现一摊混着玻璃碴的血泊。

周拓在黑暗里猛地睁眼。

从房间里出来,亮得眼睛发痛,但有什么比光更刺眼,周拓挪开眼神。

地上既没有玻璃碎片,也不是一片狼藉。他的目光挪到沙发上的手机上,原来是那里传出来的声音。

"你不冷吗?"他把衣服捡起来扔给林缊月,"穿起来。"

"我不冷啊。"她的嗓音慢慢的、轻轻的,像仲夏夜晚不知道从哪里飘来的一阵风,本应该吹拂掉热意,却将燃起本已平息的星星之火。

"那你呢?"她反问,"还热吗?"

她的嗓音像拥有某种神奇的魔力,燥热像海浪般回打了上来。

两人在暖黄光下面对着面。

四目相交,火燎旷原,蹿高不止……

窗外隐隐传来鸟鸣声。

林缊月睁开眼,才睡了三个小时。

她的身子像散架了,哪里都酸痛不堪。

转头一看,周拓还在睡觉,她用手背贴上他的额头,那里已经不烫了。

他连睡姿都透着良好的家教,一动不动地维持同一个姿势,真不愧是李敏和周放山精心培养出来的接班人。

周拓只有睡觉时,那骨血里带着的淡漠才勉强消退一些。

林缊月满意地欣赏着他那如希腊雕塑般俊朗的面容,却没想到下一秒"雕塑"活了,冷不丁地开口。

"看够了吗?"

林缊月只好讪讪地收回目光:"你什么时候醒的?"

"一直。"周拓如实回答,"早在你喜滋滋地偷看我之前,我就已经醒了。"

林缊月睡姿不良,他睡眠又浅,从她把腿搭到他的大腿上时,他就醒了。

"我哪有你说的那样偷偷摸摸?"林缊月恨恨地说,"我明明是光明正大地看。"

周拓提醒她:"再不起床,你就要迟到了。"

就算这样,周拓还要留她吃过早饭再离开。碍于他家阿姨早就做好满桌的早点,闻着面包味和咖啡的醇香,林缊月的肚子一下就饿了。

用餐过后,周拓拿起玄关处的车钥匙:"我送你去'西林'。"

"西林"离周拓那儿只有十分钟车程,林缊月怕被人看见,匆忙要下车,门把手却怎么都拉不开。

一转头,周拓正看着她。

"你今晚有什么安排?"周拓问她。

"我有什么安排,取决你想做什么。"

"那你一定有空。"

周拓俯身靠近,把车门给她打开,外面凉丝丝的空气带着水汽涌进来。

"今晚我们再好好说说合作的事。"

Chapter 3
"谈恋爱"

我们必须看起来很相爱

1

从早上开始 H 市就阴雨连绵,从"西林"二十五层的落地窗往外看出去,对面大厦隐进乌云中,能见度很低。

果不其然,下午就开始飘雨,一直断断续续地落到傍晚。

六点半,林缊月准时下班,雨还没停,天空偶有几道闪电亮起,让人有些心烦意乱。

她一向不喜欢雨天,空气中的潮意像要把人都浸湿才罢休。头发此时也毛糙不堪,她从抽屉里翻出备用伞,下到一楼,那辆熟悉的黑色轿车已经在路口等了。

林缊月带着寒气上了车,周拓不在,驾驶室坐的还是昨天的那位司机。

她问:"师傅,去哪儿?"

司机将车缓缓启动,恭敬地回答:"周先生家。"

拐过闹市,穿过静谧的梧桐大道,再向右转,白色洋房从灰蒙蒙的雨里出现了。

昨天门外只点了几盏夜灯,黑咕隆咚的,看不清房子全貌,现在天没黑全,阴蓝的细雨笼罩,远远看去,房子的轮廓异常清晰。

黑色铁门徐徐打开,车子驶进。

司机提醒:"林小姐,到了。"

林缊月从车里下来,站在门口按铃。过了一会儿,门开了。

周拓站在门前,身上穿着利落的衬衫,应该也是从哪儿回来没多久。

他把门敞开，示意林缊月道："进来吧。"

地板整洁如新，昨夜乱腾的痕迹消失得一干二净。

家像从人体衍生出的另一种神秘器官，林缊月站在他的私人领域谈公事，感觉这对自己十分不利。

"谈生意没必要来你家，可以去附近的餐厅。"

"不用。"周拓说，"多适应下，总是好的。"

林缊月不知道他这话什么意思。家里的阿姨端着茶水过来，她接过坐在沙发上。

周拓从旁边的书架上抽了一份文件递给她："看看吧。"

林缊月以为是蚕灯项目的合同，心想他什么时候变得这么慷慨，满怀期待地翻开，白纸黑字，却越看越奇怪。

"林缊月，"周拓低沉的嗓音从头顶传来，"我今天想了一整天。"

他说话像挤牙膏似的，一个字一个字地吐出来："我是说，如果我们一定要这样纠缠……"

"你好像弄错了。"林缊月从合同里抬起头，"我们哪里纠缠了？"

"没有吗？"

"昨晚和上次，都是你情我愿。"她纠正他，朝合同示意，"你现在这样，是什么意思？"

"字面上的意思。"

林缊月指着合同，说："所以你的意思是，为了重启蚕灯的合作，我不仅要做你的合约女友，充当免费劳动力，照顾你的日常起居……"

周拓皱眉："上面不是这么写的。"

"你不就是这个意思吗？"林缊月顿了顿，"为什么要我假扮你的女友？"她的眼里当真什么都没有，只有明晃晃的探究。

"家里安排了相亲，是你的话，比较好解释……"周拓顿了顿，"据我所知，你也急需这个项目，不是吗？"

"但合作本来就已经板上钉钉，要不是你暗箱操作取消合作，我用得着来这里和你谈吗？"

"怎么又变成是我取消的了？"周拓拿起桌上的茶杯，放到嘴边吹散茶叶，"你们内部有人抢项目，跟我没关系。"

"少骗人了，真和你没关系，为什么要拿它来威胁我？"

"是你先来求我的，忘了吗？"周拓提醒她，"不管你信不信，我可以保证，你签了合约，这个项目必交由你负责。而且，我们也确实认为这个项目由你们来负责比较好一些。"

"所以，我出卖自己的时间，就拿到个合作项目？这是亏本买卖，我做不来。"

"别着急，你不是还没看完吗？"

林缊月往下翻，一直看到了底。

确实还有。

家大业大的周氏继承人出手还真是阔绰，她半年的时间竟然价值五百万，她几年都赚不到这么多的钱。

见她依旧沉默，周拓问："是条件不满意？还是说，五百万不够？"

五百万足够林缊月在英国郊外买一栋庄园别墅，出门就是草地，多走一段路还可以遇见散养吃草的羊群。

"足够了。"林缊月斟酌片刻，"但我好像还是比较喜欢靠自己的能力赚钱。"

扪心自问，自己真的这么需要蚕灯这个项目吗？林缊月想，就算失掉这个项目，秦烨也不会把她开除。

退一万步来说，她和周拓本就水火不相容，玩玩的话还有点意思，但要住回同一个屋檐假扮男女朋友，一定是个极苦极苦的差事，给再多的钱她也不愿意。

林缊月把手里的合同反递回去。

周拓就坐在那里，一动不动定定地看着她。林缊月见他没接，转身把文件放在茶几上，提包就要走。

离那扇大门只差几步，伴随着窗外雨滴击打落叶的脆响，周拓的声音幽幽响起：

"李敏给你的五百万，花得开心吗？"

"啪嗒！"

雨滴砸下，炸得林缊月脑子开花。

她几乎觉得自己幻听了，猛地回过头，和周拓幽深的眼眸在空气中对视，确认他有几分认真。

"你说什么？"

周拓没有回答。

林缊月像只被踩住尾巴的猫咪,僵硬地弓着身子:"一码归一码,我拿的是你妈妈的钱,和你有什么关系?"

"这些话你骗骗自己就够了。"周拓终于起身,"和谁有关,你是真的不知道吗?"

林缊月按下把手,推开门,踩着鞋就要出去。

周拓却先一步伸手扣住她的后腰,大掌上拉,林缊月无奈被迫转身,她眼中烧着滚滚怒火。

当年的事情她不想再提一点,眼下周拓却强迫她记起所有。林缊月脑海里只有一个念头,那就是离开这里。

离开云光路,抛弃"西林",最后坐上飞机再一走了之,将H市这个该死的鬼地方狠狠甩在身后。

林缊月伸脚要踹他,却被压在墙上,檀木香如牢笼般从天而降,周拓的眼神深不可测。

"你那时候就来招惹我,拿了那些钱离开后,还要回来招惹我。天底下哪有这么好的事?"

"我招惹你?"林缊月全身的寒毛都尖锐地竖起,抓住周拓话里的漏洞就反驳,"我躲你躲得这么远,什么时候还惹过你?"

周拓捏住林缊月的下巴,轻轻抬起。

她那黑白分明的眼睛里,过往的痕迹片叶不沾,她好像真是这样认为的。

做得好。

一声不吭带着五百万远走高飞,甩自己甩得远远的。

做得真好。

可谁让她要回来?

林缊月被压在墙上,扭动间不小心蹭到开关,"啪"一下,灯灭了。

室内一下变得幽暗无比,外面打了个响雷,轰隆隆的。

林缊月瞪大眼,像被从时间胶囊里逃出的玩具小熊打了一拳……那个已经被她遗弃了的、脏兮兮掩埋进土里的玩具小熊,此刻完好无损地站在她身前。

聚酯纤维填充的棉花此刻已被换成沉甸甸的黄金。

周拓紧盯着她失神的眼眸,捧着她脸的手轻轻摩挲。

"想起来了？"

2

　　湿答答淌水的两件校服晾在暖气片上，他们并排躺在狭小的木床上等待雨停，雷声轰隆作响……这无端端的画面出现在林缊月脑海里，他们坐上那艘破旧的木船，在梦里跟着大海一呼一吸。

　　她闭上眼，那年在H市的记忆只剩一堆模糊的色块，像高度近视的人取下眼镜，视力和听力都迅速衰退，徒留下他们互相讨厌的基调，其中细节不知所终。

　　林缊月神色怪异地睁眼看着周拓，想从他的表情里辨出印证自己记忆错乱的证据。

　　她还真是忘得一干二净。周拓只从林缊月眼里窥出困惑，那双捏到泛白的手陡然垂了下来。

　　林缊月突然想到那幅缺角的拼图，黑夜混沌，有个地方永久地失去了它的那弯明月。

　　她突然安静了下来，望着周拓的眼睛，坚定地说："我这些年，一直在好好过自己的生活。要不是回来工作，我连你长什么样都忘得一干二净，怎么还会有心思来招惹你呢？周拓，一定是你记错了。"

　　周拓伸手将她落在脸颊的碎发别到耳后，没有计较她后半段话的真伪，循循善诱道："就算签了合同，你也可以好好过你的生活。

　　"在这里，你有绝对自由，想做什么都可以……条件你提，能做到的，我尽量都会满足。"

　　他低沉的嗓音在黑漆漆的房间里响起，显得有些可靠，也同样有些蛊惑人心。

　　"什么条件都可以？"林缊月听见自己问他。

　　"什么都可以。"

　　那声音在耳边低语，昨晚林缊月只睡了三个小时，现在她脑子像蒙了层雾。

　　林缊月心想，自己确实有一个很想要的东西……

　　"房子。"

　　她说。

"我要一间自己的房子。"

在林缊月这儿,她想了又想,也只能回溯到他们关系变质的最开端。

她那个时候把周拓当作解压玩具,可以供她随时发泄与"踩蹋",但作为一款玩具来说,周拓不仅有点暴躁,攻击性还很强。

但不得不说,这样你来我往地和周拓过招,确实也给初来乍到、身处陌生环境的林缊月带来一丝趣味。

那是国庆假期的第一天,她坐在咖啡店里做作业,一直到打烊还是没写完。

出来的时候,街上已经空无一人,天上居然开始无端落雨,顷刻间又成瓢泼大雨,地面迅速被打湿,泥土的潮味从底下缓缓升起。

这场雨大到撑伞和不撑伞并无差别,林缊月把好心店员借给她的伞收好捏在手里,没叫司机潘叔来接,硬扛着要自己走回家去。

视线被长短不一、各式各样的雨线填满,脚下有块凸起的砖头,她重重往下一踩,没料到是水坑,脚踩空了,身体往侧边倾斜。天旋地转间,她人已沉沉地歪倒在地。还好她借力撑了下,才没有扭到脚踝。

淋了这么久的雨,又摔了一跤,林缊月的低血糖犯了,大约有十秒钟看不见周围的东西。

那天的雨前所未有的大,记忆中上回有这样的天气,还是在外婆家的时候。

那是很久以前了,她小小的身体被外婆裹进雨衣,外婆把她从作业堆里拉出去玩水。林缊月记得自己将泥坑踩了个遍,小小的身体浸润在大雨里,指甲缝都透着畅快。

而此时,雨声如鼓,一下一下的敲击声正在警示她此刻狼狈的处境——没有雨衣,手里攥着一把没被撑开的伞,她就这样歪斜地倒在雨地之中。

早些时候,林润刚打来跨洋电话,只是几句简单寒暄,但她总觉得他话里有话,反问过去,林润刚却只是叫她别瞎担心,一切很好。

远处传来雨点打在伞布上的声音。

好像有人来了,再躺一会儿就起来,她对自己说。

来人越来越近,没越过她,反而还停住了,击打在她脸上的雨水也消失了。

"林缊月,你不要命了。"

她睁开眼,像做梦一样,想不通这个人为什么在这里。

"不想感冒的话,就马上从地上起来。"

林缊月不愿被人看到这副狼狈模样,一番心理挣扎之后,还是借力站了起来,一路躲在周拓的伞下,乖乖地回了家。

她本就心情不好,顶着窘迫糟糕的湿衣服,只想快点回房冲个热水澡。

"等下。"周拓叫住了她。

他扔了一条浴巾给她,手里还拿着一小罐东西,向前一递。

林缊月茫然地看着他。

周拓视线朝下,林缊月也有样学样,才发现地板上沾着自己一路过来的湿脚印,在月光下发蓝,像不知从哪里飘来了一个女水鬼。

"你的手。"

他终于放弃示意,沉下脸,拉住她的手腕,朝外一翻,露出她正在淌血的左手掌。

原来那一跤摔得这么重,她根本没有察觉,即使现在看见掌心泥泞的伤口,她也丝毫不觉得这是自己的手。

周拓看她愣怔,也不想多说,干脆伸手替她给伤口消毒。棉签一点一点把污渍带走,伤口的形状越发清晰可见,橘红色的药水被涂在上面。

真奇怪,林缊月想,周拓今天对她格外友善。

身上的水汽正在蒸发,她现在浑身冰冷,唯一的热源是和他相触的那片皮肤。明明刚淋过雨,可为什么平时那股令她讨厌的檀香味不仅没有消失,反而越发浓烈起来?在月光里翻腾、汹涌,直到要把她淹没。

黑暗中,林缊月盯着周拓紧闭的唇,鼻梁像山峦一样起伏,月光勾勒出他饱满的耳郭。他一向长得很好看,这是公认的事实。

"……你这里有东西,我帮你擦掉。"

她把手抽出来,鬼使神差地去擦他脸颊的污渍,只是才踮起脚,对方就立刻警觉地推开了她。

力气不小,林缊月不由得踉跄后退,惯性使然,又用左手支撑身体。

橘红色的药水沁入翻红的肉里,那里传来针扎般的刺痛,林缊月不可控地"咝"了一声。

这次她感觉到了,伤口裂开了,是痛的。

印象里,周拓俯视着地上湿漉漉的自己。

3

林缊月刚回来的时候，叫章筱给自己找过房子。

作为整日绿酒红灯的千金大小姐，章筱找的不是地段绝佳的中心区，就是住三个人都不显拥挤的大平层。

林缊月越看越心寒，告诉章筱还是自己来找。

她货比三家，最后选择住在外环的一处老小区里，租金便宜，旁边就有地铁站，不用换乘就可以直通市中心，对她来说是个不错的选择。

"进来吧。"

林缊月开了门，叫周拓随便坐，自顾自回房间整理行李了。

她的衣物歪东倒西地散落在沙发靠背，几本看到一半的书不知被反扣在地上多久，陶瓷杯摆在茶几上，里面的咖啡还剩半杯，留下一圈风干了的水渍。

林缊月打开衣柜拿衣服，从秋天的毛衣到冬天的夹克，最后她抱着鼓鼓囊囊的家当到客厅去找行李箱。

周拓正坐在沙发上看她翻到一半的书。

客厅被重新整理过，脏衣服被叠好放在一边，书也都错落有致地被摆回了架子上。

"……你？"

"林缊月，"周拓从书里抬头，脸上嫌弃，"你平时就这么过的？"

"你说过不会逼我做家务的。"林缊月提醒他要说到做到，"再说，我觉得这样挺好。而且，我也没让你帮我打扫。"

到厨房一看，她的手工咖啡杯果然也被洗好了，亮得发闪。

平时她最常用这个喝水，她拿走一起装在袋子里，探头对客厅里的周拓说："我们可以走了。麻烦你帮我拿下那个袋子。"

绿意探出布袋，林缊月郑重地说："里面可是我的发财秘方，拎的时候小心点。"

装好行李，他们上了车，带着一堆东西又回到了周拓市中心的那栋别墅。

车子已经熄火，林缊月却依旧没有下来。

她觉得还是有必要和周拓说清楚，以免以后产生误解。

"我只是签了合约，但不代表真的在和你谈恋爱。"

周拓刚要拉门，愣了下："谁跟你说这是谈恋爱了？"

下了车，周拓打开后备厢，一件一件地拿行李。过一会儿，他又说："是你想谈，还是你怕了？"

　　"你才怕了。"林缊月推着自己的拉杆箱，"到时候合同结束，你可不要求着我别走。"

　　"那你真是想多了。"周拓把林缊月剩下的行李放在客厅，"那我也提醒一下你，做合约女友，在外人眼里我们必须看起来很相爱。"

　　"知道了。我的房间在哪儿？"

　　林缊月摆摆手，拉着行李就要走，周拓按住"蠢蠢欲动"的行李箱拉杆。

　　"都断干净了吗？"

　　"什么？"

　　"你的那些……"周拓顿了下，"莺莺燕燕。"

　　原来他拐弯抹角说了这么多，就是要说这个。

　　"那当然是没有啦。"林缊月笑笑，眼角翘得很肆意，"我哪会为了你放弃这些？"

　　"林缊月，"周拓告诫她，"不要惹麻烦。"

　　她"扑哧"一声笑了："你这副样子，不知道的还以为你被人'绿'过呢。"

　　林缊月趁机抢过行李箱和布袋，一溜烟地蹿上了楼。周拓正好在楼底下望她，两人的目光在空气中短暂交汇片刻。

　　多年以前的周拓像只极具领地意识的野兽，任何靠近的人都将被驱逐，而现在，她不仅被单独领进他的地盘，还要在此地与他共同居住半年之久。

　　一想到这儿，林缊月就浑身不自在，转进空房，"砰"一声关上了门。

　　下午，姜严明约周拓去打壁球。

　　结束后，司机先送周拓回去，在等红绿灯时正好经过市北高中。大概是有什么比赛结束了，大批学体育的学生斜挎着包从校门口拥出。

　　"看看他们。"姜严明羡慕地说，"真是青春洋溢啊。我打算趁自己宝刀未老，再磨炼磨炼，重温一下我的光辉岁月……"

　　"你多大了，还要和乳臭未干的高中生比。"周拓蹙眉，"再说他们大多脑子空空，空有一身蛮力，有什么好羡慕的？"

　　姜严明暗想，一身蛮力还不好吗？年轻就是资本。

那群身材健硕的学生从校门口分散出去,有个男生身旁站着个递水的女孩,举止亲密。

周拓不由得从鼻孔中哼出一声,怪声怪气的调子着实把姜严明吓了一跳。

"我又说什么得罪你了?"

"你哪里都没有得罪我。"周拓转走视线,"练吧,好好练你的肌肉吧。"

读书的时候,有两种男生十分受人欢迎。一类是像周拓这种令人羡艳的全优生,成绩好、长得帅,如果能保持面无表情,就更贴合少女们怀春的幻想。

另一类则截然不同,他们往往高调又阳光,总喜欢在运动场上尽情挥洒汗水,骄傲地赢得众人的欢呼和尖叫。

张鑫显然是后者。

早读开始前五分钟,张鑫从教室外面进来,斜挎着包,把早点放在林缊月的桌上:"今天放学有空吗?"

林缊月从书本中抬头:"什么事?"

张鑫说:"附近开了一家租赁漫画的咖啡店,想不想一起?"

章筱一直忍到早读结束才把林缊月拉到角落。

"你们怎么回事?"

"我们?"林缊月对她的提问感到疑惑,"我和谁?"

"你和张鑫啊,我看你们两个窃窃私语什么呢?"章筱满眼怀疑,向下挪动视线,"再说,他为什么给你带早餐?你不会还有什么事情瞒着我吧?"

林缊月想了想,确实有事章筱不知道。

"今天放学后他约我去咖啡店看漫画,这算吗?"

"当然算!"章筱气死了,"你还是不是朋友,什么都不告诉我!去吧去吧,明天早上我要知道所有细节。"

那时已经过了秋分,天色暗得越来越早,林缊月收拾好书包,和张鑫走在空无一人的走廊里。

她问张鑫:"你今天不训练吗?"

张鑫说:"今天是我的休息日。"

"噢。"她身上穿着秋季的裙装校服,大大的书包背在后面,想了想又问,"你打排球的哪个位置?"

"副攻,就是站在网前拦球的那个。"他做了个拦网的动作,碰到林缊月书包上的小挂饰，发出清脆的"叮叮"声。

两人一前一后的脚步声"啪嗒啪嗒"地在走道上响起。

"哎，林缊月，"张鑫咳嗽了一声，"你是不是有点冷？"

他还真是火眼金睛。她的冬季校服洗了还没干，早上只好翻出裙装凑合一天，谁知道今天正巧降温，室内还好，一出室外，就冷得她直哆嗦。

张鑫了然，把外套脱下，绕过肩膀披在她身上。

她冲张鑫笑："谢谢，感觉好多了。"

迎面有个人和他们擦肩而过，脚步很快，一下就不见了踪影。

林缊月只当自己看岔了眼。

车内，司机纳闷周拓今天怎么比往常慢上半小时，问："今天怎么这么晚，老师拖堂了吗？"

周拓闷闷地回答："没有。"

"缊月呢，今天也走路回家吗？"

"不知道。"周拓说完沉默。

过了一会儿，他又说："她应该不过来。"

正逢高峰期，周家的车被红灯和车流堵在了距离校门口不远处的一个路口，右拐是回周家的路，左拐是文具店和小吃一条街，市北高中的学生络绎不绝。

有两个学生出现在后视镜里，摇摇晃晃，越走越近。

车子还被堵着，那两个搭肩的学生越走越近，和周拓穿一样的校服。

司机觉得女生看着很眼熟，这不是……

——不是告诉他为了通过学校体测锻炼身体选择走路上下学的林缊月吗？

信号灯在此刻变成绿灯，车水马龙，车往右边疾驰而去。

林缊月回来的时候已经开饭了，所有人都已经入座，她也赶紧去卫生间洗手坐下。

周放山刚出差回来，在饭桌上调侃林缊月："交男朋友了？"

"没有啊，周叔叔。"林缊月疑惑，"我哪里来的男朋友？"

她对周家严苛的家规略有耳闻，光一个周拓，从小就配专门的营养师、医生和家庭教师来监测和陪伴成长，食谱和学习计划都会随时调整，确保他在最好的状态下成长为周家人期待中的样子。

被周放山这么一问,她莫名有些心虚。

周放山乐呵呵地笑了,只当她是不好意思。

"潘叔都和我说了,今天看到你和一个男生一起回家。"

"那是我在班上的朋友。"

周放山笑得更大声了:"朋友好,广交朋友,没事的。"他给林缊月夹了块浸满汤汁的红烧肉,"多吃点补补身体,你上回淋了雨生病,我实在是愧对你爸。"

"怎么能怪你呢,周叔叔。"林缊月笑笑,话中有话地讽刺旁边那个人,"是我自己不小心淋了雨,又摔了几跤,生病是必然的。周叔叔,你不用自责。"

即使马上冲了热水澡,那天过后林缊月还是发了烧,一下飙到三十九度,可把所有人吓坏了。

周放山和李敏还在外地出差,便让周拓的私人医生问诊,开了点退烧药和消炎药。在床上躺了一个礼拜,林缊月才大病初愈。

饭桌上的话题说来说去,最后还是转到今天傍晚的那个绯闻。

李敏就不一样了,她严肃地告诫林缊月:"你父母把你交给我们管,我们也要对你负责。这个年纪有好感很正常,但不能影响学习。"

"李阿姨,我真的没有谈恋爱,早恋这种事,我是不会做的。"林缊月点头保证,低头扒饭。

他们听到她这样说,也就不追究了。有时候林缊月觉得周放山和李敏对她有种过分的宽容,但到底是寄人篱下,能有几句教导,这已经是很不错了。

她低头咀嚼,听见旁边的人把碗筷放下,打完招呼就上楼了。

第二天早上,林缊月果不其然被章筱拉到走廊角落,大眼睛在她面前眨巴眨巴,手臂挥舞,满脸兴奋:"快快告诉我,昨天发生什么了?"

"还能做什么?就在咖啡店看了漫画书呗。"

林缊月手里拿着语文书,等下要抽查背诵,她记性不好,再复习一下。

章筱狐疑:"就这样?"

"当然不是。"林缊月露出一个得逞的笑容,"我又不傻。"

"能不能别吊我胃口了,我的姐姐。"章筱恨不得把林缊月的语文书给扔了。

林缊月想了想说:"张鑫问我要不要关系进一步。"

"我就知道!"章筱早有猜测,她觉得平时张鑫看林缊月的眼神就和别人不一样,"那你呢,你说了什么?"

"我?"林缊月从语文课本里抬起头来,"我当然拒绝了,我对他又没兴趣,做朋友最好。"

昨天和张鑫到了咖啡店,她最近一直在追一本漫画,店里好不容易进了新的,她正聚精会神地埋头苦看,谁知张鑫这么没有眼力见,一直在和她聊球赛,害她不好意思打断他。

张鑫像在玩什么体育战术似的,上一句还在说"詹姆斯真厉害啊,我推荐你也去看看",下一句就乘其不备地问:"你要和我试试看吗?"

"……嗯?"

午休的时候,林缊月拿着错题集去办公室找老师,在走廊看见什么,忙转进一旁的多功能教室,她在里面低头看了一会儿手上的错题集,算好时间出去。

没想到她绕路而行的人就站在门口。

"我们谈谈。"

林缊月要走,周拓堵在前面。

"谈什么?"

"你为什么躲着我?"

"我没有。"

"你没有?"

林缊月确实有。

她宁愿提早二十分钟起床走路去学校都不愿意看见他。

那天后,周拓除了偶尔在饭桌上遇见林缊月,她就和人间蒸发了似的,连房间都安安静静的,作息和鬼魂一样。

"躲你又怎么了?"林缊月捏着手里的错题集,"你不是一开始就叫我离你远点,现在这样,你还有什么不满意的?"

周拓的脸黑沉沉的,拉住她的左手腕检查。半个月过去,上面的伤口已经愈合,新冒出的粉肉和旁边的皮肤格格不入。

"是在欣赏你是怎么火上浇油的吗?"林缊月冷冰冰地说,"我要去上课了,能不能放开我?"

推她完全是下意识的举动,他并没有想到她会摔倒。等他反应过来想做点什么的时候，林缊月已经跑得无影无踪。

"那天我不是故意的，我……"

"我也不是故意的，那天你的脸，很脏。"

"哦。"周拓点头，踌躇片刻才开口，"那你和张鑫的事……"

谣言跟长了翅膀似的，所有人都知道了。

林缊月今天被问得厌烦，不耐烦道："又怎么了？"

周拓不赞同地看着她："你不觉得你现在应该要更注重学习吗？再说，你们并不合适。"

"那我和谁比较合适？"她上下打量，"难道和你？"

"我的意思是……"

不远处传来一阵一阵脚步声，这里最近借给了一群来练唱的学生，要给下个月的联欢晚会排练节目。

林缊月不想再被看见和异性待在一块，还是像周拓这样全校闻名的，不然又得开始流传那些骇人听闻的谣言。

"懒得和你说。"

她推开周拓，自作主张地结束了这场对话。

不一会儿，教室就被前来排练的同学们填满，大家都好奇地看着不知为何出现在这儿的周拓。他在众目睽睽中挤出人群，一声不吭地走远了。

4

搬进周拓家的第二天，林缊月正逢休假，在房间里硬是待了大半天，花一个小时给植物浇水，两个小时刷短视频，三个小时对着天花板发呆。

周拓家的隔音效果一般，关上门还是能隐约听见隔壁书房传来会议讨论的声音。

林缊月躺在床上望着天花板，侧过头看她的那棵发财树，正健健康康地在窗台上晒太阳。

秦烨给她发来消息，告诉她"岩极"的合作是隔壁组的金涵在搞鬼，金涵竟然通过关系想抢走他们的项目，好在"岩极"诚实守信，考虑后仍然觉得给他们做更好。

哪里是"岩极"守信？林缊月欲哭无泪，明明是自己背下了所有。

她有一搭没一搭地回复秦烨，不禁感叹周拓效率真高，昨天签掉合同，今天项目就批下来了。

她收起手机,门外传来声响,她吓得赶紧跑回床上躲着。

"林缊月,下来吃饭。"

她还不习惯每天都见到周拓,秉持着只要自己不出声的原则,就认为周拓会识趣地走掉。

"我知道你醒了。"隔着扇门,周拓却像有读心术似的,"你躲我?"

一听到指控,林缊月完全忘记自己还在装睡,马上出言反驳:"躲你做什么?"

"哦,所以你真的醒了。"

被反将一军,林缊月愤愤地将自己蒙在被子里,闷声说:"我没胃口,你自己吃吧。"

"没胃口?"过了一会儿,她听见周拓的嗓音幽幽,"那你半夜去偷翻冰箱做什么?一偷偷三个,你半夜胃口这么大?"

林缊月望着书桌上昨晚她从冰箱里拿的三个三明治,确实有些哑口无言。这本来是她今天给自己准备的伙食,一顿一个,她算好了的。

隔着一扇门,周拓正色道:"醒了就下来吃饭,午餐都准备好了。"

林缊月又磨蹭了一会儿才开门,坐到餐桌上时,周拓已经吃完了,正拿着一本书在看。

餐桌上摆的食物都很健康,清汤寡水,看得林缊月一点食欲都没有。

她拿了早餐剩的鸡蛋敲在桌子上,边剥边问:"你不用上班?"

周拓反问:"你不用?"

林缊月说:"我调休。"

他说:"那我也是。"

老板也搞这一套?

吃完饭,周拓先回书房,林缊月大胆了些,在客厅看起电视。

旁边有一个木质的大书架引起了她的好奇。她俯身欣赏上面的藏书,随意拿了一本下来,发现是他们高中语文老师推荐过的古诗集,自己好像也有一本,但周拓这本看起来并不平整,书封莫名隆起。

她打开一看,生锈的铃铛发出"丁零丁零"的声音,是他们上学时最常见的那种款式,由粉色的手绳串联而成,上面还点缀了几个铜质的挂件。

这勾起了她不少回忆,正想更细致查看的时候,听见背后传来一个声音。

"你在做什么？"

林缊月转头，是周拓从楼上下来倒水，自己那偷偷的行迹被他抓个正着。

但她一点也不慌张，反倒转过身，当着他的面，展开了那串手绳。

"这好像，是我的吧？"

市北高中对决实验高中的排球联赛在周六。

张鑫他们队代表市北高中，邀请林缊月来看排球赛。

这场校园赛盛况空前，甚至在校外租了一个省队比赛的场地，市北高中和实验高中的学生坐满了看台，还有因为张鑫慕名而来的外校学生。

林缊月和章筱坐在第二排，赛前，张鑫把腕上的蓝手绳解下递给她们保管。

第二排离球场有点距离，林缊月需要站起来才能接住张鑫递过来的手绳。全场因为这个小小的互动爆发出激烈的欢呼声，而在林缊月的左手腕上，戴着一款相同样式的粉色手绳。

张鑫交给林缊月保管的那条，本该是送给章筱的生日礼物。林缊月熬夜做了一对友谊手绳，她一条章筱一条，前几天她还校服给张鑫的时候，那条手绳居然误掉进了纸袋，等发现的时候，张鑫已经理所当然地误以为这是送给他的礼物。

林缊月没好意思要回来，打算给章筱重新做一条，变成三人的友谊手绳。

比赛结束后，张鑫在底下朝她招手，脖子上还挂着一条毛巾。

她走下台阶，把手绳还给张鑫："你有没有看见章筱？她刚说上厕所。"

张鑫想了想："她好像已经走了。"

"走了？"

张鑫点头，章筱走前还投给他一个奇怪的眼神，他问林缊月："你怎么回去？"

林缊月说："坐公交车。"

张鑫摸出口袋里的巧克力："你要吃吗？"

得到否定的答案后，张鑫自己把巧克力吃完了，又拧开矿泉水，偷瞄了林缊月一眼。

"那个……"沉默片刻，张鑫问她，"可以去你家洗澡吗？"

李敏和周放山最近出差，周拓也去上击剑课了，家里一时半会儿没人。

张鑫穿着球服在冷风中发抖，林缊月打开门，让他跟着进来，再次强调："洗好澡就走。"

张鑫满脸歉意，自己也觉得不好意思。他家那条弄堂最近在维修地下的水管，停水一天，打完比赛记起来的时候已经太迟了，朋友们都走光了，刚出完汗最容易感冒，他是实在没办法了才问林缊月的。

林缊月懒得听张鑫说这么多借口，把他领到自己的房间，迅速找了一条浴巾给他。

"等等。"张鑫拉住她，有些害羞，"……再帮我找件外套和裤子。"

林缊月去客厅转了一圈，又在衣柜前找了十分钟，把找到的衣物塞给他，就到楼下坐着玩手机。

今天呐喊助威多了，嗓子有些疼，林缊月从冰箱拿出汽水，打开电视翻找频道，好不容易找到合胃口的节目，门口突然传来一阵声响。

那扇大门徐徐打开，周拓拎着运动包进来，换好鞋，绕过她从桌上拿起一份卷子翻看。

他比往常回来得要早很多，林缊月看了眼手机，起身往房间走，脑子已经开始盘算怎样才能把张鑫悄无声息送出家门。

还没到楼梯口，看见有人踩着楼梯一级一级下来。

不好，林缊月心想。

"你的衣服都要被我撑坏了。"

张鑫别扭的嗓音响彻在空荡荡的家里，那件宽大的卡通卫衣在他身上像缩了水，样子有些滑稽，随手拿给他的裤子倒是意外合身。

林缊月迅速往周拓的位置瞄了一眼，发现他正低头看着试卷。

"快下来。"她用气声喊他。

"怎么了？"张鑫满脸都是困惑，但还是加快了步调，三步并作两步，很快站到了林缊月的旁边。

"房东的儿子回来了。"林缊月将张鑫转了个弯，面对着门，"洗好澡，你就该走了。"

"房东的儿子？"张鑫还想朝里面看，被林缊月机敏地挡住了。

"以后细说。"她把张鑫推到门口，"赶紧回去换了，衣服记得晚上还我。"

动作之间，二人手上的吊坠"叮当"作响，像挂在日料店门口被吹动的风铃。

周拓把卷子收起来,上了楼,一眼都没看他们。

好在周拓不爱多管闲事,正好最近听家里阿姨念叨他在准备物理竞赛,忙得不可开交,林缊月因此更加懒散。

晚上,她如约去参加张鑫的庆功宴。衣服被张鑫装袋递还给她,张鑫欲言又止,好奇家中那人。林缊月含糊其词,半真半假地说自己正借住在周拓家,张鑫没再多问。

几轮游戏过后,林缊月开始犯困,一看时间,快十点半了。周家有门禁,虽然周放山和李敏都在出差,但她依旧得赶快回去。

客厅漆黑,林缊月打开小灯,正准备脱鞋,猛地看见沙发上坐着一个人,着实吓了一跳。

"林缊月,"周拓脸色阴沉沉的,"你是不是觉得没人在家你就可以为所欲为?"

"阿姨、叔叔都不在,我当然可以想干什么干什么。"

"你当我是空气吗?"

不是空气是什么?林缊月只能想到一种解释:"我出去玩,你很介意?"

"我当然不介意。"周拓话锋一转,"你猜猜谁会比较介意?"

他居然想要告状,林缊月有些气恼。她要收回那些谬误,周拓就是个爱管闲事的讨厌鬼。

"你睁一只眼闭一只眼就好了,多管闲事,对你有什么好处?"林缊月不知道他在生气什么,但想到万一他真去告状,自己还得应付他的父母,寄人篱下,她还是事事小心一点为好。林缊月低头道歉,"对不起,对不起可以了吗?我下次不会了。"

周拓一愣,脸色更沉:"谁要你道歉了?"

"不是你要求的吗?"林缊月困惑道,"不要这个,你想要什么?"

"那是我的。"

"什么?"

"你今天给你朋友穿的裤子。"周拓为解释感到烦躁,从中午回来到现在,他内心的火气罕见地蔓延不止,他从牙缝里挤出字来,"那是,我的。"

还真是自己做错了事,林缊月抱歉地说:"我还以为是司机叔叔的,就借了我的朋友应急……"她知道周拓有很严重的洁癖,"我不知道那是你的,我叫阿姨洗好给你,可以吗?"

"算了。"周拓不耐烦地说,"你扔了吧。"

"你自己决定。"林缊月把袋子递给他,跑上楼梯,手腕处的手绳铃铛"丁零丁零"作响。她三步并作两步,爬得太快,腿软了一下,眼看就要向后倒摔下楼梯,有双手迅速扶住她。

林缊月回过头,是周拓,他不知道什么时候也跟着自己上了楼。

周拓没有动作,就这样直直地盯着她的手腕处。

"可以把手绳拆下来吗?"

"为什么?"

"很吵。"

他们在楼梯中间的台阶上,正好有道窗外的灯光反射到他们中间。

林缊月站在周拓上一级台阶。

即使这样,她也没有觉得自己比周拓高,他的压迫感强到她无法忽视。

"你戴什么都可以,就这个……"周拓话说了一半,突然顿住,抬头看向林缊月。

借着月光,他看到她脖间有一小片通红。林缊月被他这样盯得浑身发毛,她动了动,跟着周拓的手也动了。

"我要回房间了,你还想干什么?"

周拓伸手靠近她颈侧。

林缊月之前被他压在墙上有心理阴影,以为周拓又要掐自己,有些害怕,缩起脖子:"我这次没犯错也没惹你,你不可以又……"

还没说完,周拓温热的掌心贴上她的脖颈,粗粝的指腹摩擦着,表情满是不可置信。

"你和他……"

周拓脑海里突然浮现那件可笑的卡通卫衣,身上的沐浴露香味他隔了那么远都可以闻到。

他们……

消下去的蚊子包又开始躁动着,林缊月偏过头。周拓想缩回手,但是花了很大的力气好像还是被凝固在原地。

他大掌猛地往前一拉,林缊月踉跄地下了一级台阶,和周拓面对面站着,她的后背就是硬邦邦的墙壁。

在那一小片光束里，他们的视线撞在一起，火光四射，"噼里啪啦"。
"你才多大？就——"
林缊月挣脱了他的束缚，周拓想再去拉她，却抓了个空，就让她这样逃掉。
"神经病。"
他听见林缊月骂人的声音在关门之前响起。

5
别墅的客厅里，站在书架旁的林缊月笑得格外得意："我的东西，怎么在你这里？"
"我怎么会知道？"周拓移开视线，"你在哪儿找到的？"
"夹在你的《诗经》中。"林缊月把刻有她名字首字母"lyy"的那面吊坠展示给周拓，"你看，这是我的名字。"
"你不喜欢我戴手绳，就偷走了？"她得意扬扬，似乎是在沾沾自喜她的记忆并没有出错，"我就说怎么找不到了，原来是家贼难防。"
周拓皱眉看她："你忘了吗？这是你以前……"
"哎呀，不要狡辩了，反正现在是找到了。"林缊月收好失而复得的手绳，跑上楼梯，有些不屑，"以后别当小偷了。"
回到房间，林缊月把手绳随意放在桌上，还没来得及欣赏她往日的手艺，手机就响了。
学姐的声音单刀直入，连寒暄都略去了："那笔账不好查，但应该不是周放山做的，钱没入他们公司的账户。"
"怎么会这样？"林缊月还没冷却的得意凝固了。
"查到的事实就是如此。"学姐说，"我这边建议换个方向查……当年你们家破产的时候，你还记不记得其他线索？"
"嗯……一时半会儿想不起来。"
"那就想到再给我回电。"那头的声音利索地回答，"那就这样，没什么事我先挂了。"
挂了电话，林缊月整颗心都沉了下来。
居然不是周放山做的。
她一直疑心当年周家的好意帮助，但居然是自己想多了？她想了想，蹲下来从行李里翻出那本从老家带回来的红色牛皮日记，夹层的地方歪斜出一张泛黄的合照,照片上方印着红色的正楷小字:2014年润业有限公司集体合影留念。

那是2014年,距离他们家破产还有三年。

林润刚坐在最中间的位置上,严肃地板着一张脸。他右边穿蓝色条纹衬衣的男人身材有些发福,从侧面梳过去的头发并不能遮住那男人油亮的秃顶,笑容挤压了皱纹,那男人脸上堆满横肉。

姜严明来找周拓,进了他办公室,疑惑地道:"谁又惹你了?"

"找我什么事?"

姜严明把手上的东西给他:"邀请函来了。潘老爷子估计还是觉得面子上欠妥,寄到我这儿来了。"

"谢谢。"周拓接过,打开信封检查。

姜严明说:"今晚'岩极'有个酒会,你来吗?"

"今晚不去。"邀请函上烫金印着他的名字,周拓放进抽屉保管,"今晚要回趟老宅。"

郊外老宅门口的庭院经过改造变成了一片菜地,规划得整整齐齐,芹菜一块,花菜一块,蒜苗一类的也种了好多。底下的泥土看着都像是被筛子筛过似的,颗粒大小均匀,没掺半点杂质。

有个身影弯腰拿水壶对着菜地洒水。远远来了一辆车,那个身影看见后直起身来。

"小拓,你来了。"看见周拓,他连忙把水壶递给身边的家政阿姨,不用旁边的人扶,就要从菜地里出来。

"慢点。"周拓赶紧搀扶,"都这样了怎么还想着种地?"

前段时间祖父周富民被检出骨质疏松,医生特意叮嘱他减少活动,以防骨折。

祖母姜美月从正门走来,笑道:"他还以为自己现在是年轻人呢,种地不说,还天天去旁边的公园溜达,晚上回来和我说膝盖痛。"

"您怎么也不拦着?"

"我拦有用吗?他平时最听你的话,就靠你劝。"

周拓转头,正好和心虚的老爷子对视上。

都说人越老越回去,祖父周富民也是如此。年轻时根正苗红的企业家说话板正严肃,上新闻采访和报纸的时候都不苟言笑。没想到退居二线以后两耳不闻窗外事,除了依旧保持收藏古董、练书法的老爱好,居然还对种地提起兴趣来了。

周拓问祖父:"其他人都到了吗?我扶您进去。"

"都还在路上,你是第一个到的。"祖母姜美月回答,跟着扶周富民,问周拓,"最近很忙吧?"

"还可以。"

周富民说:"你把潘家的小姑娘弄不高兴的事都传到我这里来了。"

姜美月拍拍周富民:"小年轻的事情你就别管了。"

桌上那三杯茶还在袅袅冒烟,门铃响起,是周放山和李敏来了。

"爸、妈。"

他们把外套脱下交给家佣挂在一边的衣架上。

"来啦?都坐吧。"好不容易把这一大家子凑在一起,周富民的喜悦溢于言表。

只不过还缺了点人,他的手机"叮"地响起,周富民戴上老花镜,手伸远了看个半天,脸上的笑容冷了下去,突然"哼"了声,把手机甩到桌上去。

"真是造孽。"

"怎么了?"姜美月知道他一直在期待这天,"一民又不来?"

周富民不愿重复,只是把手机扔给她看,调成大号字体的消息赫然入目:爸,今天聚餐我们家就不来了。您这么喜欢大哥,把时间都留给你们。

底下的落款人果然是姜美月口中的周一民。

姜美月叹气:"都多久了,还和我们赌气呢。"

周放山说:"爸、妈,一民想通了自然会来的,到时候我也劝劝他。"

周富民冷哼:"不用劝他,我要看他究竟能犟到什么时候。"

周富民越说手越抖,脸也气得通红:"他教出来的那个孩子也是,天天和小拓对着干,再这样下去……我倒要让他们看看,谁才是周氏的一把手!"

"祖父,"周拓端茶水给他顺气,"周佳文威胁不了我,您别把身子骨气坏了,不值当。"

热茶入口,周富民才冷静一些。周放山是他的第一个儿子,自己老来得子,十足宠溺,而周放山也没让人失望,一路结婚生子、接管企业,将一切打理得井井有条。周一民作为次子,从小性格不如大哥沉稳,因此常常遭受打骂,被家法惩治。

长此以往,周一民总想什么都跟大哥比较。

少年时就比吃、比穿、比成绩,成年了就争夺周氏继承权,到了后面,就开始拿自家小孩跟周拓比。

说到底,周一民不过就是对当年继承股份的安排耿耿于怀。

周放山也劝他:"爸,他不来,我们自己吃就好了。"

姜美月想起什么:"燕子怎么还没到?"

话音刚落,周富民的小女儿周燕燕就开门进来了。

"哥、嫂。"她脱了外套,从众人沉默的氛围里读出端倪,"二哥又不来?"

周燕燕叹了口气:"过去这么多年了,二哥要能放下早放下了,就让他折腾吧,累了自己会想通的。"

周燕燕没有结婚,因此只自己一人。

这顿饭老爷子吃得并不开心,一直期待的二儿子没来,他在餐桌前显得有些心事重重。

姜美月给众人递眼色,领着他先上楼了。

周放山点点周拓:"你出来一下。"

别墅外的月光下,周富民那片菜地长势颇旺。

"你的手这么长是吧?"周放山转身,"都伸到姜严明那里去了。项目给别人卖个人情,以后你落难了,人家也会来帮你。非要装什么大公无私,弄成这个僵局,你满意了?"

周拓知道周放山说的是蚕灯那个项目,抢项目的是金家的千金,周拓一板一眼地回答:"这项目本来就没金涵什么事,给她不合适。"

"给那丫头就合适了?"周放山冷笑一声,"你真以为我不知道你最近在做什么?"

"爸。"月光下,周拓开口。

"不管怎么样,那些联姻的饭局,我都不会再去了。"他冷声冷调的,"我不会像你一样,为家族利益而结婚的。"

Chapter 4
醋意

来接女朋友回家

1

林缊月住进周拓家已经快一个礼拜了。

成为他名义上的合约女友,也有一个礼拜的光景。然而周拓既没行使假男友的权利,也没带她去任何酒会,成为他拒绝相亲的借口。

倒是她已经先享受上项目的红利。

她和秦烨,还有同组的几个同事这周定下了场地和有潜力合作的艺术家,忙得那是一个焦头烂额。但这合作来之不易,大家宁愿少睡一些,也要把事情做到最好。

林缊月和同事们一起叫外卖吃完晚饭,又熬了一会儿,实在忍不住,抱着电脑说自己回去再看看。

到了家,室内漆黑一片,玄关处也是空荡荡的。

林缊月放下挎包,趁周拓还没回来,瘫进松软的沙发里,摸到遥控器打开电视,给冷寂的客厅增添一点声响。

这些天她睡眠严重不足,从上午开始就头昏脑涨,咖啡下肚也还是昏昏沉沉。

黑沉沉的客厅只有那面巨大的电视液晶屏偶尔传来一些欢声笑语,林缊月枕着沙发,呼吸越来越缓,不一会儿,眼睛就闭上了。

司机把周拓从老宅接回来已经快后半夜了,房屋的窗户没有透出半点灯光。

"她回来了吗?"

"林小姐平时不让我接送,不知道这会儿……"

周拓从车上下来,点头:"知道了。"

他拉开门,先听见的是电视机里传出来的笑声,屏幕蓝光回转在客厅。他脱了鞋,想去把电视按灭,一转头看见那个蜷缩成团陷进沙发的身影。

他脱下外套想去给她盖上,走近却发现林缊月额上冒着细汗。他伸手去擦,她居然睁开了眼,惺忪地揉搓,平时的嚣张此刻偃旗息鼓:"哥哥……"

他伸出的手僵在原地。

林缊月也愣了。

刚才她梦见自己被放在火炉里烤,周围是土棕色发亮的岩浆,热得快要窒息,有东西压在身上,旁边的铁炉开始下陷,她跟着那锅沸水一起,全掉进了一个无底深渊。

一睁眼她以为自己还在上高中,看见周拓,本能地脱口而出。而他身上穿的不是校服,她才发现这已经是六年之后了。

都怪自己睡得太沉,林缊月开始找补:"我梦见前男友了,还以为你是他呢。哈哈,哥哥,你们都是我的好哥哥。"

周拓隐没在暗处,看不清神情。

他继续手上的动作,贴住她的额头。过一会儿,他沉声说:"林缊月,你发烧了。"

周拓家有面药柜。

看着他找药的背影,林缊月突然灵机一动地问:"你之前为什么说是我先惹你的?"

"难道不是吗?"周拓声音淡淡的,从药柜里拿出一盒"扑热息痛",转头问她,"你头痛吗?"

"还好。"林缊月说。

"那就先吃一片。"周拓将"扑热息痛"递给她,扭头到厨房烧水。

水壶发出难耐的噪声,在一片滚热的蒸汽里,周拓转身看她,隔着段小小的距离,两人对望着。

"林缊月,"他终于开口,"你是不是什么都不记得了?"

音量不大,但足够在翻滚的音浪中被听见。

林缊月惊讶地问:"你怎么知道?"

她的记忆出了点无伤大雅的小问题,那年的事大概忘了个七成。她咨询过医生,说忘掉也没事,不是健康的问题,以后说不定还会想起来的。

"也不是什么都忘了。"林缊月解释,"我还记得你以前很讨厌我。"

"咔",浅浅小小的一声,热水烧好了,室内又恢复原有的寂静。

周拓转过去倒水,又在杯中添了点凉开水,很久都没有说话。

林缊月说:"……不是这样吗?"

周拓转身,把药和水一起递到她手里,语气终于开始有了不耐烦。

"对,是很讨厌你。"

"……嗯?那看来我的记忆没有出错呀。"

"把药吃了,热水喝完。"他皱眉催促,"吃完就赶快去睡觉。"

林缊月依言照做,吃了药就爬上楼。药效发挥得很快,热水让身体暖洋洋的,她窝在床里,昏昏沉沉地睡了一觉。

本应该一觉睡到天明,谁知道醒来一看手机才凌晨三点,她额头还在发热,刚才上来的时候忘了拿体温计,她的挎包也还在楼下。

她轻轻打开门,蹑手蹑脚地下到客厅,意外地发现楼下居然亮着灯。

周拓拿着电脑在餐桌前办公,还是刚进门的那身衣服,估计是催她上去休息后,就自己一人独享这个空间了。

周拓看见是她,皱着眉说:"你怎么还没睡?"

"来拿包和体温计。"林缊月指指客厅,走到沙发边,棕红的托特包果然在那儿。

她捏着包带回去,经过周拓,背对着他踏上楼,却听见那声音从身后幽幽传来。

"除了这个,你还记得什么?"

以为听错,林缊月转过身,周拓看着她又问了一遍。

她拎着包站在楼梯口,表情有些无措。

"潘叔后脑勺有两个旋;你家那个打扫卫生的张阿姨很怕你妈;有回庭院里你妈种的一株名品花失踪,其实是我不小心摔倒把它压扁的,后来我……"

"不是这些。"周拓打断她,昏黄的光线里,他的眼神紧紧贴着她的脸,"我和你之间,你的回忆里,还剩下什么?"

"为什么这么问?说得好像我们之间有很多回忆似的……明明我只在你们家待了一年,一半时间我们互相讨厌,另一半时间我连你的面都见不到,怎么会有很多的记忆?"

她低头整理挎包,里面的东西死沉死沉:"你应该感到荣幸,还能在我那年的回忆里占有一席之地。"

一抬头,周拓还没收回目光,两人的视线猝不及防地又撞上了,在昏黄的光里交织在一起。

那目光几乎要灼热她。

林缊月率先挪开眼:"好了,深夜长谈到此结束,我要回去睡觉了。"她提着包就走。

"不对,不是这样的。"

周拓捞回她要挪上楼的身体,温热熨烫肌肤,她果然还是发烧了。

"林缊月,你去看过医生没有?"

"你才有病。"林缊月想把他的手拍下去,无奈周拓力气大,她翻了个白眼,"我每年都去体检,各项指标好得很。"

过了一会儿,她也不挣扎了,转头对上周拓那深不可测的眼眸。

"周拓,你究竟想做什么?"

"……真的只有做合约情侣这么简单吗?"她越发觉得可疑,"我以前从你妈那儿拿过钱,你不会因为这件事,还想着要怎么报复我吧?"

腰上的力气一松,林缊月看见他的侧脸黑得发硬:"哎,周拓,你……你走什么?"

这场对话鸡零狗碎,他们不欢而散,林缊月也只好拎包回到房间,逐渐升温的脸颊提醒自己又忘了拿体温计,可她不敢下去,怕又在楼下遇见周拓。

门外响起脚步声。

那是周拓。林缊月想,等听到他关门的声音,她就下楼拿体温计。

可是还没等到关门,她的房门被敲响了。

门外有东西被放到了木地板上。

"体温计你忘了拿,我给你放在门口了。"

林缊月装死不回,半天过去,没听见他离去,那缓慢低沉的嗓音又透过门遥遥传进她耳朵,就像在身旁低语似的:"林缊月,我没有想要报复你,那些东西,你要是忘了,也就忘了,没关系的。"

她不堪其扰地用被子盖住自己,周拓喑哑的嗓音还是穿过门透进棉被,传到了她的耳朵里。

估计是没等到回话,门外很快就传来了离去的脚步,再接着,"咔嗒"一声,隔壁的房门也被关上了。

屋内漆黑一片,林缊月缩在蚕蛹似的被子里,突然就有些睡不着了。

2

第二天醒来，头痛居然没有好转，反而有些变本加厉地牵扯太阳穴跳动。

林缊月打开门。体温计还放在原地，她拾起来，将它从盒子里倒出，消好毒塞在腋下测量体温。

整个二楼都静悄悄的，周拓的房门大开着，她装作若无其事地朝里面望了一眼，那里被子整齐折叠，整洁得不像有人住过。

林缊月下了楼，玄关处的那双皮鞋已经不见了，餐桌上也空荡荡的。

手机"叮"一声，是周拓的消息，告诉她厨房的电饭煲里保温着粥，叫她醒来可以吃。

林缊月回了个"好"，拿出体温计一看，三十九度。她拍了张照片作为证据传给秦烨，说自己要请假一天，然后打开电饭煲盛了碗粥。几口吃完，她又吞了片退烧药，回到房间倒头就睡。

再次醒来的时候，天都黑了，林缊月摸到手机一看，已是晚上七点。

屏幕上显示章筱不久前给她转了一个链接。

林缊月回：你不会是搞诈骗要骗我的钱吧？快说一个我的秘密。

章筱回：你卡里就那点钱，还用得着我骗？

好辛辣的点评。

林缊月在床上翻了个身，点开链接，是狮子座流星雨的新闻：恰逢天空无云，天朗气清，预计将于今晚十点钟升于本市的天空。

章筱从高中起就知道她那没事就喜欢观星的小癖好，所以看见了就特意转发给她。

林缊月头已经不痛了，走下楼。周拓还没回来，阿姨正在准备晚饭。

看着一桌子菜，她问："周拓回来吃吗？"

阿姨说："周先生不回来。"

林缊月很苦恼，她一个人根本吃不下这么多。她询问阿姨想不想和她一起吃，但对方坚持自己已经用过晚饭，不好再和她一起吃。

H市的菜偏甜，H市离她家乡S市也没有很远，口味差不多，今天的菜品很清淡，都是适合生病时吃的。

阿姨四十多岁的样子，人看着娇小，但干活利索，口音听着居然还有些耳熟。

林缊月问："阿姨，你是哪里人？"

阿姨说:"我是 S 市人。"

林缊月惊讶:"是吗?我老家也是 S 市的。"

"呀,真是巧了。你来 H 市多久了?"

"快两个月,但我以前在这儿上学。"

阿姨赞同:"H 市教育资源确实好,我正想着把老家的女儿接过来呢。"

饭后又量了体温,烧已经退了不少。

林缊月百无聊赖地回房间看电视剧打发时间,突然想起章筱给她发的那个新闻。

她裹着毯子走到二楼走廊尽头,她记得周拓家还有个露台,虽然她之前从没上去过。她推开门,顺窄小蜿蜒的楼梯到达了屋顶。

露台很干净,放着一张雕花大理石桌,她在旁边的椅子上坐下,打算点烟消磨时间。

而后她又用手机软件对照天空的星象,勉强看见一颗织女星。预报说每小时的流星数在二十颗左右,将会在天空北部升起。

可等了一会儿,也一直没看见流星,也许是市中心光污染严重,在这里应该看不见。

她想起漆黑的野外应该会有很好的观星地点。

周放山和李敏出差回来了。

快半个月的时间不在家,现在家里终于热闹起来,两人难得都有空,不知道是谁的主意,居然决定带周拓和林缊月去露营。

地点选在了 H 市不远处的一个乡间,开车两个小时内就可以到。

周放山和李敏平时就喜欢户外活动,这个露营点他们经常来,已经熟门熟路。

到的时候还是下午,周放山停好车,周拓打开后备厢,和周放山一起搬露营的装备。他们带了折叠桌椅、便携灯、帐篷、烧烤架和一些食材、调料,准备晚上的时候烧烤。

林缊月也跟着拿了几张桌椅摆在靠近河边的沙石上。

这里依山傍水,视野也很开阔。

更重要的是,正逢深秋,满地落叶,踩上去"沙沙"作响,气温也正凉爽。

周放山和李敏在不远处打钉子,为了等下要搭帐篷做准备,两人在那片空地上徘徊,比画着什么。

周拓端着装有食物和木扦的盘子摆在桌上,林缊月还在旁边摆折叠椅,伸手给周拓递了一张。

周拓接过,打开折叠椅,椅子腿有些松动,螺丝钉飞出去一颗。

林缊月眼疾手快捞住那颗螺丝钉:"不是我干的。"

周拓拿走那颗螺丝钉:"你好像很怕我?"

林缊月没有抬头,继续摆弄折叠椅:"我不应该吗?你这么暴力,不怕你我怕谁?"

"那我向你道歉。"周拓找了把钳子把那颗螺丝钉紧紧拧进去,摊开椅子撑了撑,应该不会再塌。

"坐吧,我们聊聊。"

"又聊?"林缊月很警惕,"聊什么?"

周拓已经坐下,好整以暇地看着她:"你知道我要聊什么。"

林缊月和他对视,只有流淌的河水在两人旁边淅淅沥沥。

片刻,她也坐下,和周拓之间隔着一张小桌子。

林缊月闲不下来,拿起桌上的切片蘑菇一片一片串在木扦上,周拓在她旁边也拿过扦子串起来。

现在天气好,空气佳,景色优美。

周拓为那天自己的粗鲁行径道了歉,林缊月深吸气,觉得自己也可以变得大度些,点头接受了。

"下雨那天我不小心靠近了你,所以你上回这样对我,算是半斤八两,我们扯平了。"林缊月串着烤串,瞄了他一眼,看到他的表情很正常,放下心来,接着说,"做朋友,氛围很重要,你知道吗?之前你给我涂药水,氛围就挺好的。"

"不过那天晚上你推我,害我摔倒,真的很痛。"

周拓居然点头赞同了:"对不起,以后不会再发生这样的事。"

太阳从西边出来了?周拓友好得有些可疑。

"你不会又盘算怎么害我吧?"

"为什么总把别人想得这么坏?"周拓一脸真挚,接过她手里串好的食材放进盘里,"我只是希望接下来的日子里,我们不要再斗来斗去了。这样对谁都不好。"

他拿起青椒串进木扦:"我们努努力,尽量和平地度过这一年,然后各走各的路。"

最后一串烤串也准备好了，他端起盘子准备离开，偏头问她："怎么样？"

林缊月还是难以置信。入住周家以来，她和周拓的针锋相对就要在今天结束了，他们将会按照约定的那样和平共处。

周拓把地钉砸进地里，在做最后的收尾动作，然后走进搭好的帐篷，在里面放上充好气的床，又在上面铺了毯子。

他坐下来休息，浏览着学校论坛。有时候老师会整理出历届考题的电子版发在上面，他没事就会搜寻题目给自己当作练习。

如果用数学作比喻，那么他和林缊月的人生就是两条相交线，而此刻就是交点。

林缊月犯了糊涂，他也同样犯下了一个小错。

那天他回到房间冷静后发觉，在林缊月面前，失态居然是常事。不知怎的，一遇见她，他坚守的原则就松动着要脱落，这样的冲动对他来说很不寻常。

但好在问题不大，只要远离源头，似乎还可以回到正轨。只要他足够耐心，等待这一年的时间过去，很快事情就会恢复原样，然后，他们这两条交线就再也重合不到一块去。

就让他们恢复如初，谁也不欠谁，现在这样就很好，比最开始都要好一点……周拓这样想着，滑到考题底下，下面有个相关链接，估计也是某年的知名考卷。

可点开后，预期中的试题没有出现，密密麻麻的题目小字也没有出现，出现的是一张模糊的照片。

他对这个没兴趣，刚要退出去，上面一排加粗字体：**高三（4）班，有图有真相。**

高三（4）班？

周拓顿住，滑动手机，将那张图放大。

天色很黑，男生背影宽厚，只穿着一件球服，女生披着他的校服，两人站在树下，凑得很近，不知道在干什么。

照片上的那个女生，就是今天和颜悦色答应和他井水不犯河水的林缊月。

周放山燃起火，把大家叫出来一起坐在火边烧烤。林缊月把花椰菜放上去，周拓同样伸出手就在她旁边烤食物。

不知道是火的余热在烤着她，还是周拓的手臂离她太近，有些碍眼。

林缊月沉默地吃着烧烤，周放山和李敏在聊工作，偶尔也聊聊生活。他们的生活琐事几乎和工作画上了等号,无非哪家公司做了什么样的决策,他们家庭内部又发生了什么样的转变。

林缊月像局外人般津津有味地听着,吃到都有点撑了,便拿着便携灯说要在周围逛一逛消食。

周放山和李敏对这一带很熟悉,知道这里基本没什么危险,叮嘱了她小心点就让她一个人独自行动了。

确实就像他们说的那样很安全,往东穿过一片小树林,就是开阔平坦的草地。

林缊月拎着灯在草地上坐下来,深秋时节天朗气清,今天没有云,月亮和星星齐刷刷挂在天空。

林缊月掏出手机对着天空看了一会儿,找到又大又亮的木星。前几天上地理课,学到木星,老师说木星是地球的守护星。

真神奇,林缊月遥望着那颗在天空中闪亮又蓬勃的行星,她的守护者就只有自己,从小就是这样。

林润刚和张婉清在开厂做生意前,都是很普通的上班族,她小时候被寄养在外婆家,爸爸、妈妈只有下班了才会去外婆家接她。

林缊月又对着软件上的提示看了半天,勉勉强强才看出一个星座。

周围静得只剩下风的声音,她躺在草地上,望着天空,感觉世界只剩下自己。吃饱喝足,她居然有些困了。

身后响起脚步声,她爬起来,回过头,另一盏灯移动过来。

周拓在她身边坐下,也没说话,很好,很和平。

伸手不见五指的黑,只有地上的灯微微发亮。

林缊月想,今天周拓对她异常友好,还向她道歉,于是她不介意和周拓多聊一点,反正他最喜欢"聊聊"了。

她戳戳周拓,指着那个格外闪烁的小光点。

"今天从这里可以看到木星。"

周拓没作声,林缊月也不在意,自言自语。

"你觉不觉得,其实有点令人失望?"

"失望什么?"

林缊月想了想:"宇宙大到无边无际,仅银河系里就有两千亿颗恒星。但如果把我们放在宇宙里,是那样微不足道,就像没人会在意的星际尘埃。"

树林、山风和远处的河流都静静地凝视着他们。

"就算是星际尘埃,你觉得每粒都一模一样吗?"

"什么?"

"十多年前,有科学家研究过一颗彗星旁的星际尘埃。"周拓把带来的灯调暗光线,"他们发现每一粒星尘都截然不同。"

他语气淡淡,好像只是在做科普:"没有一粒星尘是一样的,它们千差万别,有些来自行星,有些是彗星,碰撞发生前,它们也是星体的一部分。就像我们身体里的每一个细胞,每一种组成细胞的元素,在亿万年前,都诞生于一场恒星的剧烈爆炸。"

"你说得对。"周拓偏过头看她,"从这个角度上来说,我们确实是宇宙中的一粒星尘。"

"……所以我们都曾是一颗恒星。"

周拓点头:"严格意义上说,是这样的。"

自从搬到周家,林缊月和周拓为数不多的对话都还是在推搡间发生的,这天居然可以在草地上心平气和地聊天体。

躲躲藏藏的细光划过天空,他们有关人类来源的探讨被闯入视线的流星打断。

林缊月望着天空:"……今天真是撞大运了。"

手机亮起双子座流星的提示,误打误撞给她碰到了。

林缊月双手合十,她现在甘心只做一颗微小的宇宙颗粒,对流星许愿。

一颗又一颗转瞬即逝的流星就像大海里起伏的波涛,周围静得只有呼吸声。

他们在草地上一起观摩了这场没人知晓的星海盛况,坐到手脚都开始发凉,林缊月还有点恋恋不舍。

周拓提醒她已经过了十一点,再晚一点李敏就要找来了。

林缊月起身的时候,脚麻得踉跄朝前,周拓及时扶住她。少年的体温透过布料传达到肌肤,他牢牢握住她的胳膊,捏得她有些发痛。

她抬头示意,周拓快速松开手,余温却还在源源不断地传来。

他们要往回走,林缊月跟在身后,喊了一声:"周拓。"

周拓回过头,用眼神询问。

林缊月说得很慢,手上的便携灯散发出的光线在她眼里打转,忽闪忽闪,像熄灭又亮起的火苗。

她说:"现在的氛围,就很好。"

烟燃到底，烫了林缊月一下。

她快速丢掉，看见烟头在黑夜里缓慢熄灭，像不太活跃的太阳黑子。她产生一种寒意，不记得以前自己居然对周拓说过这样的话。

也难怪周拓说过是自己先惹的他，好像确实是这样。

她不打算继续等流星，匆匆拾起桌上散落的烟头，准备裹着毯子回房。烟头捡到第三根的时候，有只手把那根烧到底的烟屁股递给她。

林缊月抬头，周拓不知道什么时候回来了。她把那烟头接过来放在手心，周拓用手背贴在她的额头上。

"你退烧了？"

"嗯。"

周拓又问："来看流星？"

林缊月点头，右手抓着毯子，要绕开周拓回房。周拓却从她的虎口处抽出烟盒，倒出一根，拿起她遗忘在桌上的打火机，拢手点烟的动作比她还要熟练。

林缊月忘了自己要下去，周拓盯着她，悠悠吐出烟来："一起看一会儿？"

住在一起这些天，林缊月从没见过周拓抽烟。她感觉自己现在的神情一定比看见路边的流浪狗开口说话还要怪异。

周拓从桌子底下拿出烟灰缸，林缊月把烟头都扔进去，抖抖手，坐下，重新用毯子裹住自己。

她抬头等一颗降落的流星，又想到那场星海下的对话。

沉默一会儿，她问："你什么时候开始抽烟的？"

"五年前？六年前？记不太清了。"

刚上大学的第二个月，周拓从学校回家。

那天半夜，走廊里传来一阵鬼鬼祟祟的声响。

灯被打开，光线穿过门底下的缝隙照进周拓昏暗的房间里。

是他妈的声音："事情都办好了？"

"放心吧，都办妥了。"周放山说，"人在英国，那副样子，应该是铁了心不会再回来的。"

沉默片刻，李敏说："这样也好。"

两人走进书房，关上门，再说的话就听不清了。

周拓睡眠很浅,一有响动就会被吵醒,更何况他根本还没睡着。

他记得自己平躺着,从无尽的黑暗里睁开眼,又烦躁地闭上,不知第几次尝试入睡失败后,干脆开灯,在黄蒙蒙的灯光里颓坐。他又突然想起什么,找到今天穿的外套,从口袋里摸出什么,展开,是一包烟和一个打火机。

昨天室友塞进来的,嫌他平时过于一板一眼,偷笑着让他学习学习。

他尝试点燃,在黑暗中呼出一口雾气,白团团的烟雾在空中停留几秒,不一会儿就消散殆尽。

那天站在窗前,烟灰落尽,周拓才发现自己无师自通了他最厌恶的东西。

这是他知道她去了英国的第一天。

林缊月把毯子盖过鼻尖,"哦"了一声。他们静坐了一会儿,天空丝毫不见有任何流星的动静。

周围绕着淡淡的烟草味,林缊月说:"还以为你有洁癖,烟酒都不碰。"

"为了应酬,很正常。"周拓把烟按灭。天空黑透了,两人中唯一的光源也被掐掉,不知过了多久,天空远处有亮光隐隐攒动。

周拓提醒林缊月:"流星来了。"

好一会儿,他都没听见声音,转过头去,身旁的人已歪头睡着,手和脚都乖乖地藏在毯子底下,胸口浅浅起伏。

那是一个婴儿般的睡姿。

迷糊间睁开眼时,林缊月发现自己已不在露台,身上的毯子快要滑落,周拓抱着她不知要往哪儿走。

她挣扎了一下:"我自己回去。"

"继续睡吧。"周拓将毯子盖回她身上。

是梦吗?

或许是吧,林缊月疲倦地眨着沉重的双眼,也许从住进那个人的家里开始,这场往复循环的旧梦,就又周而复始了。

惺忪的双眼撑不过片刻,缓缓合上了。

3

一片青黑中,林缊月突然睁开双眼。

一时间,她竟不确定自己这是在英国的房子里,还是在周家旧宅,抑或四环外的那个出租屋里。

但都不是。

她愣了下,这是在周拓自己的家,睡前他们还在看流星。

她把毯子和被子一通打开,坐起来时,突然想,六年前的那天,周拓是怎么回答她的呢?

和现在一样漆黑,唯一的不同是那时她的手臂还残留着周拓的体温。

她对周拓说:"现在的氛围,就很好。"

周拓说了什么?

山风"呼啦啦"地拂过他们,河水潺潺流淌,天空中依旧时不时划过流星。他们之间只隔着那盏静静闪烁的灯,不合时宜般地发出电流"嗞嗞"声。

那时周拓的表情很淡,好像只是疑惑。

林缊月听见他说。

"你和张鑫也是这样?"

然后"沙沙"的脚步声由远及近,风软软地拂在他们脸颊上。

漫天流星下,他们确实只是一粒小小星尘。

"小拓!缊月!"李敏的呼喊声从树林里传来。

收拾完厨余垃圾,要准备睡觉了,还不见这两人回来。李敏朝林缊月之前说的那个方向走。树林黑漆漆一片,她看见不远处有两盏灯亮着,在靠近树林入口的地方。

她走近一看,两人也正提着灯准备往回走。

她上下打量两人。

"去哪里了?散步要这么久吗?"

"刚刚有流星,我们看得太入神了。"林缊月抢先回答。

"刚刚?"李敏抬头,天空只剩点点星光,"我怎么没看见?"

营地里,周放山已经进了帐篷。

李敏看两个孩子分别都进了帐篷后,也回去熄灯睡觉了。

充气床除了偶尔翻身会发出"咯吱咯吱"的声音,还算舒适。

林缊月回想起刚才山间璀璨的星河,翻来覆去地睡不着觉,闭眼打算做最后一次尝试,十分钟后,在夜里睁开炯炯有神的眼睛。

伸手不见五指的黑,她竖起手指,目光落在光秃秃的手腕上,突然意识到,自己那条手绳还在周拓的外套里。

刚才观星的时候,她嫌手上的挂饰一动就发出响声,她的衣服又没口袋,便解下来放在周拓那里保管。

那条手绳是她一颗一颗穿起来的，平时连睡觉都要戴着，现在不在手腕上，心里就空落落的。

周拓的帐篷在最右边，林缊月踩着鞋子蹑手蹑脚地靠近。里头静悄悄的，她连大气都不敢喘，打开手电筒，把亮度调低些，屏着呼吸往地上找了一圈，也没找到周拓今天穿的那件外套在哪儿。

林缊月俯身环顾四周，蹲着爬到床边，她的手绳赫然放在床头。

床边传来不耐烦的声音。

"林缊月，你好吵。"

她正专心找着手绳，被突如其来的声音吓了一跳，偏过手电筒左右晃动，周拓的一双眼睛在黑夜里格外深邃。

"吵到你了吗？"她以半蹲的姿势跪在床前，示意道，"我是来拿手绳的。"

手电筒悬在面前，就算是没睡着，也被刺得睁不开眼，周拓把手电筒抢来，"啪"一声关掉，帐篷内又恢复了漆黑。

没了光源，林缊月就看不见手绳的具体位置了。

今晚周拓异常乖顺，林缊月想，如果她现在撒娇提个要求，他应该也会答应下来。

她问周拓："可以帮我一个忙吗？"

"有事明天说，你不困吗？"周拓催她，"先去睡觉。"

"……下周日的补习班，我有事不能去，你能帮我掩饰一下吗？"

那张树影下的照片莫名在周拓脑海里盘旋，一股烦躁突然在胸腔升起。

"不可以。"周拓的嗓音突然冷却了，"你请假做什么？"

他皱眉盯着她，语气中是自己都察觉不到的不耐烦："离期末不远了，你应该好好上课。"

林缊月感到失望，蹲在床前，尝试劝说周拓。

"这点小忙都不帮吗？不是还说要和平共处？"

"这样。"她指着床沿，"你不是嫌它吵吗？我把上面的吊坠拿掉，不让它吵你，你帮我想想办法请个假，可以吗？"

"这是两码事。"周拓说，"帮你蒙混过关这件事，不行。"

帐篷里安静得可怕，沉默像藤蔓蜿蜒攀爬，林缊月很久都没有说话。

周拓也想劝说她："林缊月，你……"

可林缊月头也不回地走了，连手绳也忘了拿去。

那条串珠手绳在六年后早已生锈不堪，曾经的清脆铃音也变得钝重起来。

不是他偷的，林缊月想，原来周拓那天是这个意思。

记忆涌进心头，她烦扰不堪，这下更睡不着了。走廊上漆黑一片，书房的门紧关着，缝隙里透出亮光，周拓应该也还没睡。

她轻手轻脚地在门口停顿，听见周拓在打电话："盯着他，对，好……"

等到他挂了电话，她敲门推开，咳嗽一声："手绳真是我给你的哎。"

"记起来了？"周拓刚挂完电话，盯着手机，说得有些敷衍。

意识到什么，他突然抬头看她："去睡觉，你还生着病。"

"睡不着。"林缊月把燥热的脸贴在门上降温，"你最后等到流星了吗？"

"看到了。"

"真可惜，早知道我就不睡了。"

周拓走到林缊月面前，用手背测体温，余温在离开那片光嫩的肌肤后还在手上发酵。

"听话，去休息，你还在发烧。"

"我还好。"林缊月敷衍地回答，挥着手要去碰他。

周拓皱眉，像逮兔子一样抓住她，推着把她塞回房间。

"去睡觉。"

打开房门，周拓被扑上来的烟味呛得轻咳。他皱着眉，伸手开灯，将她滑落在地上的毯子捡起来放好，语气有点无奈。

"林缊月，你又抽烟了。药呢，药吃了吗？"

"没。"她把水杯塞进他的手里，"你去帮我倒杯水可以吗？水凉了，我想喝热的。"

生怕他不去，林缊月强调："今天我是病人。作为合约男友，你要好好照顾我。"

周拓接过杯子，眼里满是类似家长对小朋友耍赖的告诫："我下去倒水，回来要看到你躺在床上休息。"

林缊月连连说"好"。

周拓回来的时候，真的看见林缊月按他的话靠着床板玩"消消乐"。

水来了，她乖顺地接过杯子和药片。

热水又是正好的温度，喝完会出一层薄汗，但不会烫到舌头。

"将润喉糖也吃了。"

周拓把手里剩下的东西递给她。林缊月撕开锡纸，从里面取出一粒润喉糖,盯着周拓,放进嘴里,青柠味立刻在嘴里散开。

"睡吧,很晚了。"

周拓关灯要走,林缊月突然从侧面伸手拉住他。因为喝了水,林缊月的声音很润,她故意挑眉:"哥哥,你要不要留下来……"

周拓眯起眼睛,那只碍眼的手还在晃动,他钳住她的手臂:"不要乱来。"

"可以的,哥哥,我病都好了,没有发烧。"

周拓帮她裹紧棉被,耐着性子不跟她这个病号一般见识,等到确保她双手双脚都被束进被子里无法动弹,才"砰"的一声摔门而去。

林缊月被被子缠绕,慢慢挪动双手,过了好久才算挣脱。

室内安静得可怕,她慢了一拍才意识到,周拓好像真的生气了。

"林缊月,"章筱到她位置边,"和我去趟打印室。"

林缊月趴在手臂上午睡,正好没睡着,抬头问:"去那儿干什么?"

"老师叫我搬卷子,我一个人搬不动。"

快到期末,学校准备下发订成册的考卷。章筱作为宣传委员,被老师指派发给同学,于是她又叫上林缊月一起,还可以趁机聊聊八卦。

"你一模准备得怎么样?"章筱问。

"还行吧。"林缊月神色恹恹。

章筱有些担忧地看着她:"你怎么回事?脸色怎么这么差?"

林缊月边走边玩校服的袖口:"我不是住周拓家嘛,周末去露营了,回来有点累。"

章筱睁大眼睛:"你们还去野营?这么爽的吗?周拓他——"

对话戛然而止,打印室里还站着另外两个人。

"李婷?"章筱看见熟人,上前喊她,"你也来搬考卷册?"

那女生转过身,把手里抱着的书放下,眼里都是惊喜。

"章筱?你手机还被你爸妈没收着吗?快,我有好多要和你更新的八卦,上次社团活动你是不是没去?"

一听八卦,章筱就来劲了:"对呀,发生什么了?"

那女生搓手道:"那你可错过好多。那天我们社长和隔壁模联的人吵架了,两边是谁都不让着谁……"

两人就这样热络地挽着手走到外面讨论起八卦。

打印室里只剩下林缊月和另一个人。

考卷册已经被分好,每摞都到腰部的高度,用A4大小的白纸写着班级号。

林缊月找到"高三(4)班",手抄在底下端走半摞,但考卷册比她预想的高出很多,几乎要盖住视线。

于是剩下那半摞本就摇晃的考卷册,在她站直后"啪啪啪"地纷扬落下,地上霎时铺满了册子。

打印室并不宽敞,把手上的考卷册放回原位只会引来更大程度的坍塌。

外面的章筱还在和她的好朋友喋喋不休。

林缊月手里还剩半摞考卷册,举都举酸了。她眼神向左移,居然正好和另外那个人碰上。

她抬了抬下巴,指使对方:"帮我捡下。"

那人没说好,也没说不好,只是斜眼看她:"怎么不叫张鑫帮你?"

"如果他在这儿的话,我会的。"

"那真是可惜了,这里只有我。"

"别废话,帮不帮?"

"这就是你求人帮忙的态度?"

"要是知道你在这里,我死也不会和章筱来的。"

"很有骨气。"周拓低头捡考卷册,直起腰将其放回到林缊月怀里,重重的。

空间狭小,林缊月手里还攥着那摞几乎要遮住视线的考卷册,根本动弹不得。

章筱和她朋友还在外面,声音时不时飘进来。

周拓走到她面前,侵略感直逼林缊月。

她情不自禁地向后退。

周拓冷冷地从鼻子里哼出声:"你以为我要做什么?"他双手朝下,从她手里接过那摞册子放在桌子上,倒是有点怒极反笑的意思,"这么有骨气,怎么还求我帮你?"

"我就是厉害。"林缊月迎上他的目光,想起什么,皱眉道,"我的手绳还在你这儿吧,快把它还给我。"

周拓没理会,握住她的胳膊:"你周日,到底……"

门口传来脚步声,周拓望向门口,又看回林缊月,最后还是放开了手。

章筱和李婷聊完,进来的时候感觉气氛怪异。

林缊月抱臂冷脸，周拓也没站在他原本的位置，而他们班的卷子少了半摞，转移到周拓身后的桌子上去了。

没人说话，章筱和李婷甚至都不敢发出声音。

林缊月弯腰把剩下的那摞考卷册搬走，对章筱说："你去搬桌子上的那摞。"然后头也不回地走了。

章筱端起另外一半，追出去问："刚刚怎么了？"

林缊月说："没怎么。"

"你今天心情不好，是因为和周拓吵架了？难怪你说露营回来很累，和他出去肯定很扫兴……别气了，到时候我们一起去露营，叫上张鑫，怎么样？"

林缊月没说话，只是加快了脚步。

章筱当惯了班干部，嗓门一直有点大。

她刚刚说的话，全部一字不落地传回了打印室。

李婷尴尬地站在那里，独自面对那张黑脸："……不好意思，刚刚出去耽误了，清点完了吗？"

却见周拓像没事人般地端起书："清点好了，我们班的一共五十二份。拿上那摞，回教室吧。"

放学回家后，周拓就一直待在房里写作业，阿姨叫他吃饭，他也说等写完作业再下去。

但等到真的写好作业了，他也不见得下来。

天晚了，阿姨敲房门问他："小拓，还吃不吃晚饭？"

过了半天没听到回应，阿姨心想估计是学习太累，这孩子最近又在准备物理竞赛，不吃就不吃吧，还能赚点睡眠时间。

周拓确实躺在床上，只不过睁着眼睛对着天花板发呆。

按理说，他应该再做几套物理卷子，但今天兴致缺缺。

他闭上眼，房间静得只留耳边轻微的嗡鸣声。他呼吸停滞片刻，晃了下头，拉过被子对着墙，强迫自己入睡。

这下倒是睡着了。

周拓看见自己走在森林里，手里握着指南针，即便如此，他还是迷路了。指针一下指西，一下指东，摇摆多时，最后停在南边。

他应该被困在这里多时，缺水得厉害，连嘴唇都皲裂了。

他告诉自己，一直往南走，兴许就能走出这片令人困惑的丛林了。

脚下荆棘丛生，他走到丛林最南的边缘，那边有片广阔的草地。他想了想，自己确实有点累了，缺水少粮地在这儿徒步了这么久，打算休息片刻保存体力再动身出发。

走近了，他才发现原来地上还坐着一个人。

他刚想走，那人却叫住他。

"你看起来好渴。"

她的气息如春风般软软地拂在脸上。

他听见自己的声音难听得像生锈的齿轮："你有水吗？"

她没回答，而是笑起来，洁白的牙齿从漂亮的、没有经过任何修饰的红唇里露出来。

她凑近他："我来帮你解渴。"

在林缊月向自己俯身靠近前，周拓睁开了眼。

"嗡嗡……"手机振动不止。这么晚了，谁给自己打电话？

林缊月按下通话键，却并没有听见任何声响。她房间里信号不好，信号经常断断续续。她起身出了房间，到阳台上一看，才发现是章筱打来的。

她回过去，电话立刻被接起。

"林缊月，我突然有个绝妙的想法，忍不到明天和你说了。"

她让章筱有话快说，自己作业还没写完。

"我不是这周生日吗？这样，我们三个，我、你、张鑫，我们去露营，怎么样？"

"你认真的？"林缊月有些吃惊，"你之前不是说要开变装派对吗？请上你所有的朋友，又扮公主又演王子的那种。"

"都搞呗，小孩子才做选择。"章筱在那头笑嘻嘻的，"这周露营，就我仨，下周再开变装派对，这样行不？"

"也不是不行，"林缊月说，"只不过露营的设备……"

"这你就不用担心了。"章筱在电话那头信誓旦旦，"我让我们家阿姨都准备好，到时候我们跟着网上的教程学一学，这还不容易？"

林缊月挂完电话要回房间，转过身，却被吓了一大跳。

周拓不知道从什么时候起就一直站在她身后，头发乱了，衣服也是皱的，好像刚睡醒的样子。

她懒得动嘴皮子吵架，低下头就要走。

"别去。"

周拓攀上林缊月的手腕,像蛇吞猎物般慢慢收紧:"不准和他去露营。"

"哦?"林缊月冷笑,"你不是要和我井水不犯河水吗?"

她低头看他牢牢锁住自己的手:"你就是,这么跟我和平相处的?"

周拓像要把她盯出一个洞来。

"很有意思是不是?这场你追我赶的游戏,你玩得开不开心?从头到尾,你根本就没想过要和我好好相处。"

林缊月也生气了:"是啊!很有意思!很开心!哈,你猜怎么着?这周我不仅要和他们一起去露营,要是运气好的话,还能在野外观测到流星……你干什么!"

怒气让林缊月变得天不怕地不怕,现在靠这么近,她才发现周拓眼睛赤红,她用拳头去推他,周拓纹丝不动。

他捏住她的下巴,眼眸深不见底,大拇指指腹闪着她急促跳动的脉搏,一下又一下,跳得很快,他的也是。

他被烫到,陡然松手,语气也颓然下沉:"除了逃课,我都答应就是了,你……不许去露营。"

第一次,林缊月从周拓的眼里看见落败的神情。一向高傲自大的周拓,居然也有如此像丧家之犬的狼狈样子。

"哦。"她勾起嘴角,"那就看你表现咯。"

4

这场病来得突兀,去得也突兀。

林缊月醒来居然就已经烧退病除,请假的这些天,项目组的同事进展飞速,他们今天要去勘查下空间,一切顺利的话,半个月后就可以开展了。

林缊月穿戴整齐,推开门时,正好和周拓打了个照面。

"早啊。"大病初愈,林缊月精气神很足。

谁知对方擦身而过,无视她,下了楼梯。不一会儿,"啪"的一声,大门也关上了,屋子里静得只剩下落锁的声音。

没想到周拓脾气还挺大,林缊月片刻后也离开了家。

租赁的场地在距离市中心不远的一个半露天式弧形空间,林缊月到了便开始指挥场务老师摆放陈设位置。

他们请人在空地上的古树旁搭建了木屋,顶尖三角,三面都围起来,刻意做了遮光的设计。没有建门,朝前直接豁开一个大口,如果有人走来,刚好可以将木屋里看得一清二楚。中间有块木板嵌在里面,应该是用来放灯的。

所有的东西都很古朴,没有太多人工的痕迹,木屋在古树旁倒有些像依偎在某种巨大的庇护之下。

秦烨还没来,林缊月拿手机催促,瞥见张鑫昨天给自己发了消息。

上次她不告而别,弄得人家下不来台,他为自己组局,她倒好,一声不吭地走了。

林缊月深感抱歉,问张鑫今晚有没有空一起吃饭,她给他赔礼道歉。

张鑫一听拍手叫好,问她几点下班,他来接她。

几点下班,倒还说不准,林缊月叫他可以先来场地找自己。

于是当她还在指挥场务老师粘贴指引牌的时候,就有工作人员跑来对她说:"林老师,有人找。"

张鑫也不打扰,就站在远处的树边冲她招手。

"这俊男靓女的。"同事们纷纷嗅到八卦的气味,"林老师交男朋友了?"

秦烨正盯着古树旁临时建的木屋,思考让蚕灯装在哪面墙上更好,转头看见林缊月约了人来,热情地把张鑫也叫过来聊天。

张鑫没见过布展的样子,很感兴趣地问他:"你们这个什么时候开,我到时能来吗?"

"当然。"秦烨颔首,"越多人来越好,请你帮我们多多宣传。"

想了想,他又说:"我们应该还会有个剪彩活动,感兴趣的话,也欢迎你来。"

张鑫求之不得:"好啊好啊,感谢邀请。"

秦烨:"到时叫林缊月给你发邀请函。"

收工后,林缊月向大家道别,坐上车。

刚才没有时间攀谈,现在静下来,她才斟酌着说:"真是不好意思,我最近太忙,一直没机会请你吃饭道歉,上次……"

"没事。"张鑫安慰她,"反正我们几个本来也要聚,那天为了照顾你没敢开喝,你走了之后我们玩得也很开心。"

他转头迅速看了眼林缊月,咳嗽了声:"还在想工作的事?"

林缊月回过神:"抱歉。"

张鑫沉默片刻,想了又想,还是选择问出口:"上次……酒吧里的那个人,是你男朋友啊?"

"啊?"林缊月没料到张鑫讲话这么跳跃,理论上说,周拓算是她的男朋友,但这话她怎么都说不出口,"他是我……"

"室友。"林缊月改口说,"是我室友。"

张鑫记得她以前就住在他家,怎么多年以后回来,他们又变成室友了?

孤男寡女的……

他担忧地劝说:"和成年男人住一起,怎么说还是有点危险……要是缺钱或缺房源,我都可以帮忙,我有个朋友是……"

"谢谢你,但暂时还不用。"林缊月礼貌地回绝,"租期还有段时间呢。"

张鑫仍然感到有些不放心,正准备说什么。

"就这里。"优雅的意式餐厅出现在眼前,林缊月指着窗外,"到了。"

林缊月今天下班迟,意式餐厅上菜又慢,等到他们点的海鲜烩饭、烤鸡、沙拉薯条上来的时候已经将近九点了。

林缊月饿得前胸贴后背,刚没吃几口,电话就响了。

她以为是工作电话,想也没想就接起:"喂。"

"你去哪儿了?"听筒里传来低沉的嗓音。

"在外面吃饭。"林缊月说,"今天不回家吃,忘记和你说了。"

那人沉默:"你和谁在一起?"

"高中同学,你不认识的。"

对面又是长久的沉默,那人说:"林缊月,你晚回来为什么不和我说?"

可以听出对面并不愉快,但林缊月累了一天,也没愉快到哪儿去,更何况今天早上他还故意无视自己。

"可你之前晚回来也没说过,凭什么又要求我?"

"不一样。"

"怎么不一样?"

"算了。"

紧随其后的是一阵忙音。

林缊月举着手机:"……喂?"

不远处的饭菜已不再冒热气,但依旧可以看出保持着刚出锅的样子,应该是一点也没被动过。

周拓挂了电话,把手机抛在一边。

等的人才需要被通知,林缊月一见自己跑得比兔子还快,怎么还会等他。

周拓没动那些食物,拿起车钥匙径直走向玄关。

餐桌上,张鑫小心翼翼地问林缊月:"谁啊?"

"室友。"海鲜烩饭还不错,今天将近一天没进食,林缊月肚子饿得"咕咕"叫,她舀了一勺饭到嘴里。

"哦。"张鑫点头,"你和室友的关系是不是不好?"

"对,经常打架。"林缊月不愿多说,干脆胡编乱造点东西出来。

"打架?"张鑫很替她担心,"室友关系很重要,林缊月,他又是男性……不然实在不行,你住到我那边去?"

"再说吧,租期才刚开始。"林缊月有意转移话题,"你的那些朋友那天玩得还好吗?我走了没扫他们的兴吧?"

"不用担心他们。"张鑫一听那天,连连摆手,"他们玩得可起劲了,你那个项目还需要我朋友做博主吗?"

林缊月请假几天,另一个项目那边人也定好了,她抱歉地看着张鑫。张鑫了然:"没关系没关系,正好我也还没和他提过这事,只说老同学见面,一起出来玩玩。"

两人又聊了点其他的。晚饭过后,林缊月说自己刚生完病,需要回去休息,拒绝了张鑫的散步邀约。

她起身付钱,张鑫抢过账单:"我来吧,哪有让女孩付钱的道理?"

"不行。"林缊月说,"说好我请你吃,怎么能让你付呢?"

她扫了码,正打算付钱,却发现上面已经显示结单了。

服务生走来朝他们示意:"这边账单已经付过了,祝二位用餐愉快。"

"你付的?"林缊月看向张鑫,对方的表情和她一样惊讶。

"门口有位周先生付过了。"服务生朝门口示意,"他还说在门口等您……"

话音未落,林缊月肩膀一重,一股熟悉的木质香笼罩着她。

"你怎么来了?"

来人笑着说:"来接女朋友回家啊。"

"你……我……"她一下变得语无伦次。

还没反应过来时,周拓已经向张鑫颔首问好:"你好,我是周拓。"

"张鑫,幸会。"

周拓伸手,目光落在张鑫的脸上,俨然是一副宣示主权的姿态。

张鑫也握手回应,两人摇手片刻,就松开了。

这家伙力气真大,张鑫感到困惑,看向林缊月:"这不是你室友吗,怎么……"

"室友？"周拓跟张鑫念，转头把林缊月掉落的碎发理到耳后，"你在外边就是这么说我的？"

周拓的视线又偏到张鑫的脸上，话却是对林缊月说的："这就是你跟我说的高中同学？要我和他说，我是你的谁吗？"

看着这两人十分熟络的肢体接触，张鑫突然觉得心乱得很，想起来在高中时就打过的照面。

他脸色顿时变了，偏头看林缊月，想得到某种确认似的。

林缊月要反驳，肩膀被周拓重握，她干笑两声："哎，我这不是还没适应过来嘛……"

张鑫连这最后一丝侥幸都没了："为什么不早点告诉我？"

"不是。"林缊月说，"我也是才……"

"算了！"张鑫深深看了林缊月一眼，"对不起打扰到你们，我先告辞。"

他的身影不一会儿就消失在视野中。事情居然演变成这样，林缊月神色复杂，更感抱歉。

只不过罪魁祸首看着倒是心情很好，挑眉把她另一边的碎发也挑到耳后。

"初恋男友跑了，不去挽回？"

林缊月视线往下："你把手放开，我自然现在就去。"

"嗯。"周拓重重箍住她的肩膀，"你试试看。"

他揽着她往外走，替她打开车门："你们都聊了什么？这么开心。"

"不告诉你。"林缊月坐上去，"你要是不来，我们会聊得更开心。"

"真可惜，你们已经不可能了。"

"那还不是多亏了你。"

"不客气。"

伪善的笑容直到进到车里才消下去，藏进夜色，周拓的眼神晦暗不明，外面时不时飘过一缕霓虹光打在他脸上。

到了家，他们在玄关处脱好鞋，两人都缄默着上楼。刚要回房，周拓拉住她。

"干什么？"林缊月很不客气。

黑暗里，周拓沉默着，踌躇片刻，才挤牙膏似的问她："要不要我留下来？"

林缊月没出声。

周拓犹豫一会儿，才说："你昨天不是……"

烦躁突然有了出口，林缊月挑眉："我想有什么用？你不是还拒绝了我吗？"

"今天……"

"今天，做什么？"林缊月忍不住翘起嘴角，"我不太想哎，怎么办呢？"

还能怎么办？

周拓点头，松了一口气似的："那下次再说。"

林缊月敏锐地察觉："你叹什么气？不满意吗？"

"我没有。"周拓垂眼。

昨晚拒绝了她，今天她就晚归要去找前男友。周拓紧紧拉住她的手臂，这个女人总有办法让他妥协。

"以后都是你说了算，这样可以了吗？"

那当然是求之不得了。林缊月满口答应，可周拓还是拉着她不放。她问他："还有什么事？"

"你是不是还要解释一下，今天为什么去找张鑫？"

一回家就着急地提及这事，原来是误会她和张鑫了。林缊月咧嘴："上次在酒吧我把他一人晾在那里，我今天是去赔礼道歉的。"

"就这样？"

"对呀，你以为呢？"她凑近那股清香。

没有点灯的室内，两人呼吸可闻，林缊月盯着他紧抿的薄唇："你以为我要做什么？"

周拓身上还穿着今天上班没换下来的修身的蓝条纹衬衫，领口不知何时松了两颗纽扣，平日的禁欲少了几分，头发也掉了缕下来，看上去十分秀色可餐。

林缊月踮脚，本意只是想嘲弄下他，却忍不住贴近轻啄了口。黑暗里，她看见周拓眼里闪动着小小的震惊。

"是这样吗？"她说，"你以为的。"

柔软的触感，还带着丝酒香。

周拓看着她，突然想起很多年前的某个初冬，林缊月也总是这样仰面等待。那个时候，好像够够手，他就可以肆无忌惮地触碰她。

林缊月推了推他："哎，你怎么这么扫兴？你……嗯？"

周拓掌住她的腰，一步一步将她抵在墙边，俯身看她的视线几乎要灼烧起来。片刻，他拉着她的后脖子，闭眼贴近。

极具侵略性的吻，令她措手不及，连本能的呼吸都要忘掉。周拓在她后腰处摩挲，暖暖热热的掌心，不知是谁的心跳声这么吵，直击心房，林缊月抽了一只手贴在他的胸膛上。

感受到硬邦邦的震动。

原来是他的。

周拓把她的手收在掌心，准备进一步加深这个吻时，林缊月却乘其不备推开他："我工作了一天，很累的。"

她匆匆断了这吻，像兔子似的窜回房间，用难以察觉的音量轻轻说了声"晚安"，然后"啪嗒"一声，落了锁。

她速度太快，只留周拓一人在走廊上喘着粗气，耳膜好像要被震碎，只剩规律跳动的节奏声。

过了很久，等到气息平稳下来，他对那扇门也轻轻说了声："晚安。"然后，转身走进了他的房间。

房间内，周拓刚洗完澡，热气腾腾的水珠顺着宽肩窄腰匍匐下滑，他刚扎紧浴巾，电话响了。

是姜严明打来邀功的。

"哎，帮你杜绝情敌，怎么没听你来道谢？"

周拓冷声道："她本来也不会和张鑫走。"

"哟。"姜严明调侃，"这么自信？"

周拓是他的朋友里为数不多连个桃色绯闻都没有的单身汉，因此，周拓的家，他通常是想来就来，想走就走。

可前段日子不知怎的，周拓不仅修改了密码，还郑重地请他拥有边界感，别再有事没事地过来了。

有什么不对劲。

再三逼问下，姜严明发现原来周拓是"金屋藏娇"了，不仅如此，对方还疑似乙方公司的小林老师。

姜严明恍然大悟："难怪'西林'的项目总见你跟去——"

算了，老朋友铁树开花，他怎么样也得支持。这不，今天请客户吃饭，在餐厅看见林缊月和陌生男子的第一眼，他就打电话通知了周拓。

谁知道周拓听完后，只说了句"知道了"就挂断了电话，听不出半点该有的醋意。

热水澡让周拓感到疲乏，他对电话那头的姜严明说："没有其他事的话，我就要挂电话了。"

"等等！"姜严明说，"我没事怎么会给你打电话？以前你放在钱夹里的那张照片，我是说有没有可能，就是……"

"不是。"电话那头的人想都没想，就否认了他的猜想。

"那就好。"姜严明顿时松了一口气，"以前那件事闹这么大，要是真的是她，你爸妈第一个跳出来不同意。"

姜严明和周拓是世交，两人牙牙学语时就认识了。

周拓从小就是别人口中的孩子，学习能力强，性格沉稳，轻轻松松就能拿很多奖状，顶级的优秀。

而姜严明则混过一天是一天，到了初中，就已经跟不上老师的学习进度了，没过多久，就被父母送去海外读书，他们的成长轨迹岔开了一段路。

等他终于回国，却发现周拓终日沉默寡言，像变了个人似的，用"行尸走肉"来形容最贴切不过。

那年他们一同参加圈里的圣诞晚会，姜严明到天台透气打发时间，却发现周拓也在，手里摊着一个钱夹，不知在做什么。

他从背后抢走钱夹，发现里面夹着一张照片，为了看得更清，他抽了出来。

"还给我。"周拓转头，厉声制止。

姜严明没意识到周拓这时已经有些异样，抬头问他："谁啊？"

"你管她是谁。"周拓伸手要夺。姜严明觉得新奇，手扬得更高，伸头还要再看。

那天风大，两人推搡争夺，姜严明手松了半分，那薄薄的照片居然就这样从手里脱开，跟着风，"哗啦啦"地飘走了。

"砰！"

脸上火辣辣地疼，姜严明立刻反应过来，攥住周拓的衣襟，把他压在身下，周拓也禁锢住姜严明的手腕，两人推搡着谁也不能动弹。拳脚相加间，姜严明说："我就是扔了，怎么样？你再看多久，她都不会再回来！"

周拓把他推翻开，又给了他一拳。

姜严明却还是要说："你还有大好前途要走，为了自己，为了周氏，算我求求你了，周拓！"

周拓怒火中烧，拳头正要落下，姜严明的话却像一盆冷水，一下就把他浇熄了。"刺啦"一声，从里到外，似乎还可以听见火焰熄灭时的呻吟，挣扎着在尖叫。

他青筋暴起的手臂垂下了,缓慢地从姜严明身上爬起来,拍了拍西装上的灰。

"你……"姜严明还没来得及从地上起来,抬起头看见周拓的衬衫被风吹得鼓起一块。

"算了。"

姜严明听见他说。

"照片而已,你想扔,就扔了吧。"

…………

姜严明陷在回忆里,半晌听不见周拓的声音,有些发慌,好在下一刻,就听见他那沉沉的嗓音从听筒传来:"你不去补觉吗?"

姜严明没反应过来:"嗯?"

周拓提醒他:"'岩极'那边,不是等下凌晨还要和欧洲那边开线上会?"

Chapter 5
礼物

有一盏灯会为你而留

1

半个月后,蚕灯的项目终于落地,周一就是开展的日子。

H市进入初冬,开始降温,阳光倒还不错,照着窗台上的植物静静摇曳。

林缊月在屋里忙得团团转,试了好几件衣服都不甚满意,从衣柜底翻出一件在英国上学时买的礼服,拉链居然拉不上了。

"周拓。"她开门轻喊。

"怎么了?"周拓从房间出来,西装笔挺,袖口的三枚纽扣金灿灿的,格外显眼。

林缊月一时间忘了叫他来是做什么的,惊讶道:"你也去今天的剪彩?"

"我是甲方,为什么不去?"周拓斜靠在门边。

"秦烨怎么没和我说?"她只记得姜严明要来,今天会做个正式的采访。她转身向他露出那半截光裸的背部,"帮我拉下拉链。"

周拓扶住她的腰,手从卡住的地方往上提,拉链顺利地沿着背部往上延伸,一拉到底。

林缊月转过来,他这才发现她穿了一条银白色的缎面吊带裙,月光般的色泽衬着凹凸的曲线。

"今天气温十来度,还在江边,你……"

"我带外套去。"她把放在床边的外套穿上,看着他满眼的不赞成,还以为是搭配出了问题,"怎么了?"

向镜中看去,外套是件白色短款毛衣开衫,到腰部的位置,海马毛蓬松柔软。

这是林缊月在英国工作的时候花大价钱从澳大利亚那边找人定制，专门撑场面穿的，比皮草要环保些。

和那件银月光色的礼服搭配在一起，没问题啊。

肩颈和脚踝都暴露在空气里，这么冷的天，她感冒明明才刚好不久……周拓移开视线："下楼吃饭吧，你今天要累一整天，不吃早饭吃不消。"

"岩极"和"西林"都派了人去参加剪彩，公关部的同事还联系了媒体和摄影师，阵仗很大。

现场准备了香槟和各色精美食物，都摆放在铺了白色桌布的台子上，专供活动方和客人享用。

林缊月则和同事在一边等待资方客人到场。

那盏蚕灯挂在古树旁的木屋里，其他作品呈茧状围灯搭绕，淡黄色的光透过缝隙渗出，照出光影层层叠叠，相映成趣。

"林老师，你知道这是谁设计的吗？"有同事问林缊月。

林缊月摇头："以前有同事尝试过要找作者，但都无功而返。"

那同事不信邪，说："那名字呢？只要是个活人，总会在网络上留下点什么吧？"

"好像用的是英文名，没有放姓。"她记得创作者应该是个华人，猜测道，"应该是不想被人找到吧。"

早高峰，秦烨还在路上堵着，给林缊月打电话说明情况。她在不远处的古树下接完电话，看见周拓就站在她身后。和煦的阳光穿过摇曳生姿的树叶漏在他暗蓝色的西装上，像小猫玩耍间随机落下的爪印。

远处那块人声鼎沸，大家都各自在忙碌准备，古树下却静得只听见树叶晃动。

安静得可疑，林缊月警觉："是姜严明来了吗？我先……"

"放心，还没到。"周拓靠近，从下往上一颗颗给她敞开的毛衣扣上扣子，"他们还要半个多小时才到。"

他慢条斯理地扣完，后退几步，看了一眼，又替林缊月摆正衣襟。

"别太紧张了，林缊月。"

"我才不……"

周拓轻捏她的手腕，示意道："我知道有种方法很管用，要试试吗？"

今早他听见林缊月关着门在房间里干呕，一路上都格外沉默，一句话不说地对手机打字,他连和她说话的机会都没有。

"什么方法?"

"把手伸出来。"

林缊月照做,周拓摸进口袋,过了一会儿又伸出来,摊开手,把什么东西放在她的掌心上。

是一个迷你的酒瓶,被金箔纸紧紧裹着。

林缊月拿起来看,是颗巧克力。她有些失望,还以为他有那种缓解压力的保健品呢。

"巧克力?其实我包里也……"

周拓从她手里拿过,解开包装,从后面掰开递给她。

那里晃荡着朗姆酒的香气。

原来里面有酒,带着浓郁巧克力香的朗姆酒顺着食道下肚,在这初冬和煦的风里,暖意从里到外扩散着。

林缊月把巧克力外壳也吃进去,香醇又甘甜,她浑身都放松了:"这就是你说的好办法?不就是喝酒嘛,不过你还真别说,好像是有点……"

"不给我一点吗?"

"你应该还有吧?我都吃完了——"

一股大力擒住她后腰,拉着她向前,周拓低头看她。

"那我检查下。"

他还能嗅到林缊月鼻间有酒气的芬芳,她的嘴唇柔软清香,他吸吮片刻,撬开牙关,如愿在口中尝到一点酒香,又追着深入缠绵片刻。等到林缊月敲他的胸膛,他才堪堪松开。

他脸不红心不跳地点评道:"还可以。酒不错,就是巧克力太甜,有点腻。"

林缊月有些愣神,摸摸肚子,胃也变得暖乎乎的。

朗姆酒的后劲可真大,她现在居然就开始眩晕了。

周拓看着她呆掉的神情,轻笑一声,伸手把她嘴唇上的印子擦掉,又替她整理好衣摆。

"好了,去忙吧。"

酒心巧克力真让林缊月安下心来,她所担心的事情一概没有发生,发完言,剪好彩,又有媒体来拍了照,采访过姜严明后就收工了。

有不少画商慕名前来，看上几幅不错的油画作品，和在场的艺术家联系上之后，已经开始商谈购买的事宜了。

晚上，庆功宴在江上举办，"岩极"财大气粗，租了一艘豪华游艇一晚上绕江环行，"西林"也跟着沾了光。

开始前，船先停在岸边等待宾客，"岩极"的人作为东家最后才来，"西林"这边趁机先自己庆祝了一番。

第一个大项目顺利落地，而且反响也还不错，新闻稿今天下午发出去，不过几个小时，就已在网上溅起不小的水花。

一块大石头终于落地，秦烨不由得觉得林缊月和自己为本部争了光，高兴得一连喝了几杯。林缊月被他拉着，也跟着喝了点。

船舱内暖气太足，有些发闷，看秦烨这阵仗还得再喝几杯，林缊月不想喝多，找借口出了船舱，在甲板上吹了一会儿风。

回去的时候，发现秦烨正对着姜严明敬酒，"岩极"的人不知道什么时候来了。

林缊月生怕秦烨喝多了口出狂言，赶紧就近携一杯香槟去救场。等她走近了发现秦烨状态良好，并没有想象中发酒疯的样子。

看到林缊月过来，姜严明对她微微颔首，接着刚才的话题对秦烨说："听说你们最近还接了周氏的项目？"

秦烨困惑地道："目前没收到消息。"疑心自己听错，他转头向林缊月寻求帮助，"对吧缊月，我记得……"

"没有吗？"姜严明讪笑着，装傻道，"那估计是我记错了……"

他出了层薄汗，要是周拓知道他不小心和"西林"先说了，指不定……瞥到远处的熟人，像见到救星一般，他赶忙说自己先去找朋友了。

姜严明走后，林缊月问秦烨："怎么回事？"

秦烨耸肩："谁知道呢？"

又聊了一会儿，看见远处的媒体朋友，秦烨示意她："和我一起去和那些老师联络联络感情呗。"

"不要。"

林缊月一听就皱眉拒绝，她今天和同行们周旋了一整天，脸都要笑僵了。再说，在秦烨之前，她就已经绕场一圈，把黄姐、张哥、陈总、李总、媒体老师和摄像老师全感谢了一遍。

项目到了即将结束的时候，她也不由得松懈下来，不愿进行过多冗余的社交。

她指着甲板说:"我再去吹吹风。"

上了三楼船尾,林缊月终于找到处没人的地方。今晚的江面流光溢彩,倒映着摩天大楼的十字窗格,面对着庞大的城市,人显得异常渺小。

寂静无声的甲板,脚步声由远及近。

男人的气息从身后欺压而上,林缊月转头,差点擦到他俯身的侧脸。

"刚刚去哪儿了?"周拓嗓音低沉。

林缊月偏头:"我和秦烨在闲聊,还遇见了姜严明……"

她向旁边挪动几步,大掌仍然纹丝不动地揽在她的腰上。

"周总,"林缊月调侃着提醒他,"当心被人看见。"

"不会的。"周拓搂着她的腰,将脸埋进她光洁白皙的肩胛,呼吸喷洒,"……别叫我周总。"

"哦。"林缊月问他,"还有那个巧克力吗?酒喝多了,我想吃点甜的。"

"没有了。"周拓抬起头,想要凑近她,"巧克力没有,酒还有,你要吗?"

"不要。"林缊月推开他,这艘船上的酒随处可拿,她才不要,"快放开我,这里……"

周拓大手立刻收紧,她根本没法动弹。

"我要走了。"她重复一遍,周拓看上去有些醉了,"再不回去,秦烨那边……"

周拓突然抬头,把她的脸扳正,嘴唇欺压而上。

他果真醉了。

林缊月在他嘴里尝到浓浓的酒味。他应该喝了不少酒,还带着甘甜的回香,她闭眼回应,周拓贪婪汲取,直到气竭,才将将放过。

再抬头,他眼底的雾气消失殆尽,那双深邃的桃花眼里只剩下幽暗。

"刚刚你和他聊了什么?"

"和谁?"

"还能有谁?"

他的眸色逐渐沉寂下去,林缊月突然醒悟:"你刚才都看见了?"

周拓收紧在她腰间的手:"我要是没看见,你是不是就不说了?"

这有什么好说的。

开船前,她在甲板上吹风,江风"呼呼"地吹,周围静悄悄的。

"一切都顺利吗?"有个声音从侧边传来。

林缊月下意识看去,居然是个意想不到的访客。

"看见我,很惊讶?"张鑫看出她的怔忡,笑了一声,"我想,我们还是应该好好告个别的。"

林缊月回过神,也笑了。

上次不欢而散,她还是秉着昔日的同学情,按照秦烨的意思给他发了邀请函。白天没见到他,本以为他不会再来,没想到居然在庆功宴上碰到了。

她点点头,道:"这里不方便说话,我们去包厢聊吧。"

…………

林缊月没想到这短短一瞬都能被周拓捕捉,问:"你什么时候看见的?"

周拓没说话。

林缊月转过身来,背靠栏杆,和周拓面对面站着。

"你看上去好像很在意。"

她凑近周拓,端详着他紧绷的五官,江边柔黄色的光线都缓和不了那硬朗的面部线条。

"可是……"小手一点一点爬上他的胸膛,林缊月问,"为什么呢?"

周拓攥紧她的手握在掌心,不让她动弹半分,弯下腰来,几乎是和她鼻尖碰鼻尖,七分警告,三分试探。

"你是不是忘了,你现在是什么身份?"

"可你说过,不会干涉我的生活。"

"那并不包括感情生活。"周拓提醒,"在你搬进家里之前,我就特意和你说过,你在外面的那些关系,都要断个清楚……"

"我和他说了哦。"

林缊月这话说得有些不合时宜,像是没头没脑冒出一句似的:"我当然和他说清楚了,我是有男朋友的。"

周拓阴沉着脸,定睛才发现有什么不对——

她的脸上,完全是得逞的笑。

"就这样吗?"

"还能怎么样?"林缊月笑嘻嘻的,完全没意识到这是暴风雨前的平静,一个劲地继续说,"张鑫人很好,还跟我道歉了,说上次不应该这样对我……"她像是才反应过来,探头打量,"怎么,你吃醋了?"

"没有。"

"要不要喝酒?我现在想了。"

"没有了。"

"不信。"林缊月踮脚凑近,眼神挑逗,"让我尝尝。"

唇刚贴上,主动权就被夺回,周拓紧紧压着她,那柳枝似的盈盈细腰终于不堪重负弯倒下去。

没深入就分开,林缊月很不满意,周拓摩挲她水润的嘴:"好吃吗?"

"好吃是好吃,但……"

周拓抵着她往侧边带,那里有道暗门,他轻拉开将人推进船舱。

"想干什么?"

周拓把她外套一挑,玉般光润的皮肤就从吊带里露出来。

"干你想干的。"

周拓今天穿得人模狗样,头发也梳得油光锃亮,刀削般的脸庞在船舱的灯光下显得更加棱角分明。林缊月问:"锁门了吗?"

船舱逼仄,周拓将她翻了个身,站在她背后,抓着她的手臂向前:"你来锁。"

男人的气息极具侵略性,林缊月抖着手好不容易把门落上锁,想转身,周拓却锢住不让,把她压在门上,扳过她下颌,想要将她融入自己一般,贪婪地汲取着她的气息。

林缊月透不过气,伸手砸他。周拓不仅没放开她,吻得更加深入了。

两人纠缠着坐到了地上,船舱的地板寒凉而粗粝。

电光石火之间,周拓突然睁眼。

面对逼仄狭小的船舱,他懊恼地松手:"抱歉。"

他一把将她从地上拉了起来。

事情发生得突然,林缊月没缓过来,连头发也乱了。她摸摸胸口,好不容易等到心率平复,脑子好像终于开始转动,笑意突然爬上她的脸庞。

"你吃醋了。"她语调中带着肯定,凑近欣赏周拓冷寂的面容,"你吃张鑫的醋啊?"

周拓脸色更加难看,衬得她眼角好似也更加肆意。

"哥哥,有没有?"

"没有。"

周拓将她滑落至手臂的肩带拉回原处,又替她理好头发,把西装脱下来盖在她身上,门一开,把她推了出去。

"你先自己逛逛,我等下来找你。"

2

船舱内,周拓把衬衫捋好,推开门,林缊月已不在外边。清新的江风拂在脸上,三楼甲板上空无一人。

他倚靠栏杆,从口袋里掏出烟盒,背风拢手,深吸一口,烟雾立刻裹住他。

船上人多口杂,这么多双眼睛盯着,他本该和她保持距离的。

刚刚他太冲动了,这样的低级错误,实在犯得太蠢。

自从记事,周拓的人生就以倍速快进,初中、高中、大学都充斥着无数补习、竞争、奖状,再然后就是成年,进入周氏,采买、拍卖,日夜颠倒。

他的人生像方方正正的填字游戏,已经给出既定的单词,只需填入正确的字母,就可以漂亮地完成这个游戏。

极小极小的概率下,会出现一个印刷错误而无法辨别的字母,二十六个字母试遍了,到头来也只被逗弄一番。

林缊月之于他,就是这填字游戏里罕见的印刷错误。

到底是大写的 I、小写的 l,还是数字 1,他无从而知,甚至连她自己也不知晓。她的形状一直在变,弄得他也在变,填到最后,才发现人生根本不是一个写在报纸上的填字游戏。

意识到这点的时候,他早已不是当年那个固执己见的高傲少年了。这些年里,他也学会了为生活妥协。

但是,现在……

现在那个"印刷错误"就在眼前,在 H 市,在自己的家里。

那个看不清究竟是 l 还是 I 的字母,正一遍又一遍地提醒着他,曾经那个对于"人生"片刻间的灵光一闪。

离零点还差一刻钟,周拓低头看手表,身后有皮鞋声响起。

"你去哪里了?"还没走近,姜严明就开始不满地责问,"我好说歹说请了嘉映的林总来,你就不去和他聊聊,给你们周氏写点好听的?"

等到靠近,姜严明才着实被吓了一跳:"干什么去了你?衬衫怎么皱成这样……和谁打架了?"

周拓继续抽着手里的烟:"那盏灯,什么时候可以给我?原版的那个。"

"今年年底,怎么了?"

"能快点结束吗?我有用。"

另一边，甲板上觥筹交错。

在一片欢乐祥和的气氛里，林缊月张嘴打哈欠，找了个空位坐下休息，外套上还残留着周拓身上的味道，倒有点让人安心。

手机响起了，林缊月定睛看着屏幕，居然是学姐，她立刻接起电话。

"学姐。"

"查到了，就是那个会计做的。"对面依旧保持一句废话不多说的风格。

"这么快？"

"也不知道是好消息还是坏消息，你要去看看他吗？"

"什么？"

船上信号不是很好，邮件一直没发过来。

导致那年自己家破产的罪魁祸首，就静静躺在学姐给她发的邮件里。

旁边座位一沉，秦烨凑近她："林缊月，等下有烟花，你不去看？"

林缊月听张总还是哪位老师好像提到过，说："不去，我有点累了。"

"好吧。"秦烨面露失望，又定神看她，"你这西装哪儿来的？怎么还怪眼熟的？"

"地上捡的。"

"捡的？"秦烨狐疑地看着她，显然是不相信的模样，但好在他喝醉了，并没有深究。

好不容易赶走秦烨，林缊月又一个人待了一会儿，还是出了船舱。

游艇很大，人群都聚集在一楼、二楼，三层往上空无一人。

她没看见周拓在哪儿，晃晃悠悠地走上最高层，独自一人坐在露台上，静静地等待着烟花。

零点。

一排烟花准时从江面上垂直升起，悬空几秒，"砰"的一声，"呼啦啦"地炸开，像千万朵花同时绽放在枝头。

底下传来异口同声的赞叹，人头攒动的甲板，快乐的氛围里里外外洋溢在这艘游艇上。

展览很成功，那盏灯依旧闪耀在小木屋里。

真好啊！林缊月想。她回H市的第一个项目就这么顺利，外婆一定会为她感到自豪。

毫无征兆地，林缊月想起木匣子里的那捆宣纸。

小学时老师向外婆反馈说她的字像条扭动的蛆虫，外婆听完后没跟她妈张婉清商量，自作主张给她报了书法班，每周六踩着自行车送她到三公里外的一家书院去。

那时候外婆身体健朗，每天早上还去山上晨练打太极，连蹬脚踏车都比别人快一些。林缊月在后座抱着她的后腰，砚台和笔就在书包里"哐当"地响。

书法老师那时候一直说林缊月心太浮气太躁，左偏旁写不好，连整个字就要放弃。但书法讲究有始有终，就算写下败笔，也还是要用同样认真的态度完成整个字。

可林缊月就是不喜欢有瑕疵，撇捺写得不对，她就都要扔掉。

她记得自己在外婆的房里练习，墨香铺满整个屋子，她自顾自地写，外婆也就自顾自地在一旁看书。每次结束，地上总是堆满了各类她不满意的习作。

总之，已经记不太清，她大概是把那些纸都扔了。

直到外婆去世，她去整理遗物，才发现那些她恨不得毁尸灭迹的练习作业，原来都被外婆好好珍藏着。

一张叠着另一张，用黄色皮筋扎起，完整地存放在木匣里。摊开来，那四尺三开的半生熟宣上写满了王维的《画》：春去花还在，人来鸟不惊。

空中烟花夺目，林缊月想到"春"上那一撇她怎么都写不好，屁股和板凳马上就要分离了，外婆就走到她旁边，轻轻念出诗词："春去花还在，人来鸟不惊。写得挺好，怎么不写了？"

林缊月不说话，样子很急躁。

外婆敲敲她的脑袋："你才学了几天，就想要一步登天？"

林缊月说："我写得不好看。"

外婆叹气："做事要有始有终。"

倔强在那时已经占据林缊月小小的身体，她呛声道："如果结果不是好的，我宁愿不要。"

"这么倔呀！"外婆摇了摇头，坐下给她写打样。

时过境迁，林缊月怎么都记不起外婆写的那个"春"字长什么样了，是楷书？行书？还是篆书？

她绞尽脑汁地回顾，记忆却是一片空白。或许和高中那年一样，合适的时候，她都会记起来的。

不知过了多久，林缊月才发现自己面前站着一个人。

他半边脸被烟花照亮，一丝不苟的头发已经有些散了。

林缊月像平常一样冲他咧嘴："你到哪儿去了？我逛遍了都没找到你。"

周拓脸色有些难看，不耐烦地将手盖在她的眼睛上。

"不想笑就别笑。"

"有吗？"林缊月在一片黑暗里眨眼。

"有。"周拓依旧捂着没松手，"你的笑比哭还难看。"

"你再不松手，烟花就放完了。"林缊月闻到他指尖萦绕的淡淡烟味，"你又抽烟了？"

周拓闻言把手松开。

林缊月轻笑了声。周拓在她旁边坐下，偌大的游船露台，烟花如流星般闪耀。

两人无言地仰头观赏。

从背影看去，好似相互倚偎。

在这漫天绚烂的烟花之下。

3

周六，林缊月和学姐去了趟郊外的医院。

传说中害他们家破产的罪魁祸首就在这里。

林缊月来之前设想过画面，但着实没料到会是如此——那人和一个等待做肝移植手术的大叔共用病房。

隔着层帘子，男人毫无意识地躺在病床上，紧闭双眼，鼻子上戴着氧气面罩，好像只是睡过去。

林缊月用手在他面前晃了晃："不会是装的吧？"

学姐将调查结果重申一遍："一年前他在家跌倒，被发现送往医院的时候已经晚了，可能这辈子都会是植物人。"

挂在床边的尿袋已经快满了，病床散发出令人无法忍受的恶臭，旁边床位的大叔撩开帘子："你们是他的……"

"叔叔，"林缊月尴尬地撒谎，"他是我的叔叔。"

"还以为你们是他的小孩呢。"那位大叔失望地叹气，"我自从住院以来就没见过他家人来过，只有一个护工。那个护工也不是很上心，有时候来有时候不来。我还以为终于有人来看他了——"

男人就是她父亲公司以前的财务会计，多年前，他卷款逃跑害得公司资金链断裂。

如今，男人曾经发福的面容凹陷得可怖，被子外露出来他那骨瘦如柴的脚掌，他已经病重得失去了意识，林润刚不追责，林缊月自然也没立场问责。

她转身对学姐说："算了，我们走吧。"

学姐看了眼时间："我还查到了他儿子和妻子的住址，你想去见见的话，现在应该还来得及。"

林缊月摇头："不用了。"

只能说天道轮回，他做了坏事，变成这样是他应得的。

两人走出医院。寒风刮在林缊月的脸上，她问："那年他卷走林润刚那么多钱，最后都拿去干什么了？"

学姐给她看银行"拉"出来的报告："好像是拿去还高利贷了，剩下一些都给他赌没了。"

林缊月了解过后，爽快地说："我到时把剩下的钱转到你卡上。"

回到家，她在玄关脱鞋子。周拓已经回来了，不知道在做什么，客厅传来一阵窸窸窣窣的声音。

"这是什么？"林缊月探头。

周拓在拆纸箱子，四面都贴上了易碎的标识。他头也不抬地回答："一盏灯。"

最近太忙，林缊月完全忘记自己搬进来的时候在客厅还放了两盆植物，它们长得非常茂盛，她将手插进泥土，意料之外的湿润松软。

"你帮我浇水了吗？"

"昨天浇的。"

周拓继续滑动小刀拆箱子，把什么东西从里面端了出来。

林缊月站起来，不小心瞥到那个被端出来的泡沫塑料箱，里面放着个四方透明罩。透明罩里不止有盏灯，旁边立了间灯屋。

饭桌上放着便利店的三明治，她随便拿了一袋，嘀咕道："客厅有点冷，我要回房间了……"

周拓正忙着把纸箱做回收垃圾放门口，并没有注意她。

林缊月捏着三明治往房间走，"啪嗒"一声，大门被关上了。

"记起什么了吗？"周拓的声音好整以暇地从底下传来。

"好像没有。"

"记不起来就算了，不过你慌什么？"

她慌什么？

林缊月不上不下地停在楼梯中间,一直保持面朝前、背朝后的姿态干站着。

"不要骗我,林缊月。"周拓语气肯定,好像有些不满,又好像有些试探,"你立刻就想起来了,为什么要装不记得?"

林缊月想说自己没有,她的遗忘都是真的,只不过不知什么时候,那散落的记忆碎片,会不知不觉蛮横地给她一拳。

她朝下看了眼,流线型、用浮木和枯叶手工搭的一盏灯。

对啊,林缊月想,她怎么会不记得,第一天去采访的时候,她就已经和它结结实实地打过照面了。

林缊月低下头,和周拓向上的灼灼目光对在一起。

好吧,她承认。

她确实记得。这模样,即使只瞥一眼,怎么会不记得。

那年圣诞,遵照传统,周家依然隆重地在家举办晚宴。

这是他们邀请社会名流的借口,每年都会雇不同名厨来家里做圣诞餐。

其中有个以抽签形式互相交换礼物的小活动,就在周家层高两米的空旷客厅中央的那棵圣诞树旁进行。

周拓和林缊月作为在场唯二的小孩,也被象征性规定了要给对方礼物。

圣诞前夕,一派红绿交错的热闹中,她敲开隔壁房门,探头进去:"你给我准备了什么?"

周拓用身子挡门:"你等下就知道了。"

"现在给我看看又能怎样?"

周拓仍然坚持等到晚上再给她。林缊月吃了闭门羹,摸着鼻子就要走,他却又拉住她的胳膊,把她带进房间,眼神淡淡扫下。

"那你呢,给我准备了什么?"

林缊月没有抬头,垂眼玩笑道:"我把自己系上绸带,做礼物送给你好不好?"

"也不是不可以。"周拓往侧边看去,"正好,我这儿还剩下了包礼物的绑带,你……"

这些天他已经完全掌握了应对林缊月的方法策略,只要顺着她的那些玩笑话说下去,林缊月一定会见好就收。

果然。

"不、不用了，我是胡说八道的。"

林缊月将手抽开，"咻"一下就窜走了。

周拓望着她那鼠窜般的背影，轻笑出声。

那天来的都是H市有头有脸的人物，吃饭时周家还请了交响乐团来演奏。

这样高雅的场面，林缊月吃不饱又待得无聊，一直在走神。好在李敏让他们两人吃完就早早上去，明天还要上学，礼物的事就不随宾客，私下交换就行。

林缊月和周拓上了楼，同时停在房间门口，两人视线一触即离。

周拓说："我等下来找你。"

"哦。"林缊月答应着，进了房间。

她从抽屉里拿出自己准备的小盒子，开始微微出汗。

身上这件充满圣诞氛围的红毛衣过于保暖了，林缊月把领口扯低，周拓已经从外面进来了。

他端着包装精美的礼物盒往前递："不是说想知道我准备了什么吗？拆开看看吧。"

盒子很大，林缊月双手接过，他们的手又不小心碰到一起。

周拓嘴角弯上去，指着她手里的问："给我的？"

又是明知故问，林缊月不知怎的有些烦躁："不是给你的，还是送我自己的吗？"

周拓倒也不生气，抽走盒子，笑了声，像是在说不跟她一般见识。

林缊月蹲在地上，把精美的包装纸撕得"哗啦"作响。

周拓并不着急打开他的，他紧盯着林缊月的神情，可是面对自己的礼物，她愣在原地。

气氛有些诡异，周拓拿不准："不喜欢吗？"

他送的是一间灯屋，上下一共四扇窗子，屋身被漆成薄荷蓝，金线装点屋檐。如果从下面打开灯屋，里面还放了盏手工灯，透着孔状缝隙露出星星点点的漂亮暖光。

林缊月想到之前和周拓从便利店回家的路上，她福至心灵，不打自招地说了那番壮志凌云的宏愿——

那天老师上完课就走了，家政阿姨迎着老师出去，关门时弯腰道了别。周家待这位老师很恭敬，据说是位知名教授，只因李敏和她关系好，这才勉强答应了每周日一拖二来这儿上课。

周拓把桌上的材料整理成册,林缊月正在默念老师给他们圈出的重点。他示意她把材料给他,帮她也用订书机装订一下。

"谢谢。"林缊月递给他。

周拓订好后,把小册子还给她,状似不经意地问:"你这周怎么不翘课了?"

"你说得对。"林缊月翻着书玩,"期末到了,确实不能翘了。"

"哦。"不得不说,不和自己作对的林缊月还是挺可爱的。

复习完老师给他们圈出的重点,林缊月又掏出卷子开始写,不知过了多久,抬头发现周拓没走,保持着刚才的位置在她身边也写起了卷子。

"哎。"她用手肘捣了下周拓,"这道题怎么做?"

"哪道?"

周拓凑近她,身上带着股奇异的清香。林缊月愣住,脑子有些转不过弯,就近一指:"这个。"

周拓把她的卷子拉近,抽出一张空白的稿纸,把题照抄了下来:"你要先在这里添条辅助线……"

林缊月的心思却跟着他一下一下耸动的指关节,飘到了外太空。

等她反应过来时,正对上周拓无奈的眼眸。

"听懂了吗?"

林缊月点头如捣蒜,周拓把稿纸收了起来:"那就再做一遍。"

笔杆在她手里晃动了半天,也没见什么动静。

"你没听懂就直说。"周拓有些无奈,"我再给你讲一遍就好,没有关系的。"

"我听懂了呀。"林缊月不服,"不就是在这里加条辅助线,然后、然后……"她又犹豫着说不出来了。

周拓了然,放弃争辩:"是我想再讲一遍,可以吗?"

林缊月点头:"这倒是可以……"

"嗯。"周拓点头,拍了拍她脑袋说,"这次别再看着我的手发呆了。"

那天他们相处得尤为融洽,吃过晚饭,两人还在房间里一起看了电影。

等黑底白字的署名都滚动到底了,也没见周拓有要回去的动作,林缊月转头问他:"你还不回去?"

"我还不困。"

"哦。"她有些无聊,转头问周拓,"我有点馋,家里有没有零食?"

不用想也知道没有。

周家平时只按照他们家营养师定的食谱采购,怎么会有零食这种不健康的垃圾食品?

他们决定去不远处的一家24小时便利店买零食,两人动作轻悄悄的,都生怕吵醒已经入睡的周放山和李敏。

林缊月拿了几包薯片、巧克力,还有两罐汽水,要是还不困,等下可以再看一部电影。

她拎着塑料袋一摇一晃地同周拓往家走。别墅区环境好,空气也清新,路上只有两人交错的脚步声和偶尔不知从哪里冒出的动物叫声。

晚上气温凉,林缊月出来的时候,从周拓的衣柜里偷了一件衬衫,把袖口往上翻折三次,给她穿正好。

他们走得很慢,一路上风很静,樟叶簌簌,不远处就是星星点点的霓虹光。

林缊月问周拓:"你以后也会住这里吗?"

"这里指的是?"

"H市。"

"不会。"

"噢。"

两人不知不觉都放慢了脚步。这条小径在那天显得尤其遥远,仿佛总也走不到底似的。但不知怎么,少男少女的心里,却又怕它变得这样短。

呼吸声代替着言语,过了一会儿,周拓问她:"那你呢?"

"我?"林缊月停下脚步,"我也不会。"

穿堂风钻进他们中间的空隙,小小璀璨的烟火在她的眼底迸发、盛开。

林缊月郑重地、一字一顿地说:"我会住在世界上最好的地区、最好的楼盘。"

"好。"周拓点头。

他帮她把塑料袋接过来:"时间不早了,我们回家吧。"

…………

——住世界上最好的地区、最好的楼盘。

这没什么丢人的,在利欲熏心的现代社会,她的这个平凡愿望显得异常普通。

但是……在那之后,她内心那点小声的期许,不知怎么,被周拓猜到了。

她是在心里偷偷默念的。

"住世界上最好的地区、最好的楼盘。"

"即使……即使知道世界上没有一盏灯会为我而留。"

或许是自己多想，也或许是周拓歪打正着，异样的情绪将林缊月包裹，但顷刻间又变成一股横冲直撞的恼怒。

周拓这个人，像做阅读题一样，一段一段把她拆分开来，居然不费吹灰之力就把正确答案给亮出来了，他是不是还挺扬扬得意的？

林缊月把玩着灯屋，把里面那盏灯拿出来，挪动开关，一亮一暗。

"为什么送我灯屋，你最近很闲是吗？"

"怎么了？"

"画图、收集材料、制作模型。你不是平时很忙？"

周拓紧绷着脸，半天才说："都是课上的作业。"

"哦，作业。"林缊月突然抬头盯着他的眼睛，"我怎么从来不知道，劳动课原来还做灯屋？"

"这是……"

"周拓，"她轻轻喊他，声音沙哑，"你怎么猜到的？"

语焉不详，但两人都奇迹般听懂了。

周拓背靠墙，手里握着盒子轻轻敲打手心。

"你不关灯。"

好几回他起夜路过，林缊月的门缝下总透着光，可里面安静得一点声音都听不见。去露营的那天也是，她那个帐篷一晚上都亮着灯。

这样明显，他想林缊月大概只是怕黑。

直到那天那场突如其来的关于日后居所的对话。

一瞬间，周拓没由来地感觉到，林缊月不是怕黑，她大约只是怕屋子里没人，说不清道不明，但就和那天突然刮过的那阵晚风一样席卷了他。

毫无缘由，但那刻周拓能肯定，她并不是怕黑，只是想要一间永远亮着灯的屋子。

买那样的房子他暂时办不到，但做模型倒是顺手，他总代表学校参加机器人的比赛，做一间灯屋，不过是游刃有余的事情。

但周拓没想过林缊月会是这样的反应，还真是一副张牙舞爪的刺猬模样。他无奈地轻笑，和她一起蹲在灯屋前，伸出手指戳了戳。

"是太亮了吗？可能功率没调好。林缊月，你要是不喜欢不用勉强，我没意见。"

"谁说我不喜欢?"林缊月逆反心理上来,立刻反驳,她把灯屋端起来摆在床头,"正好缺盏夜灯,就放这儿吧。"

周拓跟着她站起来,观察她的表情:"在想什么?"

"没什么。"

林缊月心想,周拓真像个算命先生,从头到脚都把她看光了。

4

林润刚刚暴富那段日子,终日忙于应酬,张婉清则整夜在棋牌室流连忘返。

那时林缊月在上初中,放学后被安排在托管班,从托管班回家,屋子里通常漆黑一片。

林缊月背着书包穿过黑暗,熟门熟路地摸回房间,灯光"啪"地亮起,关上门,隔绝屋外的黑暗侵袭。

她的作业已经在托管班完成了,于是有充足的时间再干点其他事——看点书、练练字,有时候躺在床上看一会儿电视,或是偶尔给外婆打个电话问候。

每当挂了电话,林缊月脑海里总是浮现出一间亮着的房屋,从黑暗里升出,在冬天时飘出缕缕炊烟。

当然这些反应都是下意识的,一直到很久以后,林缊月才想明白那些想象对她意味着什么。

于是当六年以后的林缊月再次看到这盏灯和灯屋,一切似乎都有迹可循了。

那间灯屋,承载着一个少女对于家的某种不可名状的想象,也同样承载着一个少年笨拙而又温柔的心意。

那夜似被看光的赤裸感重新回到胸膛,林缊月还停在楼梯中间,身体都有些发抖,眼睛还是不敢往下看。

"转过来。"周拓的声音似乎离她很近,轻柔得像炊烟一样飘进她的耳朵。

"看着我。"他说。

她像被当场捉住的小偷,站定一会儿,别无他法似的,才缓缓地、一点一点地转过了身。

周拓不知什么时候已经走到她身后。

年少的林缊月可能不懂,但她现在不可能不明白,六年前他给她送灯屋,是因为什么。

"你记得这是什么，对不对？"周拓还在不依不饶地要答案。

两人无声对视片刻，她感到口干舌燥："为什么要替我留着？"

那时她匆匆离开，很多东西直接留在了周家，她也没有把灯屋带走。比起这些断断续续的记忆，有件事情她现在就能确认——她没办法做到视而不见。

"你觉得呢？"周拓倾身靠近，语气里多出压迫，步步引导她，"圣诞礼物而已，你把它丢在房间不要了，我却还傻傻留着。你觉得是为什么？"

为什么呢？

她悄无声息地消失六年，按周拓锱铢必较的性格，就算那个时候少年潜伏着某种情感，她不觉得……

眼神挪动，林缊月对上那双步步紧逼的眸，幽深、青黑，正一瞬不瞬地盯着自己。

或许她心底早就有了答案，刚刚的话也不过是抛砖引玉，真到了嘴边，却怎么都说不出口。

一只大掌抚上她的脸颊，他说："你不会真以为我喜欢做手工？你不知道吗？这间灯屋一直在'岩极'大厅展出，修改后还被拿去投奖，就是你这次……"

林缊月突然咬上他的手指，恨恨的，用了十成的力。

"你喜欢我，周拓。"

她闭上眼，像是逼自己似的。这是她不到万不得已，一点也不想去承认的事情。

"你喜欢我，行了吗？你以前就喜欢，现在把灯拿回来，就是要提醒我，你还喜欢我！"

林缊月像漏了气的球，安静地下瘪，只剩心脏在胸腔里铿锵有力地跳动。

原来那份合约，他不是想要报复她，是因为他喜欢她。

"你说得对，我是喜欢你。"周拓被咬也不生气，依旧用手摩挲她的脸颊。

不逼她，死到临头了，她都会露出模棱两可的笑容，然后告诉别人，自己是她的房东、室友、少年的玩伴。

林缊月性格里有某种别扭的、拧成麻花的东西，对情爱是一触即离。

像回到多年前那个夜晚，周拓露出一个极其相似而又充满无奈的笑："这件事这么久了，你才看出来吗？"

手上一痛，林缊月又去咬他。

她想讲点难听的话，但一抬眼，瞥见那双眼里流淌出碎玉般的温柔，她的喉咙突然哽住，伸出手，听见自己的嗓音沙哑："……那你还给我。"

"还你什么？"周拓不懂。

"灯和灯屋。"她垂眼，很想去搂住他的腰，但还是控制住自己。

"你保管了这么久，现在该物归原主了。"

灯屋还是记忆里的样子，里头的棉花灯被罩着，光透过四扇窗子上的孔状空隙，透出影影绰绰温暖的橙黄。

林缊月伸手把底下的盖子拿掉，从里面拿出那盏手掌大小的棉花灯。

她的心脏隐隐收紧，周拓确实在好好保管它，也一同保护着自己当年对未来的美好希冀。只不过到头来，事情似乎变得更差，她是失物招领处的摆件，根本等不到被领走的那天。

如果六年前还可以勉强说，周拓或许只是对手工感兴趣。现在她直视着金线齐顺的屋檐、挂雪花的窗子、贴上门牌号的大门……她是真的，无法再自欺欺人下去了。

林缊月问他："蚕灯也是你设计的？"

"我哪有艺术细胞。"周拓轻笑，靠墙看她，"是姜严明做的。"

"什么意思？"

"原型是它没错。姜严明喜欢那灯，拿它做灵感，几番修改后才有的设计。"

"那……"

"你这么蹲着不累吗？"周拓朝她伸手。

林缊月借力站起，一副欲言又止的样子，好像还有很多想问的。

"嘘。"周拓的手指压在唇上，没给她再说话的机会，"今天就先这样。你都已经知道我的两个秘密了，我却连一个你的都不知道，是不是有些不公平？"

"作为交换……"粗糙的手摩挲着下唇，他眼神灼灼，"要不要做点其他的事？"

"可……"林缊月眼神转到地上，悬而未决的东西堆成了山。

周拓挡住视线："等下再摆回你房间去。"

林缊月一抬头，就掉进了周拓的眸子里。

他眼里透着奇怪的柔情，桃花潭似的深眸，可她生出无名烦躁，那是想要惹怒周拓的异样冲动。

"别这么看我，行不行？"

"我怎么看你？"

"你……"一句话把她问得哑口无言，他自己不知道吗？

周拓今天像一棵春天里生机蓬勃的香樟树，好像不论她说了什么难听的话、做出如何伤天害理的事，他都会用那枝繁叶茂的躯干为她趋避危险、挡风遮雨。

可她的怒火越烧越旺。

她根本就把他忘得一干二净，他都不在意？甚至，一点都不埋怨？周拓有问过她吗？她愿不愿意承受他的保护、包容，还有那些年的等待？

林缊月宁愿他对自己态度恶劣。

那条黑白分明的界线似乎已被无数颗不知从哪儿钻出的烦人东西遮挡得干净，林缊月眉头快皱成座山。

"生气了？"周拓俯身打量她，片刻后问，"为什么？还在气我逼你……"

林缊月不想再听，狠狠扯下他的领口，踮脚咬上他的唇。

周拓愣住片刻，又意会般地用手掌抚上她后颈，扣住她贴向自己。她身体滚烫，他搂着她的腰覆上，他们交叠在一起。

林缊月毫无章法地胡乱啃咬，周拓任由她亲了一会儿，终于忍不住反客为主，驱舌进去追逐。

他进她退。

时过境迁，两人位置全然相反，退缩不前的角色反倒变成了林缊月。

年少时他并不理解，以为那是欲擒故纵、若即若离，是玩弄猎物的手段。

但现在已是六年后，对于林缊月，她眉头一皱，他就知道她在恼什么。

大概……有时也会猜错。

他叹息着想，林缊月不过是只受伤的黑猫，戒心隐埋在月亮似的眼眸里，龇牙咧嘴地对着那些想要接近她的人。但如果用耐心坚持喂养，有朝一日她朝他走来时，尾巴也会为他高高竖起。

周拓忙着亲她，感受腰腹间多了一股力，往下看，发现是林缊月揪着他的毛衣，手掌贴合腰际轻抚，轻轻的、怕惊扰似的。

他悄声覆手上去。

那只踌躇在腰际的小手扭动片刻，终于静下，似是全然安心地接受被更大的温暖包裹。

…………

林缊月醒来时,天已经黑了,房里留了盏小灯。她起身环顾四周,门被关上,周拓已经不在了。

呼吸之间全是木香,她捡起地上的衣服。之前虽然进过几次周拓的房间,但她几乎没怎么好好看过房间布局。

他房间的风格和他这个人一样单调,无聊的黑白灰配色。床的右侧是一大片落地窗,但此时已经被遮光窗帘盖上,室内唯一的光源就是那盏小灯。

林缊月刚刚没去注意,现在才发现,是灯屋里的那盏棉花灯,不知道什么时候被周拓拿到房间里来了。

棉花包裹着里头本该明晃晃的暖黄光,变得柔和又温馨,放进他的房间真是显得异常突兀。

她在接触"岩极"这个项目的时候,只觉得蚕灯很眼熟,并不知道原型就是这盏棉花灯。

现在这样想的话,确实能发现相似之处。比如被层层包裹的灯芯,只不过它并不会像蚕灯开花般自动开合,充其量只能算个没开花的小花苞。

大费周章去投奖、办展、投入生产……周拓不愧是个商人,连一点赚钱的机会都不放过。

她伸手戳动,胖嘟嘟的棉花灯弹了一下。她心想,果然还是小棉花苞和她比较搭。

物归原主,很好的事。

她下床闲逛,看看这儿看看那儿,突然有点犯馋,想吃点甜食——比如周拓曾给过她的巧克力,奶味十足又酒香醇厚,这样的东西一吃就知道很珍贵。

她毫不客气,翻箱倒柜地寻找,拉到床头柜最底下的抽屉时,一个长方形的黑色皮质盒子映入眼帘。

上面烫金印着周拓的名字。林缊月嘴角动了动,还没伸手碰,就知道那并不是酒心巧克力。

这种东西,他怎么还留着?

"醒了?"

开门声响起,周拓的声音紧随其后。他走进房间,看见林缊月翻出那陈年旧物,不由得也愣住片刻。

林缊月脸不红心不跳地做贼，镇定地点评："花掉我半个月积蓄的钢笔，质量果然好。你都还留着？"
　　"质量是不错。"周拓靠墙附和，"就是后面浮雕都快被我磨没了，圣诞将近，你给我换个新的。"
　　"你不可能一直在用。"
　　周拓不说话。林缊月打开盒子，她送给他的那支钢笔并不在里面。
　　她想起前段日子闯入书房，他的书桌上似乎摆着一支旧钢笔，款式陈旧了，她那时并没认出……
　　她瞪大眼睛。
　　周拓倒是坦然，耸肩道："我早说了。"他替她关上抽屉，手背贴上她的额头，"睡了这么久，还以为你发烧了，既然醒了，就下来吃晚饭吧。"
　　厨房顶灯下，周拓神情自然，正给她递饭。林缊月边接边偷看，周拓正常得过于可疑。
　　视线触碰到一起，她率先移开，咳嗽了声。桌上没人说话，阿姨在远处忙活，她问阿姨要不要和他们一起吃。阿姨好心拒绝，说自己等下要回家和儿子一起，不久后便挎着包走了。
　　剩下林缊月和周拓在饭桌上相顾无言。
　　她低头使劲扒饭，周拓静静看她假装很忙的样子，轻笑："好吃吗？"
　　林缊月点头："还可以，肉很入味，菜也很绿，米饭颗颗饱满……"
　　"可不是饭最好吃。"周拓点头应和，给她夹了一块糖醋排骨。
　　从开始到现在，林缊月就只盯着眼前的那碗饭吃，腮帮子鼓鼓的，都挖出一个小洞，也不见她夹菜。
　　等她好不容易把周拓给自己夹的上海青、番茄炒鸡蛋、排骨，还有自己面前的那碗饭通通吃完，就"咚"一声把碗筷都塞进水槽，一溜烟地跑回了房间。
　　望着那惊弓之鸟般的背影，周拓嘴角扬得厉害。
　　也罢，今天就让她独自消化一下吧。
　　书桌上摆着一支墨黑色钢笔，笔身用金线点缀，尾部有一处被磨损得残破不堪的浮雕，隐约可以看出是他名字里的"拓"。
　　周拓熟练地用墨囊吸入墨水，回旋转进钢笔，用纸巾擦去多余的墨水，在文件底部签下了名字。

六年前的那个圣诞夜，楼下宾客们的交谈声隔着门都可以传到屋里。

林缊月从灯面前站起，心情复杂，突然后悔那天和他推心置腹。现在好了，她在周拓面前已经变成透明人。

但似乎后悔也没用，林缊月朝他扬了扬下巴："我给你的礼物，怎么不拆？"

周拓像是突然才意识到似的，朝手上的盒子看了眼，片刻后将它打开。

是一支很老牌的高级钢笔，笔盖上一圈烫金，笔身末端有"拓"字样的浮雕。

林缊月解释："早知不当众交换，我就不买这么贵的了……"

这支笔足足花掉她半个月的生活费，她见过周拓用同款牌子，只不过他那支笔头都磨损了，不知为什么还在坚持使用。

买时发现他那款价格惊人，于是她从入门级里挑了一支勉强能负担的。

"你不喜欢？"他脸上是模糊不清的神情，林缊月说，"不喜欢也可以退哦，你知不知道，这……"

"没有不喜欢。"周拓合上盖子，"谢谢你。"

林缊月探头观察："你确定？"

"嗯。"他神色淡淡，浑身上下却突然散发出生人勿近的危险，和刚才柔和的样子大相径庭。

圣诞的最后几个小时，他们并排躺在房间的地毯上听歌，一人一只耳机，离得很近，林缊月轻柔的呼吸差点就要盖过悠扬的乐曲。

一片舒缓的音乐声中，周拓转头看她："怎么会想到送我钢笔？"

林缊月正玩着手指甲，有根倒刺要拔，她怎么都捏不住，说："你那支笔尖都快磨坏了还不换，我都看不下去了。"

周拓按住她的手："不要拔，会发炎的。"

"知道了。"她试着抽出手，被周拓一把压下。

"嘘。"周拓按了下她的掌心，"有点冷，你帮我暖暖。"

被大掌包裹，温热舒服，倒是她手上的凉意都被吸走。她就这样默许。

周拓望着天花板，脸上没有过多的表情，自己的那支钢笔，他记得林缊月就见过一回。

它是周放山小时候给他的。

那年他八岁，正是对涂鸦和绘本感兴趣的时期，就喜欢花花绿绿的图案。

周放山得知后，把他叫来："知道为什么给你取单名'拓'字吗？"

周拓那时连字都认不全，带着童真，把玩着周放山桌上放着的核桃木雕，摇头说"不知道"。

周放山把核桃木雕拿过来，扣在桌上："辟土四面，拓地千里。你以后要继承周家企业，这样心浮气躁，以后怎么能胜任？"

周放山看了他许久，叹着气从抽屉里摸出一支钢笔："好好练，什么时候能把它用坏，就算出师了。"

小周拓并不能完全听懂，只知道满桌子的绘本和涂鸦都不见了，取而代之的是唐诗宋词楷体字帖。周放山下任务要他一遍遍誊抄，为的就是磨他的耐性。

小时候不懂，长大却成为他的某种梦魇。

没人知道，周拓其实对使用这支钢笔有着近乎偏激的执念。很长一段时间里，他除了吃喝，在房间写到天黑，都没能把它磨坏。

那时候他一写字就记得周放山的话，练坏钢笔就算出师。

那要是写不坏呢，他是不是就一直要被困在里面了？

林缊月送了他一支全新的钢笔，就像从外面豁开裂口，告诉他牢笼其实并不坚固，长久以来的偏执，不过是作茧自缚。

写不坏也没关系。

并不是非得等到用坏那支钢笔，才像打怪通关的游戏那样，拥有足够的武器和血条支撑离开新手村，独自面对外边的庞大世界。

其实只要他想，任何时候他都可以走。

"你把我弄痛了。"林缊月不满的语气传来，周拓才意识到他握得过紧，她指尖都泛白了。

"……对不起。"他轻轻摩挲。

林缊月掐他手背惩罚。

玩闹片刻，她突然好奇起来："你以前过圣诞，都收到过什么礼物？"

周拓认真思考片刻："乐高、击剑的头套、古典名著……什么都送。"

林缊月长长"哦"了一声："礼物这么多，圣诞老人的麋鹿肯定超时工作了。"

她突然翻过身，换了一个姿势。

"那你这么多年，已经收到过数不胜数的礼物……"她喃喃，"这么多礼物里，你最喜欢哪样？"

周拓被问住了。

林缊月看出他的沉默，不可思议："你不会连自己喜欢什么都不知道吧？"
　　周拓沉默半晌，反问她："那你呢？"
　　林缊月心情还算不错："当然是张秀华女士给我的拼图啦。"
　　周拓问："张秀华女士是谁？"
　　"我外婆。"林缊月说，"她送了我一幅拼图，就挂在我房间，你要不要去看看？"
　　周拓以前进她房间时看到过，是一幅城市夜景画，红色双层巴士，九户挂着彩灯的人家，每家每户都充满节日的喜气。
　　她一片不漏地拼好，小心翼翼地摆进相框挂在墙上，就在靠床的那面墙的最中央，周围张贴着密密麻麻的电影海报。
　　"怎么样？"林缊月满意地问，"还不错吧？"
　　"为什么最喜欢它？"
　　"原因很多，不想赘述。"
　　"那有什么是能说的？"
　　林缊月思考片刻："张秀华女士在我离开她家前送给我的。"
　　周拓垂眸看她："看得出，你和张秀华女士关系还不错。"
　　"这还用你说。"林缊月得意地哼哼，"每一片都是我们一起拼的。"
　　她转过来问他："你冷不冷？为什么我的手有点冰？"
　　周拓终于克制不住般地嘴角上扬，轻轻牵起她的手。
　　"嗯……我好像也有点冷。"
　　他们就这样，在底下一片宾客喧闹中，静静观赏着那幅《风雪夜归人》的冬日拼图。

Chapter 6
噩梦

再炙热的心也只会冷却吗？

1

周拓开进地下停车场，熄了火，下车等电梯。

不远处也传来"啪"的关门声，再是高跟鞋尖戳地，"咚咚"作响。有人站到身旁，清亮的声音紧随其后。

"早啊，周总。"

周拓连眼神也不愿意多给，但对方不依不饶。

"来'西林'开会啊？我们聊聊呗。"

"金小姐，"周拓终于转头，"我不觉得和你有什么好聊的。"

金涵就是曾经想靠关系把蚕灯项目夺走的金家千金，不知道她为什么还要屈尊纡贵来"西林"上班。

"那可不一定哦。"她摘下墨镜，露出一双大眼睛滴溜溜地转，"不怕我爸对你做什么？"

"我是秉公办事。"

"秉公？你确定不是假公济私，把项目让给你的小女朋友？"金涵笑了笑，"不要以为我什么都不知道。"

"你平时又有多少是滥用职权？金丰帮你拿了多少项目，你又做成过多少？"

周拓调查过，在林缊月来之前，金涵算是"西林"的一把手，所有项目都经由她手。自从来了林缊月和秦烨这么几个强劲的对手，她坐不住，才会去抢蚕灯的合作。

"你……"

"叮"的一声，电梯门开了。

林缊月的脸从门里缓缓露出来。

她昨天没睡好，现在还被秦烨派来接客户。她和秦烨今天临时接到周氏要来谈合作的消息，以为来的是秘书、助理一类的人物，没想到居然是天天见面的周拓，她紧绷的神经松下半分。

金涵又戴回墨镜。三人站在这不大不小的电梯里，看着电子屏幕上的数字一层层增加。

"对了，周拓，"突然记起重要的事，金涵率先打破诡异的氛围，"周佳文前段日子跟我说要整个大的，让我转达消息给你。"

"我的家事，不劳你费心。"

金涵"哼"了声："话已带到，你怎么样随你。"

林缊月虽然一个字都听不懂，但依旧感到战火蔓延，马上殃及池鱼。她大气都不敢喘，屏息凝神一直等到电梯停在"西林"这一层。

姜严明在那天的庆功宴上原来不是瞎说，周氏真的有项目要找他们，事关旗下酒厂，需要他们出策划拍宣传片。

林缊月擅长写文案，因此听得起劲，脑子光速运转，有了很多灵感。

周拓开完会也没多留，带着后来的秘书就离开了会议室。

最近天气转凉，大风"呜呜"地刮，林缊月缩着脖子出来去便利店买冰激凌，她在冷天更想吃凉的。

平日感觉不到，这个时候尤其能分辨，自己和周拓的确是天壤之别，要不是当年家里的关系，他们八辈子也不会认识。

"再不吃就要滴下来了。"有人提醒。

这声音……林缊月迟疑地转过头："你不是开完会就走了？"

"我一直没走。"倒是她，一开完会就不见了踪影，周拓的目光紧贴着她的脸，"在想什么？"

"在想什么时候下雪。"她丢掉要融化的冰激凌，转身要进楼里。

周拓一把拉住她："躲我？"

"没有。"林缊月声音闷闷的。

"今晚几点回家？"周拓把她歪斜的领口翻出来，"怎么老是一惊一乍的？"

"不确定，据说今天还有个应酬……"

调整衣领的手不时擦过颈侧,他低垂的睫毛好像快要戳到自己。

"应酬?你手上还有其他项目?"

"前两个项目都已经结案了,暂时没有,但秦烨通知了,估计是团建一类的吧?"

"好,到时给我电话。"

林缊月应下,周拓把衣领给她整理完,终于肯放她上去。

晚上八点,地点定在一家五星级酒店的私人包厢,秦烨说这位老板派秘书指名道姓要和他们谈,都是H市有头有脸的人物,并不好推托。

虽觉怪异,但这个机会和风险并存的城市里,秦烨愿意一试。

对方是周氏另一位副总的秘书,来头不小。他们到包厢的时候,桌子上已经摆好菜。

"两位,请坐。秦总是吧?叫我张秘书就好。"

张秘书样貌生得好,和林缊月是同龄,西装革履,一副精英做派。

"久仰大名。奉老板的命,我司有个宣传片要拍,不知有没有兴趣合作一下?"

又是宣传片?

活不嫌多,秦烨问:"具体什么方面,请问可以详细讲讲吗?"

秦烨坐在饭桌上,听张秘书从内部结构说到业务分配,宣传片只提到需要有科技感的展现,剩下的到时候再另给文件阐述。

秦烨陪着喝了几轮,有些不胜酒力,去卫生间小解。林缊月正和张秘书聊到兴头,涉及公司转型,她提议宣传片也可以往这方面去努力。

张秘书欣赏地看着林缊月,抿了口高脚杯里的红酒:"林老师很厉害啊。"

林缊月保持微笑,说了点场面话:"时间不早,到时有合作意向,张秘书可以联系秦总。"

张秘书问:"介意我联系你吗?"

林缊月翻包片刻,说:"不好意思,忘带名片了,但联系我和联系秦总都是一样的。"

"对了,老板还吩咐了我一件事,不知你是否感兴趣?"

秦烨这趟厕所上得久了点,他用冷水拍脸强迫自己清醒。他对酒精过敏,喝多了脸就红得不成样子。

等到他好不容易打起精神回到包厢,却发现座位已经空了,剩下一桌没怎么被动过的菜和酒——

张秘书和林缊月不翼而飞。

张秘书说老板长期住酒店，但并不喜爱套房陈设，一直为此苦恼，得知"西林"策划过"岩极"近期的展，很欣赏她和秦烨的才华。但秦烨已经离席，于是就打算请她帮忙到房间看看，能不能给副总添置些家具和装饰品，好让套房更有烟火气。

林缊月虽然建议张秘书向专业室内设计师寻求帮助，但还是好心跟着上来。

这位副总住在酒店顶层的豪华总统套房，正如张秘书所说，走极简风，并无过多装饰和家具。

张秘书领她上来时，副总并不在房间。空荡荡的大平层，冰冷的空气让她感到不适。

"副总长期住这里吗？"怕张秘书感觉她在探究隐私，林缊月解释说，"需要考虑添置家具的实用性。"

张秘书盯了她一会儿，说："不算是，他刚从国外回来。"

"那他平时喜欢什么风格的装饰品？"

"颜色丰富点的。"张秘书带她逛了圈。

林缊月表示如果副总手边没有室内设计师的话，自己并不介意可以引荐，到时让秦总联系。

张秘书点头应允，为表示友好，他们握手言别。

张秘书轻握，一双上挑的桃花眼调笑地看她。

林缊月不动声色地把手抽走："那我先走了。"

"都到这儿了，不妨猜猜我是谁？"

林缊月早就觉得这个张秘书很不对劲，说："副总请我上来，真是为了看家具？"

"果然聪明。""张秘书"转过头盯她，"什么时候猜到的？"

林缊月打量他，不知道这又是什么有钱人的恶趣味。

"你这身西装，普通人应该穿不起。"

能有这样的洞察力，还得感谢周拓。她曾在家看见他穿过同款，顶奢高定西装，面料和剪裁都是一等一的。而且这人生得风流偶傥，一双眼深情款款，怎么看都像是花花公子哥，和秘书那类沉稳的文职形象并不相符。

"原来如此。"那人懊悔地叹气，"那你明知我是假冒的，为什么还要上来？你不知道和陌生男人去酒店房间是什么意思？"

"不是你让我上来的？"

"理由不充分。"他又往前走了一步，"那我要你上来陪睡，你也来吗？"

林缊月突然笑了："鼎鼎有名的副总装成秘书来见客户，我不过是想看看你葫芦里究竟卖的什么药，这有错吗？"她眼里尽是不屑，"你以为假装的就你一个？"

那人沉默片刻，脸色不是很好，但又突然嗤笑了声："真有意思。"

"副总，今日多谢款待。"林缊月朝门口走去，"再会。"

"那你看到没有？"身后的声音响起，"看到我的真实目的了吗？"

林缊月手按上门把拉开，身后的人又换了语调。

"周拓的事，你也不想听了吗？"

寒毛倒竖，林缊月转过身："你说什么？"

男人靠近，弯腰打量："你知不知道，这些年，你把周拓害惨了？"

林缊月皱眉，想起今天在电梯里的对话，脱口而出："周佳文？"

对方露出欣慰笑容："终于猜出来了。"他抬手看表，"周拓这会儿应该已经在路上了，你要不要看看你在他心中的分量？"

"无聊。"林缊月对这种没必要的猜忌不感兴趣，"我的时间很宝贵。"

"哎。"周佳文打量着她。无可否认，这就是把堂哥迷得死去活来的头号人物，确实有点魅力。

"你要不要放弃他，和我试试？"

"你敢？"

门口传来一个冷冷的声音。

"十分钟。"周佳文看看手表，"你还真来了。"他得出结论，"看来她真对你很重要。"

周拓过去牵住林缊月，皱眉警告："别发疯，离她远点。"

林缊月跟在他身后，两人急急走向停车场。周拓的车停得歪歪斜斜，才不过片刻，车窗上已经贴满希望挪车的联络便条。

他臭着脸撕掉那些便条，一句话也不说，冷冰冰地拉开车门。

"喂！"林缊月觉得好笑，"生气了？"

周拓一声不吭地上了车。

这边秦烨已经打了十几个未接电话，林缊月回过去报平安，把来龙去脉大致描述，略过周佳文假扮被戳穿和周拓来了的部分。

挂了电话,车里恢复一片死寂。周拓紧握方向盘,气压低得吓人,不一会儿就到了家门口。

屋里亮着灯,能看出他走时连衣服没来得及换。

林缊月换好鞋,巨大的檀香味笼罩她,刚想转头,腰间多了一道力,她转身被压在墙角。

周拓黑脸按住她,推着她袖口,拉过她双臂四处查看,又去摸她额头测量体温。林缊月不知道为何,有些受用,眼角不受控制地上扬。

"还在生气?"

周拓确认好,才收了手。

"我都不生气,你在生气什么?"

"我没有生气。"

"骗子。"林缊月凑上去,他的神色分明是晦暗的,她突然想到,"你怎么知道我在他房间?"

周拓摸摸她的脸:"回去休息吧,你今天很累了。"

"我不累。"林缊月说,"他根本没对我做什么,我连酒都没喝。刚刚在车里打电话,你肯定都听见了,他叫我上去只是让我去看看家具摆设。"

周拓脸色更阴沉了:"你是会设计家具,还是会看风水?他让你上去你就上去?"

"为什么不?他是副总,还能把我怎么样吗?"

"又是为了项目?"周拓停顿片刻,"你想要什么合作,我都给你。"

林缊月凑过去环抱住他的窄腰,拿脸蹭他。檀香味扑鼻而来,她莫名感到安心。

"哥哥,我什么合作都不想要。"

"别胡闹。"周拓把她拉开,严肃地说,"周佳文这人没安什么好心,离他远点。"

"哦。"她笑眼盈盈,挑眉看他,"那你对我就安好心了吗?我也是你拿项目换来的合约女友哦。"

"林缊月。"

"知道了,知道了。"看见他幽暗下去的眼眸,她见好就收,"我不胡闹,今天我好害怕,还好你来救我。为缓解恐惧,我还需要一个晚安吻。"

她闭上眼,嘟起嘴,等了一会儿没等到,不满地睁眼:"吻呢?"

周拓的眉头依旧皱成结,却还是无奈地握着她下巴,落下轻吻,打发似的:"可以了,走吧。"

但林缊月偏不。她双手环抱住周拓,将刚分开不久水盈盈的唇又凑了上去。

周拓本就气压低,她这样亲上,果不其然被毫不留情地按住深吻,大掌摩挲脸颊。林缊月应接不暇,只觉天旋地转。

她刚撒谎说没喝酒,亲上去就什么都露了馅。周拓气压又低下几许,鼻息洒在肌肤,她身体战栗,他压得她的腰都弯了。

林缊月的手攀上他的胸膛,两人一路跌跌撞撞走到卧室。卧室里没点灯,一片漆黑中,她被翻过身去。

……………

结束后,周拓要她留宿,但林缊月坚持要回自己的房间睡觉。

周拓到阳台吹风冷静,心里那鼓点还在敲打,说不清是后怕还是担心,周佳文这人为了和他争个输赢,疯起来时连命都不要。

林缊月也没个心眼,周佳文叫她去房里,她还真跟去了。周佳文给他拨的电话也硬是故作玄虚了好久才说,要不是他去得快……

回过神,一墙之隔的房间已经没了声响,周拓轻手轻脚地爬上床,也熄了灯。

2

不知道是不是因为周佳文这个小插曲,林缊月这晚睡得并不踏实,甚至还做了奇怪的梦。

梦里,她还住在外婆家。放学后,外婆依旧骑脚踏车接她回去。她坐在后座,捏着校门口买来的风车,迎风"吱溜溜"地转。

"今天回家练五张字,笔我都帮你洗好了。"

"好的,外婆。"她轻轻贴着外婆的后背,"今天晚上吃什么?"

"我做了你最爱的冬瓜排骨汤,没在学校吃零食吧?"

"没呢。"她看着迅速后退的风景,感到一阵奇怪。

她现在是在上高中,为什么还住在外婆家里?她此刻难道不应该在 H 市吗?应该住在……

外婆还在温柔地关切:"累不累?上学一整天,一定累坏了吧。"

林缊月被这样一提醒,竟真觉得累坏了,像个不停朝前奔跑的人,突然迷失方向,停在街边徘徊张望,不知归处。

风车不转了，她拨弄着："上学不累，但生活好累，外婆。"

没风了，但车子依旧在前行，林缊月突然清楚意识到这是在梦里，她离开学生时代已经好久了，最亲爱的外婆也已经离世多年。

梦里一切都美好得不像样子，她并不想走，但随着记忆的苏醒，一切都在逐渐褪色。在景色回归黑白前，她把头埋在外婆灰色的羊毛衣里。毛线混合樟脑丸的味道，林缊月喃喃自语道："外婆，我好想你。"

睁开眼，房间里漆黑一片。

林缊月望着虚空发呆。她已经好长时间没梦到过外婆了，有段时间经常在梦里看见外婆，全是外婆病危时刻的样子——身体骨瘦如柴，昔日漂亮的脸庞因为低钠血症导致的浮肿。

可林缊月从来没见过她去世时的样子，就连葬礼都错过了，这又怎么会是她最后的样子？

闹钟还没响，林缊月查看手机，才凌晨两三点，一小时前有个很久不联系的号码发来消息。

她并不打算看，但还是不小心瞥到，上面写：*缊月，我和你黄姨从美国回H市探亲，有空见一面没？*

她没回复，关掉手机，翻身再次入睡。

这次画风一转，她梦到了章筱十七岁的生日宴会。

那年的宴会在章筱家里举办，她穿着纺纱的粉色蓬蓬裙朝她招手，在人群中显得格外亮眼："林缊月！"

林缊月冲章筱喊"生日快乐"，章筱牵着她到处介绍给朋友认识。

张鑫斜挎着包，"五大三粗"地来了。他祝章筱生日快乐，并递过生日礼物。

章筱接过谢谢他，打量片刻问："你扮的是？"

"没看出来吗？"张鑫尴尬地挠头，"我是《美女与野兽》里的野兽。"

这样一说，还真有点像。他为此穿了蓝色的燕尾服，长得高大又身材健硕，就差留一头飘逸的长发。

章筱的视线又转回林缊月，惊觉："你是贝拉哎！"

林缊月穿了条黄色的纱裙，头发绾起，还化了淡妆，整个人气质柔和。和张鑫站在一起，俨然是公主和王子美好故事的样本。

"我们并没有说好……"林缊月极力否认，但没人相信。

章筱露出"我懂的"的笑容，林缊月只好转移话题："什么时候吃蛋糕？我有点饿了。"

"再等等。"章筱抱怨道，"得等我爸妈来。我说我朋友们都在，他们非说得过来给我唱了《生日歌》再走。"

一刻钟不到，章父章母就来了，推着蛋糕推车，上面插着数字"17"的蜡烛，蛋糕涂成了章筱最喜欢的粉色。

章筱站在城堡似的家里，被父母一左一右簇拥着，看起来比公主更像公主。

她在众人的欢呼祝福声中吹灭了蜡烛。

有人提议玩游戏，林缊月兴致不高，和同样不喜欢玩游戏的人坐在沙发上聊天、吃蛋糕。

章筱和张鑫跟着去玩了，她的手机亮起提示，说在北面天空可以看见一颗名叫右枢的恒星。

林缊月端着蛋糕，坐在庭院门口，对着星图看了半天，都没找到是哪颗星星。

"别看了，今晚能见度低，看不见。"

林缊月转头，没想到周拓居然会在这里，问："你怎么在这儿？"

周拓穿着宽松的休闲服，把林缊月嘴里衔着的叉子拿下，俯身凑近，对视半晌。

"我最近对你，怎么样？"

"还不错。"

实话实说，周拓最近确实对她很好，几乎是有求必应，他们之间也没那么剑拔弩张了。

周拓又靠近了一点，眼神中满是困惑："那你为什么还和他穿情侣装……"

"谁？"

"张鑫。"

"我没有……"

他那立体深邃的五官在眼前不断放大，林缊月下意识地闭上眼。气息靠近了，她觉得唇边一热，再次睁眼，周拓食指尖上沾着朵奶油花。

"你以为我要做什么？"他看着她。

"林缊月，这次别再丢下我了。"

丢下他？她什么时候这样过？

浅浅的困惑萦绕着梦中的她。林缊月听见有人正朝这边走来，脚步声踏在草上，"沙沙"的。

"周拓呢？刚刚还在这里。这孩子，去哪儿了？"

林缊月转头要逃。

"别走。"周拓要去拉她。

但最终他还是什么都没抓住，翩跹的黄裙角在风里起舞，飞过红砖绿瓦，不一会儿就消失不见了。

而这寂静空旷的花园里，自始至终，仿佛都只有周拓一人。

"小拓？"是章母的声音，"你爸妈托的事都办好了，等下把文件给你。章筱今天过生日，要不要一起聚聚？"

大梦初醒，周拓向章母道谢，说自己就不留了，随章母去拿了文件后，下来时在客厅又看见了林缊月。四目相交间，她又立刻撇开了头。

林缊月记得她是避开了，但因为这是在梦里，不知怎的，像某种引力作祟，吸着她一瞬不瞬地对上周拓深邃的眼眸。

这次她读懂了。他眼里满是失望，像某种受伤的大型猫科动物，独自舔舐伤口。

林缊月怎么都想不通，觉得这不应该来自那个骄傲的少年。

顷刻间，她又意识到这是在梦里。她在大洋彼岸都已经生活了六年，怎么可能还会在念高中？

桌上的水果、客厅的彩带，还有正中央的蛋糕都开始向上空飘浮，这个场景里的所有人都被按下静止键。

空间逐渐坍塌成一条线段，记忆纷沓而至，最开始的那幕是她住进周家，望着不断爬上鞋子的蚂蚁，第五次抖落下时，她抬头和周拓对望。

而最后的那幕，是李敏对她说："你影响到我儿子念书，拿钱走人还是转回原籍，你自己选吧。"

她选择了钱，于是这个片段戛然而止，像一首未完成的歌曲，只放了前奏，没人演唱。

那些躲开周拓视线的时刻、半夜偷跑出去的画面、你来我往的推搡，到最后居然真的让她动了片刻的心。

她说不清自己在梦里是什么感觉，只觉得还差些什么。时间不够了，和上个梦一样，很多事都只能匆匆一瞥，还没来得及做些什么，就已是梦醒时分。

早上七点整，闹铃响了。

3

客厅放着行李箱,外衣挂在沙发靠背上,桌上的咖啡香气四溢。

周拓抬手看表,林缊月迟迟不醒,他提包路过时分明听见房间里有声响。

还有两个小时就要登机,他套好外衣,正打着领带,楼梯口传来拖沓的脚步声,林缊月无精打采的小脸随脚步声一点一点出现。

她看起来很疲惫。

周拓等她下来,手背贴住她的额头,温度居然还有些冰凉。

"没发烧,是哪里不舒服吗?"

"我没事。"林缊月拂开他的手,从桌上拿了一杯咖啡。

美式煮得浓了,她被苦得龇牙咧嘴,一看杯子才发现是周拓的。

周拓蹲在玄关处穿鞋:"我去B市参加个拍卖会,后天就回来。你注意安全,能推的应酬都推掉,知道吗?"

"好。"

"那我走了,你这两天照顾好自己。"

过了半天也没听见回答,司机已经等在外面了,周拓又看了看,"咔嚓"一声,门被关上了。

屋里静悄悄的,林缊月整张脸埋在大大的马克杯里,神情晦暗不明。

手机"叮"了一声,屏幕亮起,同样的号码又给她发来消息:*我们周五回来,周六有空见一面没?*

林缊月看都没看,翻过屏幕朝下,拿了一片吐司细嚼慢咽起来。

周拓到B市时已是下午四点,B市天气比H市更寒冷些,他驱车前往酒店,秘书给他远程发来文件。

没想到要到拍卖会的邀请函还不够,请人代拍的环节也出了问题。

周拓的目标藏品是一条天鹅形的钻石项链,一共有近百颗的钻石镶嵌,市值涨幅厉害,曾属于欧洲某王室,收藏价值也高,用来讨"盛资"的欢心再合适不过。

代拍好不容易拍到手,买方居然不卖了。周拓到酒店把行李放下,倒是不着急去见买方,在窗边打了个电话。

"周佳文那边盯着点,免得他又有什么小动作。"

电话那头的人毕恭毕敬:"周总放心,一直看着,目前还没什么问题。"

酒店大堂放着悠扬的音乐，电梯上到顶层，是这间五星级酒店的餐厅，在这里可以俯瞰 B 市夜景。

一对男女面对面坐在靠窗的座位享用下午茶。

"景色还可以。"穿红衣的女人翘指搅拌咖啡。

"晚上会更好。今晚宴会就在这里，杨姐，到时您来吗？"

"再说吧。"被叫作杨姐的女人望着窗外，"你也是来劝我的？"

"我？我可不是。"周佳文喝了口杯子里的红酒，"不是说这条项链曾属欧洲贵族吗？市值高又怎么？要我看，倒不如收藏价值来得高，还是留着比较好，您说是不是？"

"是的呀，我拿到这条项链也十分不易，现在卖这样的价钱，多少有些于心不忍……"

"那还是价钱低了？要是我加价，您卖我吗？"

"不是价格的问题哦。"杨姐指尖勾到桌上的酒杯，抿了口，好像才发现似的，"不好意思，喝错了。"

"杨姐，您愿意的话，条件尽管开，我这边能满足的尽量满足。"

"那我可得看到你的诚意。"桌下纤细光滑的小腿轻贴他的西装裤。

"哪种诚意？"周佳文晃动杯里的红酒，微笑着不作声。

"你说呢？"杨姐露出一个妩媚的笑。

晚上的宴会厅里觥筹交错，参加的人多数都是拍卖会上的老面孔了。

周拓平时并不出席这类场合，通常都由第三方代拍，他一出现，大家都知道周氏名头响亮，多少想和他攀上点关系。

有个认识的李总也在，说："周总明天来吗？听说明天还有好多年代展品呢。"

"说不准，明天要拍古匣子吗？"

"古匣子？是宋代的那个吧，我见过一眼，还没被修复，破破烂烂的……周总，我不建议拍哈。"

周拓漫不经心的，那人说得更起劲："虽然形式挺新颖的，但匣子出土前没被开过，盈亏概率一半一半，我看倒是很悬。"

"是吗？"周拓从侍者那里接过酒，"我倒觉得很刺激。"

那人"哈哈"一笑："也是，周总不在意这点钱，玩个刺激总是好的。"

"李总、堂哥。"周佳文笑得一脸玩世不恭。

"小周总也来了？今天真热闹。你们……是想单独聊聊吧？你们聊，我先失陪。"那人识时务，看出周佳文想单独和周拓讲话，让了位置就走。

周佳文故意呛周拓："天鹅项链没买到，心情不大好吧？"

"还行。"

"不要逞强哦。"周佳文笑了笑，故作神秘，"悄悄告诉你，我已经拿到那条项链了。"

周拓不愿和他多说一句，把酒杯放在空银盘上就要走。

心情好，周佳文就愿意多说一点："你把林小姐一个人放在家中，不怕林小姐出什么事情？"

"这我倒不怕。"周拓面色如常，转过身，眼神凌厉，"你能离她远点，我倒是会安心很多。"

周佳文"哈哈"大笑："你怕我对她做什么吗？"

周拓皱眉："倒是你，这么久也没见你弄出什么动静，你这是在闭门造车吗？"

"放心吧，哥，这儿有辆我亲自给你造的马车，很快就要弄好了。"

"那还是快点拿来给我看看，不然再等下去，你的木匠都要被我撬走了，不要到时候哭着回去找你爸。"

周佳文又落了下风，气得脸色发青。周拓和他擦肩而过，出了宴会厅。

次日，拍卖会第二场如期举行。

一连两件藏品都令人不甚满意，没叫上几个来回就被人拍去，第三件藏品出来的时候，众人还是昏昏沉沉。

宋代的木匣子，说是担心强行打开会损坏里面的东西，因此出土后一直没被开过，谁也不知道里面是什么。

九万五起拍。

有人叫价十万，接着是十二万、十五万……一连升到二十万后，又有人出了二十五万，紧接着，电话里有人叫价五十万。

众人哗然，没人打算再出价。

对这个感兴趣的人本就是秉持添个玩具的心态，倒也没真想里面能有什么宝物，到五十万已经是极限，不会有人真傻傻地再跟着竞价。

"五十万一次。

"五十万两次。"

"一百万。"清朗的声线响起。

众人回望过去,发现举牌人是周家少爷。

年轻人还是玩得刺激。

电话那头竞价的心有不甘,但已显怯半分:"一百二十万。"

周拓又举:"两百万。"

拍卖官用眼神追寻,那人不再作声。

"两百万一次。

"两百万两次。

"两百万三次。"

一锤定音。

中场休息,议论声此起彼伏。

"花这么高的价格买这个东西,难道得到了风声,里面真有什么值钱的文物?"

"搞不好还真是,但外壳破烂,看着也不像……早知我也竞价了。"

…………

东西已经拍到,接下来的事情就可以交由助理负责,周拓回了房间,给林缊月打电话。

不出所料正在通话中。这段时间打她电话全是这样,微信也没有回,周拓收起手机,外面传来敲门声。

他打开门,意料之中的面孔出现在眼前。

"杨总。"

被叫杨总的女人气定神闲,只是如果仔细看,会发现她眼圈浮着一层青色:"周总,我们谈谈?"

杨总要进房间聊,周拓推说不方便,于是他们来了楼下。

人来人往的酒店大堂咖啡厅。

"那个匣子……"

"你想聊宋代那个古匣子?"

"对,我很喜欢它。你也知道的呀,我对古董都爱不释手,想问问你,有转卖给我的可能性吗?"

"拍卖行里没有这样的规矩吧,杨总。"

"我知道,但……要是我说我愿意把天鹅项链卖给你,你看这个匣子……"

绕了这么多弯,终于说到正题了。

"对不起杨总,我对那条项链暂时不感兴趣了,你留着收藏吧。"

"为什么？你们不是一直想要那条项链吗？市值这么高，收藏价值也好，我不相信你不想要。"

"那条项链确实很不错。"周拓赞同，却已显出一丝不耐烦，"但从头到尾，你都没诚心想卖。"

"不是这样的，周总。"杨姐面露难色，"我这也是有难处……"

"难处。"周拓咀嚼她的用词，"你要卖的那条，根本就是找人定制的假货，发现买家是我们，不想招惹才匆匆反悔的吧？这就是你的难处？"

"你……"

"被我发现了真的那条就在木匣子里，才匆匆来找我道歉。"周拓冷下的脸很有压迫感，"昨天我想找你的时候可没这么容易。"

"做局洗钱，别把周氏拿来当棋子了。"周拓笑了声，"用十万分之一都不到的价钱拍到，我也算给你们一个教训。下次再做买卖的时候，得真诚些才好。"

周拓改签到最早到 H 市的航班，收拾行李乘车前往机场。

这件事办好，他就没理由再待在 B 市了。

到家的时候已是晚上。今天是周六，从机场回家的路畅通无阻，反倒临回家时，市中心的路堵得水泄不通。

他从热闹的车水马龙抽身出来，用指纹开了锁，想象中林缊月的身影并没有出现在客厅。

屋子里的空气冷冰冰的，餐桌上没有摆食物，厨房也很干燥，她常用的那款杯子也不在柜子里。

"林缊月？"他喊。

但没有人回答。

4

林润刚临时改口说自己五岁大的儿子生病了，于是行程就都推迟了一周，等儿子病好再来。

周六这天，林缊月就闲下来了。

她躺在床上准备睡觉，手机"叮"地响起，她翻过身眯眼解锁，是章筱正和帅哥喝着小酒，问她去不去酒吧。

过了一秒，又有消息进来：不好意思，忘了你有男友，打扰了。

林缊月秒回：假消息。你在哪儿？

章筱：什么？

林缊月：别废话，给地址，我马上到。

章筱在卡座里小酌着酒，问旁边金发寸头的帅哥："来这边还适应吗？"

"还行，就是中文不太流利，要多练练。"

"对自己要求这么高？不是在家都和你妈说中文吗？"

寸头帅哥不好意思了，挠挠头："我很久之前就从家里搬出来了……"

酒吧灯光一换，现出寸头帅哥的刀削下颌、高挺鼻梁，眼睛还是暗绿色的，原来他是位混血儿。

"哦，那不正好，今晚有你可练的，等下我有个朋友也来。"

章筱今天刚结束年底杂志的拍摄，收工时在隔壁棚遇上她合作过的男模特，就约着一起来喝点小酒。

她想着人多热闹，就叫了林缊月，结果忘了人家正跟往日的死对头谈着恋爱。谁知道林缊月不仅二话不说地来了，还化了全妆，整个人看上去娇艳无比。

章筱招呼林缊月坐下："喝点什么？"

桌上的酒水丰富，林缊月说："龙舌兰有没有？"

"你干什么呀，一来就喝这么大？"章筱递了杯凉白开给她，笑得神秘，"我朋友去厕所了，马上回来，等下给你介绍，一米八五，腹肌八块。"

"好啊。"林缊月漫不经心地喝着水，"我看看到底有多帅。"

没多久，混血男模就回来了。章筱介绍他们认识："我朋友林缊月。你不是英国的吗？她也刚从英国回来。"

"真的？"卢卡斯来了兴趣，语调都上扬了，"英国哪里？"

"伦敦。"林缊月问，"你呢？"

"这么巧？我在伦敦长大，最近才来中国工作。"

卢卡斯的中文带着些口音，但还算流利，两人聊起来，居然还是同一个学校。

音乐声震耳欲聋，要听清别人说话必须凑得很近。

卢卡斯说自己的瞳孔会变色。

林缊月怀疑："我不信。"

"真的。"卢卡斯目光深邃，盯着她说，"你看。"

酒吧光线几秒钟变换，有点晃眼，林缊月说："我看不清。"

他拿着手机照亮，榛绿色的瞳孔随周围五光十色的灯光而变化。

还真是，林缊月仔细观察，外边那圈榛绿已经变成了深棕。

"好神奇！"

"打扰一下。"

林缊月和卢卡斯追溯声音源头寻找，视线定在一张冷峻的脸上，灯光昏暗，但依旧可以感受到来者不善。

章筱从卫生间回来，发现少了人，问："林缊月呢？"

卢卡斯狗狗般的眼睛眨啊眨："有个帅男人把她拉走了。"

手被攥得动弹不得，林缊月走得跌跌撞撞。

"放开我，周拓。"

聒噪的音乐戛然而止，线头般的嗡鸣声依旧残留在耳边。

"林缊月，你究竟想干什么？"

面对周拓的怒意，林缊月双手抱臂，说："也对，你来得正好，我要和你聊聊。"

"也可以。"周拓点头，"先跟我回家。"

巷子口静得只有猎猎的风声，她的语调没半点起伏："周拓，你想过没有，我们现在这样究竟算什么？"

"为什么突然这么说？你想我们是什么关系都可以。"

"不是的，不是这样的。"林缊月抬头，望进那桃花潭似的幽深眼眸，她感觉好像要掉进去了，他们一起下陷，再下陷。

"你好像弄错了。"她说，"我们自始至终，都应该只是合约关系。周拓……你不要演着演着就入戏了，这样对我们都不好。我们本来就应该井水不犯河水，你忘了吗？"

"井水不犯河水……"周拓喃喃，"你想和我井水不犯河水？"

"对啊，我们本就只是合约关系。"

应该要是合约关系，也最好只能是合约关系。

有什么地方不对。周拓想，自己离开前，他们分明还不是这样的。

他紧盯她的双眸，想从中找出答案，但搜寻片刻，发现只是徒劳。

今天H市气温骤降，寒流过境，都没有她现在的眼神刺骨。

"那先不说这个。"周拓拉住她，"我回到家，你的东西也不在了。林缊月，你这几天去哪儿了？"

回来后，家中林缊月的东西全部不翼而飞，她这个人像凭空消失了一样，就像……

"我住回家了,四环外的那个出租屋。"

"为什么?"

两人站在酒吧外的无人巷子口,有一阵谁都没说话,呼出的白气随风氤氲飘走。

林缊月今天喝了不少酒,脑袋晕乎乎的,但酒精也起不到麻痹作用。

她稀里糊涂签了合约,住进他家,又开始那无聊的一还一报……没意思,真没意思,弄到最后,怎么又成了这样?

他们本就互不干涉,即使住到了一起,也不该是这样。

林缊月吸吸鼻子:"因为……"

她抬起头,说出了那句盘旋在心头的话。

"因为,我要和你解约。"

周拓脸色瞬间变得难看。

"我和你住在一起很不高兴……你又烦,又爱管我。你不在的这几天,我都不知道多开心,想什么时候起就什么时候起,再也没人要求我按时吃饭,我是真的不喜欢和你扯上联系。"

一下子说了这么多话,她的脸都通红了,周拓眼底那片湖潭正一点一点冻结成冰。他把她挥舞的双手按下,大掌无意间蹭到她脸颊。

滚烫的温度……难怪说了这么多胡话。

"你醉了。"冰封的湖面化了几分,他说道,"先回去睡觉,我们明天再谈。"

"我不。"林缊月说,"我要回自己家,不是你家。"

"是我们的家。"周拓牵起她的手,无奈地叹气,"不要再这样了,林缊月。"

……这是她梦里的眼神。

林缊月微张着嘴,可喉咙像被噎住,一个音节都发不出。

她被塞上副驾驶座,系好安全带,回了市中心那套别墅。

开门还是那股熟悉的檀香,客厅的植物被她搬走后,少了那些零碎陈设,这间屋子好像也变得陌生起来。

周拓替她把外套脱下扔在沙发上,动作间,他胸前的西装口袋有个亮晶晶的东西在反光。

林缊月抖了一下,周拓感到她在战栗,问:"怎么了?"

一只手攀上他的胸膛,指尖转动,钢笔就被抽出。笔盖那圈的金线都有些褪色,底部的"拓"字快要被磨平,是她送他的那支。

林缊月大脑有片刻空白。

像织毛线一样,过往那些歪斜走样的针脚全被缝进残破不堪的现实里。被使用的浮雕钢笔、藏在灯屋里的棉花灯……曾经生活的痕迹密不透风地入侵驻扎,她自以为早把过往翻篇,那不过是少男少女的一还一报。

但到最后,不可否认,他们应该都留了点东西在心头。

偏偏是这点,她却觉得像肉中刺、眼中钉,好扎眼睛。

不过南柯一梦,现在梦要醒了,也应该醒了。

手里一空,她想去握,但没够到,温热的掌心轻拍她的脸颊,轻柔的声音传进耳畔,打断了她的心不在焉。

"累了?去睡觉吧,有事明天再聊。"

周拓把钢笔放回去,握牢她的小手,领着她进屋。

"我要睡自己的房间。"她挣扎着要逃。

他的大掌重新握住她:"你哪儿也不去,就睡在我这儿。"

她又被周拓脱了毛衣、裤子,最后只剩下里衣,再盖上厚厚的羽绒被。周拓关了灯,轻柔的声音像线香的烟雾般飘进她的耳朵。

"睡吧。"

奇怪的是,她还真睡着了。

5

林缊月睁眼时头痛欲裂,她从旁边摸到手机,朋友圈收到提示。她点开一看,是昨天发的酒吧照片,即使灯光昏暗,也可以看见背景里卢卡斯喝酒时漂亮的下颌线。

十个"色狼"给她点赞,有一个还在下面评论:有帅哥?马上来,等我。

定睛一看,她居然还不小心加了定位,而且还没屏蔽周拓,难怪他知道她在哪儿。

她从好友列表里翻出那个人,进主页点击右上角,刚要准备拉黑,手机被人抽走了。

"醒了?"

她转过头,对上那双探究的眸子。

"还给我——"

"想拉黑我？"

周拓好整以暇地浏览她的手机，不知道点了什么，扔还给她。

林缊月捡起一看，他把他自己设成了置顶，昨天发的那条朋友圈还被隐藏了。

她关了手机，嘟嘟囔囔："真不要脸。"

周拓看上去心情颇好，揉揉她的发顶："去喝点热水醒酒，阿姨给你煮了粥。"

她洗漱完到了楼下，米香扑鼻而来。在出租屋叫了两天外卖，闻到这样的饭香，她肚子都"咕咕"叫了。

周拓揭开砂锅，里头煮的是艇仔粥，小菜都已经摆放在餐桌上。

"你要多少？"他准备盛粥。

"一小碗就好。"

他们坐下吃完，桌上还放着鸡蛋和蔬菜沙拉。

林缊月用他的杯子喝了口水，手指摩挲着上面的金色印花，有些心不在焉。

"现在可以聊了吗？"

"先把旁边的鸡蛋吃了。"

她把鸡蛋剥了，全部喂进嘴里，周拓这才放下书，盯着她的眼睛，等待下文。

林缊月的眼神转到别处："你昨天没听清吗？我要跟你解约。"

"因为我管着你？"周拓皱眉，"是晚归，还是……"

"不是这个。"林缊月打断。

周拓双手搭放在餐桌上，仿佛拥有锲而不舍的无限耐心。

林缊月张了张嘴，那句话像鱼刺般卡在喉咙里，怎么都说不出口。

她脑海里没由来地想起那天周拓对她说的："这件事过了这么久了，你是现在才看出来吗？"

不知从哪年夏天起，林润刚和张婉清就一直在吵架，声音尖得盖过蝉鸣，再接着秋天也吵，等到了大年三十那个晚上，两人吵得更凶了。

林缊月坐在沙发上，看他们因为自己的压岁钱找不到，滚雪球似的埋怨对方，"战事"升级，点爆燃点，两人又从那个春天的细枝末节开始吵起。

再接着是客厅缤纷撒落的文件、瓜子、果皮，然后是"砰"的一声，林润刚朝张婉清砸了个水杯。

水杯在地上弹了几下,终于碎成了玻璃碴。

张婉清灵敏地躲开,但明显脸上惊讶大过惊吓,然后再是露骨的恨意:"林缊刚你——"

张婉清哪里受得了这欺负,丝毫不甘示弱。四下一看,手边只有烟灰缸,她举起来马上就要砸回去。

窗外烟花不断,电视里在唱《难忘今宵》,林缊月越过两人,缩回房间,塞上耳机,把音量调到最大。

窗外万家灯火,她只觉得晃眼。

世间感情不过都是昙花一现,好的时候他们可以肩并肩搂在一起跳慢舞,坏起来就拎杯子砸对方,再伤人的话都能毫不犹豫地说出口。

弄到最后,人都变成最没理智的原始动物,全靠那点该死的肾上腺素在起作用。

没什么意思。

再炙热的心也只会冷却,周拓也不会是例外。

幼时她养过一只兔子,早上在家还好好的,等她放学回来时就已经死了。它冷掉的尸体躺在她亲手铺的兔窝里,她摸着它细腻洁白的皮毛,突然开始后悔,为什么要养它?反正到最后都会失去。

她最不擅长面对失去,所以比起得到,在事态变得不可挽回之前切断一切,才显得更重要。

周拓还在等她的下文。她抬头看他,梦里那句"别再丢下我了"依旧历历在目,同样忘不掉的还有梦里他那怪异的眼神。

她这几天不知怎的,一直在做噩梦,一会儿是外婆,一会儿是他,醒来梦里的内容几乎全忘了,只记得应该不是什么好梦。

但周拓从来不属于她,他属于那年的星空,属于世界上最亮的灯,属于H市桂花满地的夏天,她从没得到过,又何谈丢下?

像是终于把那根让她刺痛不得安生的鱼刺吞咽下去,林缊月闭上眼,一股脑把那些话说了出来。

"你说你喜欢我,但我一点也不喜欢你,再和你做戏同居,我良心过不去。这样的理由充足吗?"

从早上到现在的温存氛围戛然而止,空气中有片刻死寂。

她低头把剥落的鸡蛋壳碾了又碾,直到已经碎成不能再被一分为二,她也依旧没抬头。

不知道过了多久,她听见周拓说:"你不喜欢我,这又不是什么新鲜事,怎么了呢?"

怎么了呢?

林缊月低头玩弄蛋壳的手终于顿住了,这下沉默的人成了她。

这不是她想象中的反应。林缊月鼓足勇气,终于抬头,看见他脸上并没有多余的情绪,只是一双黑眸深不见底。

她明明见过他恶意丛生的样子,为什么面对这样糟糕的时刻,他还可以保持这样的风度?

林缊月突然生出恼怒的羞愤,全身上下的寒毛都尖锐竖起。

"我都说了我不喜欢你,你还要同我做合约恋人,是六年前没玩够,还要继续玩那枯燥无味的过家家游戏?"

林缊月看见周拓的脸色"咻"地暗下去,有些得意:"怎么,被我说中了?你不会还痴心妄想,要和我重归于好吧?我们就连那时也没有在一起,你觉得我会吃回头草吗,你未免有些——"

她沉浸在宣泄的快感中,很好,他那些讨厌的、柔情似水的表情通通消失不见。这正是她想看见的,再多说一点,多说一点,他就会像以前一样站起来掐她的腰,堵上她的嘴。然后……然后一切都可以恢复正常。

林缊月说得起劲,眼神飘向窗外,稍微一转,不小心就撞入他的眸中。

那一刻,那一秒钟,她竟分不清是现实还是梦境。他桃花潭似的眼眸里,倒映着说不清道不明的情绪。

她朝周拓扔了一支最锋利的回旋镖,在空中转了个圈,倒扎回自己身上来了。

林缊月骤然安静下来。

一时间没人说话,有根神经牵扯着太阳穴,她又去碾桌上散落的鸡蛋壳,"吱嘎"声落在耳膜。

"对不起。"

周拓依旧不语,咖啡的香气浮在鼻尖,林缊月并不敢抬头。大概过了有一分钟,周拓开口了:"再说一遍。"

"什么?"

"道歉的话,再说一遍。"

林缊月抬头,还是没看清周拓的神色。她又垂眸下去,林润刚和张婉清争吵的那些画面像过幻灯片一样在脑海里回放。

看吧，到最后都这样，她也退化成原始动物了。

尖锐的外壳褪去后，愧疚将她牢牢包裹，周拓这么好，她确实不该这样对他。

"对不起。"

这次是真心实意的。

周拓伸手将被她捏成粉末的蛋壳扔进碗里，再起身收拾碗筷。

"咚"的一声，陶瓷碗被放进水槽，他转过身靠着台子，逆着光，看不清神情。

"解约的话，你得先把李敏的五百万还了，'岩极'的项目也不再算上你，那套房子已经买好，房钱你也得付给我，折合成人民币大概要千万，是贷款还是一次付清？你自己选吧。"

"我……我哪有这么多钱？"

"没有的话，就待在这儿，哪儿也别去。等合约结束，你去火星，我都没意见。"

林缊月还想去碾鸡蛋壳，但桌上已经空了。

再抬头时，周拓已经走到她面前，她的下巴被抬起，粗粝的手茧扎着她的肌肤。

这下她看清了，周拓面色很冷，眼底的潭水冻结成冰，底下漆黑一片。

"走吧，送你去出租屋，把那些东西重新搬回来。"

Chapter 7
栽跟头

"原来你今天也过得很糟糕。"

1

周拓载林缊月回了那间出租屋，熟门熟路地停在门口。

林缊月解了安全带："我自己上去就好。"

周拓按下锁车键，车门都被锁住："你现在背负巨款，跑路了怎么办？"

林缊月只得让他一起上楼。

打开门，她的行李箱还摊在地上，里面原封不动地装着收拾出来的衣物，她把这几天凑合拿出来的衣物都放回去。

另一块空地上铺满了模糊不清的拼图碎片，楼房的形状初成。

"我不在，你就回来拼这个？"

林缊月没日没夜拼了两天，也才刚起个头，外框架已经搭建好，中间是大片的空白需要被填充。

她去收拾行李，回来时发现周拓坐在地上，手里夹着块碎片，嵌进缺口，几乎不带思考的时间，看样子不是第一次拼。

"你拼过？"

"又忘了？"周拓语气嘲讽，"你以前带我去房间看过。"

先是九户人家的房子初现雏形，再填进窗户、安上门框、结好彩灯，等到最后才放进街道上络绎不绝的人流。

冬日夜景像变魔术般地出现了。

林缊月挪到他旁边，偶尔扣进一块，不对了还要再抠出来，不知不觉，花掉半天光景，窗外夜色升起，和拼图里的点点星火倒还有几分相似。

"还少了一块。"周拓眼睛盯着右上角那处。

"对。"林缊月伸手去摸。一片漆黑的夜幕中有处镂空，仍显得暗淡无光，一点都没有生机。

缺掉那处是轮圆月，她走前脑子一热不知放在了哪儿，藏得太好，连自己都找不见。

"弄丢了吗？"周拓问她。

林缊月不想回答。

可周拓说："我知道在哪儿。"

她猛地转头，周拓耸肩，迟迟没有下文，像吊足胃口的说书先生。

"在哪儿？"

"和我一起藏的，你忘了吗？"

林缊月头皮发麻："为什么我不记得了？"

"对啊。"周拓站起来，拍拍裤管，"为什么呢？"

"能不能告诉我在哪儿？我已经找了好久……"

"不好。"周拓推开缠上来的林缊月，"你今天早上还说要解约。"

"但——"她的手又攀来。

周拓旷日持久的好脾气在此刻终于有所松动，为什么只有每次他拿东西要挟时，林缊月才主动？

他捏着她的下巴，恨不得钻进她的脑子里，好看看林缊月平时到底都在想些什么。

他恶狠狠地说："等你什么时候不想逃了，我再告诉你。"

林缊月不足两天的离家出走以卷土重来而告终。

一回到别墅，周拓的房间立马被翻得乱七八糟。

"别找了，拼图不在这儿。"

"我不是来找拼图的。"

"原来是为了这个。"

周拓走到她面前，盯着她手中的"赃物"："林缊月，离开的时候不带走，现在倒想来拿灯了，你怎么想的？"

"那又怎样？我的东西，想怎么处置就怎么处置。"林缊月僵硬地抱着晃眼的灯屋，没想到周拓伸手一撬，轻而易举地就拿走了。

"你不好好保管，我就没收了。"

林缊月想去夺,又有些心虚,就任由周拓这样夺走,不一会儿就灰溜溜地离开了。

　　房间里,镂空的灯屋依旧亮着暖黄光,仿佛扩散着炽烈真心的灼热。周拓面无表情地盯着它,过了一会儿,摸到底下,"啪嗒"一声,灯灭了。

　　周六,茶餐馆人来人往。

　　林缊月坐着等了几分钟,服务员过来问要不要先点菜,她说再等等。

　　没过几分钟,林润刚和黄英手挽手同时出现在包厢里。五岁大的林奕霖感冒初愈,看起来精神奕奕,穿着底部有轮滑的鞋子一蹦一跳地溜进来。

　　黄英喊他:"当心点!"

　　林奕霖假装听不见,林润刚重复:"你妈让你当心点——"

　　"哦。"林润刚发话,林奕霖才耷拉下脑袋,收起滑轮,大眼珠骨碌碌好奇地盯着林缊月。这是他第一次看见自己同父异母的姐姐。

　　"脸色不大好,最近工作很忙吗?"林润刚问林缊月。

　　"是吗?"林缊月摸了摸脸,"工作挺好的,没有很忙。"

　　"那就好。"林润刚感叹,"你现在的状态确实比以前在英国好多了。"

　　他记得自己上回见林缊月,是刚和黄英结婚的时候,他们蜜月旅行定在欧洲,三人赶在英国见了次面。

　　那时林缊月还在上学,刚下课,面黄肌瘦,看样子已经很久没睡过觉,沉默寡言的,一顿饭吃下来,除了用"嗯""对"来回答他的问题,几乎没怎么说过话。

　　黄英在那之前没见过林缊月,连她看了都觉得奇怪,偷偷对林润刚耳语:"你女儿怎么成这个样子了?"

　　怎么成这个样子了?

　　林润刚自己也不知道。

　　他只记得她从小就是小区里最野最疯的小孩,受了委屈绝不肯退让,张婉清因此老是被其他家长叫去谈话。

　　这才过了几年,那样的任性妄为在她身上早已被磨灭得不复存在了。

　　他对她的成长轨迹几乎一无所知。她都上小学三年级了,他还以为是五年级,送去考级时才知道她已经学了好几年的书法,这些都是常有的事。

　　他没关注过她的成绩,也不知道张婉清又为什么被请到学校去。他自认放养是最好、最自然的生长模式。他不也是这样过来的？那时一家有三四个小孩，父母哪有时间去管教，他不也还是健健康康地长大了？

但在英国见的那一面让林润刚的教育观念有所改变。

于是当林奕霖出生时，他就开始小心呵护了，处处管教，又生怕他磕着碰着。

如果张婉清还和他在一起，肯定会骂他重男轻女。

毕竟当初生下林缊月后，林润刚心有不甘，拉着张婉清想再生一个。张婉清觉得他有病，口是心非，嘴上说不重男轻女，结果看见林缊月是个女孩，比谁都要惋惜。

他们有段时间经常为这个吵架，现在离了婚，也就不吵了。

林奕霖又在旁边玩手机，音量大到林润刚的思绪被打断。他轻声呵斥："声音轻点，没看见我和你姐姐在说话吗？"

林奕霖委屈得要哭，伸手找妈妈。黄英只好一面托起他轻声安慰，一面又问林缊月："你最近过得怎么样？"

黄英看着比林润刚年轻五六岁，身材瘦削，打扮时髦，为人处世都很客气。

林缊月中规中矩地回答："挺好的。"

"从英国调回来工作，有没有不适应的？"

"都很适应。"林缊月笑答，"你们呢？"

"我们就不是很适应。"黄英把头发撩到耳后，"国外的卡在这儿都不能用，连打车都是个问题。还有，这里的……"

林缊月走神了，她看见林润刚上一秒还在呵斥林奕霖，下一秒就蹲着逗他："要叫姐姐，这是你姐姐，知道没？"

林奕霖睁着和黄英极其相似的大眼睛，好奇地望着林缊月。

她面色僵硬地朝他挥了挥手。

五岁的林奕霖小声叫了"姐姐"。

餐桌上，黄英还在对着林缊月喋喋不休："早知道当初你就应该听我们的，搬去美国一起住。偏你自己不愿意，去了英国，现在什么都要靠自己。"

"不要看我是你继母，但我和你爸是真的很想帮你的呀……"

"好了好了，别说了。"林润刚打断黄英，"缊月自己心里有数，好不容易见她一面，别聊这些。"

服务员来上菜了，林缊月低头吃饭，偶尔回答一些他们的问题。

和张婉清离婚后不久,林润刚就再婚了。林缊月不知他是不是为争口气才这样做,但林润刚和黄英的婚姻延续至今,还有了一个林奕霖这样可爱的儿子。

他们四人坐在饭桌前,俨然两家两户的样子。

林润刚问:"你和你妈还有联系吗?"

"没有。"林缊月垂眼吃饭。

"和你妈谈谈吧。"林润刚闻言叹气,"当年的事也没个是非对错,我都已经原谅她了,你也应该宽容点,大人的事情你不懂……"

林缊月的胃好似开始下坠,寒毛倒竖,温暖的包厢内,她后背居然出了一层薄汗。

她忍不住弓着身子:"呕——"

"怎么了?"林润刚担忧地说,"刚才都好好的,是不是菜坏了?服务员……"

"没事,我去趟卫生间。"林缊月摆手,捂着嘴走了出去。

胃里翻江倒海,她浑身发冷地扶着洗手池。

他有什么好原谅的?林缊月恨恨地想,他和她本就恨不得彼此都下地狱,怎么突然在这里装作善良的样子了?他根本不知道……

"呕——"

她又忍不住弯腰,但什么都没吐出来。

门外传来敲门声。

"姐姐、姐姐,你好了没?"

是林奕霖稚嫩的童音。林缊月用冷水洗过一遍脸,打开门来,挤出微笑:"没事,姐姐好了。"

饭后,林奕霖给了她热情的熊抱,林缊月蹲下笑着和他再见。

道了别,夫妻二人一左一右地牵着林奕霖,不一会儿就消失在拐角,那背影好像他们才是堂堂正正的一家三口。

黄英在饭桌上说得好听,等林润刚开始为林缊月操办移居事宜时,第一个跳出来反对的也是她。

真做起选择,林缊月不过是一个可有可无的林家人。很多时候他们都是这样,场面话说得漂亮,但关心也很廉价,倒把她弄得像个里外不是人的冷血动物。

圣诞将近，餐厅和商场都开始装扮起来。

对面正好开了集市，各式各样的小摊上都系着红绿色的绸带蝴蝶结，花坛里还放着亮灯的圣诞树，节日氛围好不浓厚。

前面摊位有个孩子吵着要买拐杖形状的棒棒糖，年轻的父亲义正词严地拒绝，和他牵手的那位女子看样子在极力劝说。

林缊月目光追随着小摊前的三人，手机在这时响了。

她接起电话，听筒里没人说话，过了一会儿，声音才传来，语气并不和善。

"林缊月，回来吃饭。"

2

林缊月到家的时候，周拓正准备下排骨焯水。

她没见过他煮饭，觉得新奇，靠在一旁看他动作娴熟地洗菜。

"你居然会做饭，什么时候学的？"

"大学的时候搬出去住过。"

"噢。"礼貌起见，林缊月问他，"我需要做什么吗？"

"不用，去休息。"

但她还是闲不住，从袋子里找到生姜，取下刀和菜板。周拓刚往里倒料酒，就听见她悄悄"咝"了声。

很轻，但还不足以被沸水的"咕噜"声盖过。

林缊月的小拇指被刀刃切出一道半厘米的伤口，还好不是很深，没见骨头，只是一直往外冒血。

周拓把她拉到一边，她说："不用管我，你去忙。"

周拓没理她，沉着脸从药柜里找到药水和棉签，抓过她的小拇指上药。药水很刺激，林缊月一缩，但他捏得很紧。

涂完药水，贴了枚创可贴，周拓才终于放开她，神情复杂："你在英国也这样？"

"我在英国不怎么开火。"

"那你吃什么？"

"自制美味三明治。"好像加了"美味"两个字，就可以掩盖她三餐的穷酸。

"李敏给了你这么多钱，你都拿去干什么了？"

林缊月不自然地往旁边看:"当然是存起来了。"

她拿了李敏这么多钱,并没有在英国挥霍,只是拿出一部分作为学费,剩下的分文不动都放在银行了,生活费都是她自己赚的。

"你很缺钱?"

林缊月点了点头。

周拓无奈,没再继续问,只是说:"你在这里坐着,我去做饭,听见没有?"

林缊月点头。周拓进了厨房,过了一会儿,那里传来一阵规律的切菜声。小拇指裹着创可贴,伤口被处理得漂漂亮亮,只是仍有些隐隐作痛。

冬瓜排骨汤还在锅里炖着,肉香味已经飘出。周拓往炒锅里倒入油,等到开始冒泡,撒入准备好的蒜末,再倒入青菜,"刺啦啦"的声响在厨房回荡,饭菜香一直飘到了客厅里。

"你呢?"

林缊月靠在厨房外的白墙上,看着周拓有条不紊地往锅里倒入生抽,神情莫测。

"你为什么要学做饭?"刚才她看着周拓做饭的熟练姿势就觉得奇怪,"你不是很有钱吗?请阿姨、请司机,把奢靡的少爷生活带到大学简直易如反掌。你什么时候探索出对做饭的喜爱了?"

切菜时手要蜷缩起来,放多少生抽、多少葱姜蒜,他全知道。

林缊月没吃过猪肉,还没见过猪跑吗?在国外这些年,她认识了不少精通厨艺的朋友,他们做菜,也像周拓这样驾轻就熟。

林缊月想,周拓肯定很长一段时间都是自己做饭。

但是,为什么呢?

她记得周拓以前并没有这个爱好,他对此也并不热衷。

他骨骼分明的手用布包着锅盖打开,香味扑鼻而来。林缊月和他住了快一个多月,有过这么多亲密的举动,都没有注意到,周拓手上那些因为以前击剑、马术磨出来的茧子,已经快消平下去了。

林缊月深吸一口气,脑海里有了一个十分诡异的猜测。

"你不会是——"

周拓戴着手套把汤从锅里倒进汤碗:"去盛两碗饭。"

林缊月没有理他,跟在他后面:"你之前说你大学自己出去住……"

她想了想，不知道要怎么措辞，只好开玩笑消解。

"你的叛逆期，大学才来？"

"想象力真丰富。"周拓点评林缊月，他把汤和青菜端出来，还有两个菜要做，"半小时后开饭，你自己先去玩一下。"

林缊月赖着不走，双手抱臂靠在后面的橱柜上，好像一定要知道答案才罢休。

"可是你为什么要出去住？你的手……"她突然想起什么，"你不练马术了？那匹马呢？去哪儿了？"

林缊月记得周拓以前有匹温血马，养在郊区的一家马场，以前周拓还带她去见过。

他们那天骗过管家和司机，转乘了几趟巴士，才到了马场。

周拓用马场主留给他的备用钥匙悄悄进去，整个地方空荡荡的，只有他们两个人。

他们在马厩里找到了它。

那匹白马毛发蓬松油润，看着温顺，大眼睛缓慢眨动，伸着脑袋任由周拓给它打理浮毛。

林缊月想要伸手抚摸，意料之外被喷了一身的气。

"勃雷。"周拓轻斥，拉缰绳警示。

那白马踏蹄几下，又龇牙表示不满。

"你叫勃雷啊？"林缊月凑到面前，白马立刻扭头不看她。

林缊月更感新奇，没想到它外表看着温和驯良，性格居然还有些暴躁。

"勃雷不亲人。"周拓边用刷子顺毛，边转头解释，"刚开始上马时，我经常被甩下来，它那时并不服我。"

"是吗？那后来它是怎么被驯服的？"

"那是漫长的过程，先建立信任，然后再尝试去触碰它……"

"怎么建立信任？"

"通常来说，花时间陪伴和交流就可以。"周拓说，"但勃雷不知为什么警惕心很强。"

八岁的事他记得并不太清，只记得每次上课都摔得鼻青脸肿。

好像有一回，他好不容易登上马背，不知道发生了什么，勃雷失控狂奔。

风呼啸吹过耳边，他并不记得自己是否害怕，只想起松软柔顺的毛发在阳光下流溢飘动，熠熠生辉。他第一次感受到风在指尖流淌，草地泥土的清香浸润了他整个身体。

勃雷速度很快，惯性大到他用了点力气才让身体前倾，他小腿触到马鞍，微微收紧。

这是老师教给他加速的动作，他还想要更快。勃雷像是得到某种鼓励，后蹄深深扎进土里，一跃而起，像阵风，和天空、草地相得益彰。

那是他第一次做这个动作没被甩下来。

远处的高楼大厦似海市蜃楼一般立在那里，勃雷载着周拓跑得酣畅淋漓。

从那天以后，他再上马背，勃雷就不反抗了。

林缊月听完这个故事深表怀疑："你编得还挺像回事。"

"骗你做什么？"

"你骗我是因为你不想我骑。"林缊月说，"我也想要感受风在发梢间流动，你教我好不好？"

周拓说："你骑自行车也是一样的。"

"哪有这样的道理？"林缊月不服，"你就不能教我吗？"

冬日的郊区罕见地出了太阳，从周拓的视角看过去，天光给她那乌黑的发梢镶了层金边，风一吹起，似湖面微波荡漾。

这样的头发在马场的风中肆意飘动一定更加好看。

周拓就这样鬼使神差地退让了，妥协的条件是让他跟着坐在她身后，持着缰绳以防出现意外。

林缊月在周拓的帮助下上了马背，不紧不慢地先绕着马场走了一圈。

周拓双臂绕过她的身子握住缰绳，四面八方的风将檀香味吹进鼻腔。她不自在地侧头，想说点什么，但吓了一跳，周拓的脑袋就差搭在她的肩窝上了。

"离我这么近做什么？"

"避风，借我靠一下。"

紧接着重量加在肩膀，林缊月莫名觉得有些心痒痒，好像这攒动的阳光在火辣辣地烤着她。

"你的头好重。"

"嗯。"但他并没有把头抬起来。

这一圈很快就兜完。

周拓先下去，再去接林缊月。

但他双脚刚落地，就见林缊月伸手去抓缰绳，双腿夹紧马腹——一种不妙的预感席卷了他全身。

"林缊月！"

等他去抓时，已经来不及了。

那是一瞬间发生的事情，勃雷的神情他很熟悉，是最开始他驯服它时被操控的不爽。

即使被驯服，它也只认他作主人，任何陌生人单独跨上马背都会被认作挑衅。

"嗖"一下，勃雷如箭般窜了出去，马蹄跃起，扭动身体，想把林缊月甩下去。

林缊月的脸几乎都贴到马背上。她被往右边甩去，身子有一刻飘在空中，幸好她手抓得牢，才没有掉下去。

她慢慢挪动身体，又回到了原来的位置上。

她朝后看去，风把眼前的一切都吹得模糊不堪，周拓的身影已经变成了黑点，像在对她大喊着什么。

但她已经听不清了，只能靠直觉保持身体直立，双手紧拽缰绳，跟随勃雷的节奏移动。

她大概发现了勃雷甩人的规律，左扭两下，右扭两下，都行不通的话就会一跃而起。

几个回合下来都不奏效，勃雷显然有些筋疲力尽，干脆放弃挣扎，就任由林缊月坐在上面。

它开始奔跑。

林缊月在那片马场上，第一次感受到时间的片刻定格。

天地间仿佛只有她和勃雷，她连草地微小的起伏都看得一清二楚，就像周拓说的那样，风会贴着她裸露的皮肤，拂过她的身体，不知流向何处。

周拓说骑自行车也一样，但她并不会骑。小时候没人教她，长大了她也懒得学，再后来就有了司机。

由于刚开始反抗花了不少精力，勃雷显然有些体力不支，只绕着马场疾速奔跑了一圈就慢了下来。

周拓的身影逐渐变大变近，这次她终于听清他在喊什么了。

"身体重心往后靠！林缊月！往后拽缰绳！"

林缊月照做，勃雷果然停了下来。

她意犹未尽地借力从马背上下来，周拓的脸上乌云密布。

"你这个疯子。"

"你把我弄痛了。"林缊月不满地看着被他掐住的手腕。

"痛？"周拓声音阴冷，"你也知道痛？"他视线往下，"你这么大胆，还抖什么？"

林缊月这才发现自己腿有些软，正松松地站在草地上。

靠下意识做出的事，她几乎不考虑后果，刚才一切发生得都太过迅速，根本没有时间让她害怕。

现在反应过来才开始后怕，但她很快又恢复嬉皮笑脸的模样："我这不是好好的吗？你这么紧张做什么？哎……你干什么？"

周拓一言不发地拎着她往远处室内场馆走去，勃雷被孤零零地甩在后头。

它仿佛也感知到主人并不为自己刚刚的举动而高兴，那根松掉的缰绳就垂在地上。勃雷快速跟上他们，凑到面前，用脸去拱林缊月，好像是在道歉。

"你看，勃雷很喜欢我。"林缊月用手轻抚它，"你的小主人生气了，怎么办？"

勃雷傲娇地"哼哼"了两声，舒服地闭上了眼睛。

林缊月抚摸着它被阳光熨烫过的暖洋洋的毛发，抬头瞥了周拓一眼。

周拓正在一旁看着她，不知在想什么。

又过了一会儿，林缊月听见他的声音传来。

"你把它驯服了。"

此时，周围只有周拓切姜丝时有节奏的"咚咚"声。

"它被送走了。"

"被送走了？是生病了，还是寿终正寝？"

"是我不想要了。"他眼神有一瞬间变得冰凉，把林缊月抚摸的手推开，"出去吧。"

"可……"

"别问了。"周拓抬头。林缊月还没触到他的视线，他又低头去切姜丝，整张脸隐没在阴影里，她一点也看不清他的神情。

好吧。林缊月想，没什么大不了，每个人都有秘密。

恰好她今晚不想扫兴，于是转头出了厨房，坐在客厅，按下遥控器，心不在焉地看起电视。

周拓还去地下室拿了一瓶威士忌，林缊月则要了点红酒。

酒过三巡，菜过五味。

冬瓜排骨汤味道鲜美，她是食肉动物，周拓连做这类食物都保有他一贯的清淡口味，而且居然意外的都很好吃。

林缊月吃完坐在沙发上，酒足饭饱，她看电视剧看得犯困，目光落在饭桌上的残羹剩饭，继而在空荡的室内转了一圈，最后决定从沙发上迈腿，走向落地玻璃门。

"吱嘎"一声，门被打开，呼啸的夜风刮了进来。

她靠着门说："找到你了。"

周拓听见响声，转头淡淡看一眼，又转回去。

林缊月关上门前，把他指尖的那点猩红夺下。

"难怪我藏在冰箱上头的烟少了两包，原来是被你偷了。"她举着烟，凑到嘴边吸了一口，对周拓扬下巴，"你想吸就自己去买，别偷我的抽。"

周拓任由她拿走，过一会儿又从她指尖捏了回来，再看去，烟嘴上已经留下一个淡淡的唇印。

他顺着吸了口："你今天干什么去了？"

"应酬。"林缊月等周拓抽好给她递来，捏过夹在指尖。

烟盒就放在身侧的大理石桌上，看起来鼓鼓的，但谁也没去拿。

周拓对林缊月手里的烟摆摆手，表示他不用再抽。

"应酬的时候没人告诉你吗？你今天的脸色有点差。"

"那有没有人和你说过，你今天脸色也很不好？"

林缊月终于转过头，对上周拓坦诚的视线："尤其在我问了你那些问题之后。"

"是吗？没注意。"周拓看上去很坦荡，冲她抬下巴示意，"你再不抽，就要烧到手了。"

林缊月这才意识到手里只剩个烟屁股，她随意掐灭丢到桌上的烟灰缸里："你这几年，藏了很多秘密。"

"是。"周拓没有否认，"但你就没有吗？"

林缊月难得没有顾左右而言他，也坦诚地承认了。

"那又怎样？成年人有点秘密，不足为奇。"风吹得头有点疼，林缊月转身避风，和周拓面对面站着。

他的表情隐没在夜风里："可我的秘密你知道了大半，我都还不知道你的，是不是有点不公平？"

"但你也没问过我想不想知道你的那些事情，就这样告诉我，好像也有点不公平吧？"

"是吗？原来你不想知道？"

"不想。"

她说："我们都应该要保管好隐私，不要抖搂给对方。"

"好吧。"周拓耸肩，"我会尽量。"

"但有个秘密你可以知道。"林缊月不知道自己嘴角有点弧度，只看见周拓好整以暇等她的下文，"你做的冬瓜排骨汤我很喜欢。"

"这原来是个秘密。"他们本就离得近，周拓去揽她的腰，把她往前拉了把，看着她的眼睛，"我以为这是事实。"

"我要是不说，你还能看出来？"林缊月任由自己朝他怀里跌去，借势把脸埋在他肩头。

周拓不说话，一时间只有风声在作答。

她有些贪婪地吸食周拓衣服上的檀香，面无表情地开口："不过如果你不把最后那片拼图还给我，你会下地狱的。"

"是吗？那就下地狱吧。"他显得无所谓，心不在焉地摩挲她的后脑勺，闻到一股浓郁的烟味，不知是林缊月的，还是自己的。

"我下地狱了，你也要和我一起。"

"我不会，我会上天堂，然后变成一颗星星。"

"那看来只能我独自一人在地狱煎熬了。"

林缊月在周拓的肩头埋了一会儿，有些呼吸困难，抬头吸了口新鲜空气，周拓不知在想什么。

"如果你把它还给我，我就勉强宽恕你，然后可以和我一样变成星星。"

"那还是做恶鬼比较好。"

林缊月推开他："你藏我拼图，你活该。"

"我要是给了你，你第二天就会走。你向来是这样。"

两人视线交汇到一块儿，周拓抬起下巴，左右打量她的脸，目光冷下几

153

分:"你还想走,林缊月。"他的语气逐渐肯定起来,"你就是这样想的……拼图也留不下你。"

"我……"她做不出解释,周拓说的是事实。

周拓的目光停留在她脸上。半响后,他的面色彻底阴下,松开手,转身越过她,径直进了客厅,没留下一句话。

那团包裹着林缊月的余温很快就被夜风吹散,冷风从头到脚席卷。她又站了一会儿,才转身"咔嗒"一声关上玻璃门。

温暖的厨房饭香一直飘到客厅,目光四转,周拓已经不在了。

3

就这样过了一个礼拜,林缊月因为酒厂的项目忙得连轴转。酒厂在荒郊野岭,灯光和道具都有点难运输。拍摄方案也很复杂,他们组四人,一人要干三人的活。

好不容易初步定下,甲方又认为文案不符合要求,退回来让他们修改。

林缊月怀疑周拓是公报私仇,但他神龙见首不见尾,连续早出晚归一周,林缊月连他面都没见过几次。

早上到了"西林",秦烨告诉她周氏的车已经在停车场了,他们这个项目需要派驻周氏跟进,估计是不放心,要盯着才好些。

林缊月拎着大包小包。

秦烨叫住她:"你都整理好了?"

林缊月点头,秦烨把她手里的小东西揪出来:"这个你也带?你几岁了,林缊月,到时候别让周氏的人看笑话,说我们'西林'的人心智不成熟。"

"干什么?我就带。"林缊月把秦烨手里核桃似的小物件抢回。

那是她半个月前在楼下商超买的健达奇趣蛋,附送玩具的那种。她得到的玩具拼起来是一只刚破壳的小恐龙,正从窝里探出头来。因为样子太过可爱,她就把它放在了办公室。方案一被周氏退回她就薅它的头,这已成为她工作时必不可少的一个环节。

有同事第一回进周氏,有些露怯,回头一看秦烨和自己一样,都很拘谨。心想连见过大世面的秦烨都这样,便不由得放松了。

唯独林缊月,手里拿了这么多东西,还大摇大摆的。

张秘书来接待他们的时候客气地提出帮忙拎点东西,林缊月居然还真给他了。

秦烨看了手心都出汗:"张秘书,东西重不重?要不要我帮着拿点?"

张秘书毕竟是周总最信任的员工,受过专业训练,并没表露出任何不满,礼貌婉拒了他。

周氏给他们安排的工位在三十三层。

最顶上三十五层是周拓的办公室。秘书一类的在三十四层,普通员工的卡刷不了最高的两层楼。

张秘书说自己还有点事,等下会有周氏负责跟进这个项目的人接待他们。

过了一会儿,来了位穿着奶白色毛衣的女子:"'西林'的老师们吧?我是黄琳,负责跟你们这个项目,有什么需要的可以叫我。"

黄琳带他们参观了下。秦烨在英国也算见识过不少世面,到了这儿还是不免惊叹其奢华。底下供员工休闲娱乐的休息厅居然有健身房、KTV包间、自助餐厅,以及零食、咖啡无限供应。

要是现在末日来临,这栋建筑里的人会比别人拥有更高的存活概率。

所有人都很兴奋,"西林"来的同事转头看见林缊月脸色不佳,以为她是熬夜熬得太凶,关心道:"林老师,我那里还有几瓶红参保健品,等下回去给你分一瓶。"

林缊月倒不是因为熬夜,只是胃不舒服,摆手婉拒了。

参观完回到三十三层,四人又开始马不停蹄地工作起来,定场地、改文案、着手制作分镜。

有份场地的使用许可需要周拓签字,林缊月按下座机数字键"2",张秘书那边一直忙音。她又写了一会儿,再试,还是忙音,看来张秘书也忙得不像样子。

于是她又转头去修改文案,直到毫无头绪,她去拿办公室宠物小恐龙薅头,发现还是写不出,只好拿过桌上的临时员工卡下楼。

透气时遇到一些周氏的人,林缊月跟他们闲聊了一会儿,听他们在说拓展新业务的事情,没了兴趣。有两部电梯,她不知用哪个。

还在纠结时,有双手绕过她,骨节分明的食指点了左边的键。

"叮!"

左边那部电梯门开了。

林缊月转过头,一个礼拜没见,男人的脸依旧英俊。

刚认识的那群人在远处给她狂使眼色,林缊月装作没看见,泰然自若地和周拓一起进到电梯里面。

周拓刷了卡,按下三十五层。

林缊月依葫芦画瓢,刷卡按三十三层,指示灯没亮。她不信邪,又按了下,还是没反应。

"这部电梯只上三十五层。"

"哦。"

难怪刚刚那些人给她使眼色,她还以为有什么不成文的规定,员工和老板不能一起搭乘电梯。

到了三十五层,周拓越过她去办公室。这层楼空旷得像会闹鬼,她没兴趣欣赏,伸手按三十三层,正准备下去,突然想起什么,趁电梯门关上前又走出来。

周拓已经进到办公间,玻璃门马上要关,林缊月害怕这也是要刷卡的,伸脚勾门。谁知道那门居然有点重量,愣是把她夹了下,她忍痛阻挡,推开门进去。

周拓转过身,没有说话,眼神里满是"看看你究竟还想做些什么"的不耐烦。

林缊月假装没看见,手握成拳敲敲他的办公桌。

"周总,有份文件要您签字。"

"文件呢?"周拓单手松了松领带,手背上的青筋一直延伸到西装袖子里去。

"嗯?"林缊月走神了。

"不是签字吗?文件在哪里?"

林缊月这才发现自己手中空空如也:"忘带了。"

她看起来没有一点惭愧,冲他扬手:"那我等下发邮件给你。"

周拓不愿多说:"你把文件发给张秘书也是一样的。"

言外之意是,这点小事就不用来找他了。

"可张秘书联系不上,要是耽误工期谁负责?"

"我担责。"周拓给她拉门,一副要赶客的样子,"你没事的话,可以走了。"

林缊月偏不,抵住玻璃门框:"张秘书这么忙,你也很忙?一周都没见到你。"

周拓看着她没说话，林缊月又说："你今天还回不回家？要不要我提醒你下，今天可是圣诞。"

周拓估计是举手推门有些累了，但林缊月又迟迟不走，他把抵门的手放下，抱臂看她，好像在猜测她究竟在想些什么。

林缊月害怕又被门夹到，往里走了几步。

"不是想走吗？一周没见，怎么还赖在我家？"周拓的语气中带着淡淡的嘲讽意味。

"由奢入俭难。"林缊月大言不惭，"我还没找好落脚的地方，相中满意的我就走。"

"哦，原来是这样。"周拓抬手看表，"等下我这里有客人来，你这样，是要和我一起接待？"

林缊月不依不饶："你还没回答我，今晚什么时候回家？"

周拓又盯着她看了半晌，终于松口。

"晚上我有应酬，不会早回。"

不回就不回。

秦烨他们要留下来加班，林缊月抱着电脑说要在家办公，被他批准。

她没急着回去，跑到花卉市场去挑圣诞树，太贵的舍不得，左看右看，店家给她讲解了好半天香杉和冷杉的区别，又介绍了别的一些品种，她都不知道买棵圣诞树还有这么多讲究。

她思忖半天，选了棵合眼缘的。因为圣诞在即，店里捆绑销售装饰物，她又囫囵买了点，叫了一辆车来接。

被包装起来的那棵树和她人差不多高，临走前店家和她一起拖着装车，店主说："忘了告诉你了，这棵品种叫诺贝松。"

林缊月转头就忘，到了家阿姨还没走，用小推车帮她一起把树拽进来。

阿姨担心失职，问林缊月："周先生提过要准备圣诞树吗？"

"与他无关。"林缊月摆手，"是我心血来潮想买一棵。"

阿姨提出帮忙被拒绝，只好摸摸鼻子离开了。

林缊月把圣诞树从袋子里抖落出来，将其拖到客厅的落地窗前。

屋外的天黑得彻底，落地窗倒映出一个独自站在圣诞树前的身影，她看了一会儿，才发现是自己。

心里不知道为什么有些烦躁，她盘腿坐在圣诞树前挂装饰物。

果不其然，挂到一半，就接到秦烨匆匆打来的电话，语气凶悍："林缊月，让你回家你就是这样工作的？文案呢？半小时后我要看到。"

"刚刚路上堵了一会儿车，我现在才到家，你总要让我吃口饭吧？"

"林缊月，你对工作不上心，组里剩下三个人都没有任何理由为你的失职负责。"秦烨听完语气没有软下来，反而更加强硬，就差直接骂她一顿了，"周氏项目的重要性你也知道，到时候不会有人替你擦屁股。"

挂了电话，林缊月才看到周氏那边修改了截止日期，原本明天早上交的稿子改到今晚午夜前了，估计秦烨是还想自己再过一眼，又不相信她的速度，所以才这么焦灼。

林缊月撇撇嘴。秦烨一焦虑就爱说狠话，这次尤甚，但她不跟他一般见识，再说她确实有错在先。

她从包里翻出电脑，坐在饭桌前就边改边吃起来。

饭没吃掉半碗，文案倒是紧赶慢赶地改好了，她把文稿发到微信群，秦烨回复"收到"，并且让她早点休息，算是给了个台阶下。

林缊月胃口恹恹，被老板骂了一通，这下心情更不佳了。

客厅地上一片狼藉，秦烨打电话的时候，她正挂着小串灯，还没插电。现在忙完了，她把插头就近接到旁边的插线板上，"啪嗒"推开开关，灯"哗"一下亮了。

暖黄的灯光映照着带点蓝调的绿枝叶，看上去节日气氛浓郁，她买的半袋饰品还没有挂好，但现在已失去兴趣。她懒得整理就回了房间，看了几集电视剧就裹着被子睡下。

这次她有预感，毫无疑问，又做了噩梦。

每回做噩梦前都有征兆。

回到 H 市，住进周拓家，她有段时间没梦到过外婆去世前的场景，但奇怪的是最近又开始了。

她又梦见外婆躺在病床上，形容枯槁，旁边一堆医生、护士围绕着抢救。

有护士喊："家属呢？"

没人回应，只有病房里焦灼的检测仪在"嘀嘀"作响。

那护士又喊："家属在哪儿？要上呼吸机了，没有家属同意，不能插管！家属！"

依旧没有人作答，林缊月说"家属在这里"，但喊叫半天发现别人根本听不见自己讲话，因为她正像幽灵般飘荡在急救病房里。外婆失去意识，但手还紧紧攥着裤子，因为生病几乎辨认不出五官。

林缊月每次都知道他们听不见，但还是要喊，她说她可以签字。

当然没人理她，那群人手忙脚乱围着那个老太婆。

从前爱漂亮的、骑脚踏车都比别人快的张秀华女士，"哗"一下就坍缩成一具干枯瘦小的骨架子。

林缊月知道这是梦，但不知出于什么样的自虐心理，她强迫自己不要醒来。

她逼自己接着看。

这个梦她已经做过很多次，最后的画面她都能倒背如流——

没有人来签字，外婆的生命在等待里慢慢消逝，最后像烟飘散在风里，消失殆尽，一点痕迹也没留。

林缊月想，她就是要一遍一遍梦见，又一遍一遍想象，直到这些陈谷子烂芝麻的糟糕事不能再伤害到自己。

结果她还是被伤到了。

她醒了就睡不着，只好坐起来打开电脑，一个劲地写分镜。

第一个是建置镜头，全景，空镜，室内光，介绍葡萄酒厂规模。

第二个特写镜头要用室外光，在侧边打，加点柔光布，具体要看拍摄天气，拍摄内容是葡萄园粒粒饱满的葡萄，就像外婆曾经熠熠生辉的大眼睛。

第三个也是特写镜头，果农挤压采摘的葡萄，圆润饱满的葡萄会发出"嘭"的一声，汁水慢慢流进瓶里。

梦里最后一幕，是外婆深陷的眼睛紧紧闭上，像瘪掉的葡萄皮。

林缊月感觉有什么东西粘住了自己的手，低头一看，是键盘湿了。她拿纸巾擦掉，祈祷电脑不要进水，明天还要工作。

分镜写不下去，时间是零点过五分，家里静悄悄的，周拓还没回来。

严格来说圣诞前夜已经过了，今天才是圣诞节，但她老是记错。

记错圣诞，就等于记错外婆的忌日。

她老是分不清到底是二十四号还是二十五号，干脆这两天就都算成外婆的忌日，反正外婆也是在凌晨走的。

医生告诉张婉清，张婉清又告诉她。但那时她心里只有埋怨，从外婆生病初,就没人告诉她。

因此,她对外婆的去世没有实感,直到几个月后的某个晚上,才"砰"地冲进胸膛。是雪崩,但更坚硬,更像山石坍塌,什么东西变成一片一片落在地上了。

林缊月感觉自己又要被炸成碎片了,觉得自己现在更需要睡眠,但又害怕再梦到生病的外婆,于是就裹着被子到一楼客厅的沙发上去睡。

这样要是有人开门弄出动静,就会立刻把她从梦中叫醒。

4

周家举办了圣诞晚会,将近两米高的圣诞树是托人从欧洲空运回来的,品相很好,有股冷调的木质香气,上面点缀着满满的各式装饰物,点了灯后,在客厅中央闪闪发亮。

管家开门,鞠躬迎接:"少爷。"

周拓点头,把外套脱下挂在衣架上,立刻被从后边赶来的家政阿姨收到里屋。

"来了?"

"妈。"

因为安排和招待客人的事宜都需要李敏吩咐,又喝过几杯酒,她的眼里已经有了倦意。

她晃着酒杯打量,看周拓身上还带着屋外的那股寒气,和富丽堂皇的周家大堂居然显得格格不入。

李敏突然问他:"还记得你小时候学马术的样子吗?"

周拓说:"不记得了。"

"可我不想记得都难,"李敏盯着周拓,"你每天都摔得鼻青脸肿。"

那年周放山从国外弄了一匹马来,不知为何,那白马性格刚烈,经常害周拓被甩在地上。

她刚为人母几年,看着都觉得痛,心疼着要去查看,被拦了下来,周放山要让周拓自己爬起来。

周拓那时才八岁,居然真的连哭都不哭,默默站起来,拍掉身上的灰,等教练过来辅助他又上了马背,尝试着控制缰绳。

半天练下来鼻青脸肿是常有的事,但他一句痛也不叫。

周放山要他喜怒不形于色，誊抄古诗、罚站、练习马术都只是手段。

久而久之，周拓好像真的被去掉部分天性，朋友家小孩总有哭闹的时候，但周拓的一双眼睛永远都不起波澜，好像总是那样荣辱不惊。

李敏倦意更沉，有一瞬间，她觉得不是周拓从小就乖，而是他把那些情绪都藏起来了。这种骨子里带的偏执，简直和他八岁时不哭不闹爬上马背的样子如出一辙。

三岁看老，不是玩笑。

她无暇去管，但她不去，自然有个比她更望子成龙的人会管。

"你就是倔，非要叼着骨头，把肉吐了。"

李敏这样评价完周拓后，扬长而去。

等周拓回到家时，已经快凌晨一点多了。

打开门，一阵雪松香扑鼻而来，地上杉叶点点，还有半袋装饰物横七竖八地散落着，客厅中央摆着棵半途而废的圣诞树，不用看也知道出自谁的手笔。

而罪魁祸首就缩在沙发上，睡容并不安稳。

林缊月没被开门的动静吵醒，却在脚步声里逐渐睁开双眼。地上那些东倒西歪的杂物已经被收拾干净，周拓正在树前挂东西。

他大概是刚回来，没换衣服，身上穿着件黑色正装，羊毛呢的材质，林缊月只能看清他的后背。

周拓把袋子里最后一颗星星绕树尖转了三圈，又打了个死结，确保松手不会掉下，就打算回房了，转过身却看见刚刚还在沉睡的林缊月正半支着手肘在沙发抬头望着他。

"你要回房间吗？"

周拓没理她，转身上楼。一直走到自己房门前，他才停住脚步，身后那个鬼魅般跟随的影子也停了。

林缊月站在那里，一动也不动。

周拓转身，脸上是酒过三巡的疲惫："林缊月，我今天很累，没空跟你玩这种躲猫猫的游戏。"

他好像真的很困倦，抹了发油的头发有一绺还掉了下来。

林缊月动了动手指："我没和你玩游戏。"

周拓气馁地关门赶客,林缊月抵住不让。

"今天我能不能和你一起睡?单纯睡觉就好……我刚做了噩梦,一个人睡不着。"

周拓没松手,目光贴在她的脸上。两人凑得很近,林缊月把他那绺下垂的头发挑到了一边去。

"刚才我梦见银行卡余额都被你骗光了。我是因为你才做噩梦的,你不能赶我出去。"

周拓一直撑着门,又推了推。林缊月立刻觉察,向后拉门把手,用背靠住。他却突然松了手,她用了全身的力挡门,惯性使然,她后退几步,"啪"一声,撞上了门。

进是进来了,但她刚才的劲不小,关门声也很大,她后背有些僵硬。

"是吗?"周拓看见林缊月吃瘪,心情愉快了一点,"那就进来吧。"

林缊月进来后,在他房间里反客为主,这儿摸摸,那儿动动。看到台子上的东西,她小声嘟囔:"什么时候把灯屋还给我?"

周拓对着镜子把西装扣子一颗一颗地解开:"等你什么时候学会珍惜。"

林缊月不说话了,手一开一关地玩着灯屋。

"小气鬼。"过了一会儿,她这样说。

一个晚上都在虚与委蛇,浑身的细胞好似都被抽空,周拓松开领带,随手将其扔在脏衣篓里,衬衫也三两下从身上脱了下来。

那双藏在被子里的眼睛半掩着,赞叹道:"身材真好。"

周拓转过身,那双眼睛埋进被子里去了。

"起来去洗澡。"

"不要,我刚刚洗过了。"

"那就再洗一遍。"周拓说,"你的手很凉,我不想晚上被冷到,你想和我一起睡,就要听我的。"

洗好澡,林缊月浑身暖洋洋的,舒服得犯困,但又一时半会儿睡不着。

她盖着被子,半靠在床背,目光转向旁边那人:"你去哪里应酬了?怎么一身酒味?"

周拓正掀开被子上床,没有理她。

"谁这么大架子能让你喝酒?"

"你问题好多。"周拓拉她躺下,盖好被子,"不早了,睡吧。"

他按灭了灯，安静的卧室里，呼吸声在黑夜里交织。

比刚刚独自睡在沙发上要安心很多，但等了一会儿，林缊月发现自己依旧睡不着，感觉周拓也还没睡。

她想翻动，被周拓按住。

"干什么？"林缊月抗议，"我睡你这儿，翻身也不可以？"

她背对周拓，本来是想转身看看他睡了没，现在被固定住，她转不过来，有些别扭。

周拓的手勾上她的腰，朝他这边一拉，她轻而易举就落进他的怀里。

"色狼。"

"林缊月，"周拓重又警示，"你很吵。"

"你都没睡着，怎么能怪我吵？"

"嘘。"周拓叫她不要再说话，"马上了。"

林缊月被扣住腰，后背贴在男人胸膛上，有什么东西呼之欲出。

"周拓……原来你今天也过得很糟糕。"

黑暗里，她轻轻开口。

五脏六腑慢慢落下，疲惫的一天就要结束了。

"睡吧。"周拓说，"我们都有些累了。"

掌下的女人呼吸逐渐平稳，手中一凉，林缊月翻了身，已经安然入睡。一片黑暗中，周拓睁开了眼。

不知怎的，回了趟家，他脑海里就一直想到那年鸡飞狗跳的圣诞——

从大学请假回来，周放山对周拓说："明天再说。"

等第二天早上，李敏也来了。

李敏看到那封录取通知书，气得手都抖了："你疯了是吧？她现在不知道在哪里吃香喝辣，就这样，你还是要去找她？"

"不是去找她，我想换个环境念书。"

李敏气得话都说不利索，伸手要打他，周拓躲都不躲一下。

"我让她在五百万和转学之间选，她心里要真有你，又何必选那五百万远走他乡？人家早就把你忘得一干二净，你还……我、我怎么生了你这么个便宜货？"

周拓不信，已经栽了跟头，还要再往里面摔。

周放山和李敏就这样断了他的生活费，切断了他的一切经济来源。

163

但周拓的签证到底还是申请下来了,他知道林缊月在哪所学校,她有个学联的采访在网上传得很火。

虽然内容很乏味,就是描述学校环境好,设施齐全,实验室也很不错,以此吸引更多的人来报考。底下的评论都在夸她漂亮、优秀、口条清晰有逻辑,但有条评论吸引了周拓的注意:学妹这么受欢迎,有没有男朋友?想追。

底下有人回:别想了,学妹天天带人回宿舍,你要是长得不帅又没有钱,她看不上你的。

乌烟瘴气。

周拓面无表情地看完,随手点了举报。

拉到底下他才看到有个学妹已经来澄清过了:别造谣好不好,这是我朋友,平时学校、宿舍两点一线,还要打工,哪有这工夫?

…………

1月,伦敦罕见地下雪了,国内还是新年,但英国已经开学,周拓站在教学楼下。

等来等去,他的睫毛都开始冻雪,视线模糊中,居然还真让他看见了林缊月。

她跟着一个男生出了教学楼,脸埋在围巾下面,不知道两人在说些什么,但看起来应该很愉快。

周拓本该上前拉住她。

但那一刻,站在大雪纷飞的另一个国度,人生中为数不多的一秒钟,他突然胆怯起来。

他害怕李敏说的都是真的,怕她真的是为了五百万一走了之,连一句话都没留给自己。

他做了这么多努力,不惜放弃H市的一切,也要横越一整个大西洋来到这个国度。而那个人就在眼前,触手可及,只要他上前,就能听到她的解释。

但谁又能保证她嘴里说出来的,不会是些轻佻戏谑的满口胡言?或是冷眼让他离开,再坏一点,她就装不认识自己。

周拓想了又想,在林缊月出现的那一刻,他突然清楚地意识到,哪个假设他都无法承受。

李敏说得对,不管过程如何,结果都是一样的。林缊月选择了钱,一句话也不给他留就离开了,他对她来说,不过就是用了就丢的玩具。

周拓站在雪地里,突然决定放过自己。

算了,他想。人生还很长,还会遇到很多人的。

他屈起僵硬的手臂,低头掸了掸身上的落雪,林缊月的身影在他背后已经缩成一个小点,他没有再看,转身钻进地铁站了。

好像有什么感知似的,林缊月转头,她感到有道视线一直盯着自己。

停了好久,以至于旁边的男生都问:"你怎么了?"

"没什么。"林缊月缩缩脖子,冷出幻觉了,还以为看到了一个不该出现在这里的人。

"我们走吧,我好冷。"

周拓那时没攒下很多钱,住的地方是云集各地背包客的青旅,一晚上三十六磅,和六个来自世界各地的人挤在一个房间。

住他上铺的西班牙人叫米盖尔,问他是不是来旅游。他说不是,来看朋友。周拓那天回来的时候,羽绒服都湿了,样子有些狼狈。

米盖尔问他:"见到朋友了吗?"

"见到了。"周拓说。

"玩得怎么样?"米盖尔很感兴趣。这个中国男孩来时一声不吭,见完朋友也面无表情,他表示很好奇。

"不怎么好。"

米盖尔深邃的眼睛里现出失望,他安慰周拓:"没事,还有机会,下次见面的时候好好把握。"

"不会再有下次了。"周拓淡淡地说,今天对他来说是了结。

他在林缊月身上栽了跟头,不信邪,再踩上去,发现还是陷阱,是圈套。他被林缊月漂亮的技法一层一层捆牢了。

当晚,周拓收拾好行李,改签了机票就回了家。

近十个小时的航程,潘叔候在机场接他。

当天,周拓就回了周放山那儿请罪。

Chapter 8
真心

我的爱也都是你的

1

一夜无梦。

林缊月醒来时,周拓已经起床,正对着镜子换衣服。

他刚脱下衣服,露出背部流畅的肌肉线条,下面还有两个性感的腰窝。

林缊月欣赏地盯了一会儿,不小心发现镜中人也在看着自己,默默移开眼神。

"再不起床,你要迟到了。"

初冬早上还有点凉,她拉过被子盖住半张脸。

"能不能旷工一天?"

"请假和秦烨说。"周拓套上白衬衫。林缊月躲在被子底下,看他一颗一颗扣上扣子,好身材逐渐被藏在熨烫服帖的衬衫里。

"我的意思是,能不能借你用一天?"

"林缊月,"周拓透过镜子和她对视,"我的时间很宝贵。"

"你以为我的不是?"林缊月说,"就今天一天,我们一起过圣诞,好不好?"

"不。"周拓惜字如金,回绝得彻底,从旁边抽了条领带系上。

林缊月沉默了一会儿,突然朝他咧嘴:"那我就找卢卡斯过圣诞去。卢卡斯你还记得吧,混血帅哥,一米八五,瞳孔还是榛绿色的。人家是半个英国人,肯定有过圣诞的传统。我看找他比找你好。"

周拓手上动作一顿,指节用力,收紧领带。

"你可以试试看。"

"又不是没试过。"林缊月把脸从被子下露出来，昨日红肿的眼角又肆意上扬，"正好我想出远门，你一走我就马上收拾行李。"

她踮脚落地，准备回房。

擦身而过时，被周拓伸手捞住，他的大掌扣上她的小腹，指腹陷入绵软的肉里。

清晰温热的触感。

林缊月视线朝下，又想到他昨天晚上睡觉也是这样揽住自己的腰，明知故问："你干什么？"

"这就是你求人的态度？"

"我态度这么好，不也没见你答应？哥哥，"林缊月凑上前，呼吸交融间，她盯着他幽暗的眼神，插科打诨的话突然烫嘴起来，"我就是想和你一起过圣诞，不可以吗？"

冬日暖阳从窗子里斜洒进高铁车厢，窗外景色飞驰后退，两部电脑摆在折叠桌上。

林缊月戴着降噪耳机写分镜，秦烨对她的告假将信将疑，林缊月打包票自己会在中午前上交第一稿。

周拓坐在她旁边，也开着电脑处理事务。秘书已经打了五个电话，全被他挂断。

林缊月把降噪耳机摘下来，有些过意不去："怎么不接？搞得我们像在偷情。"

"不是偷情，"周拓头也没抬，"是绑架。"

从 H 市到 S 市一共一个小时的路程，林缊月争分夺秒地写好分镜，在下车前的最后一刻发给了秦烨。

他估计还在因为昨天发火的事感到内疚，让她注意身体，好好休息。

林缊月下了高铁也没说去哪儿，上了车就给出租车司机报了串地址。

小巷北面临街的建筑已被拆了大半，前面被修成宽阔马路，服装店和小吃店沿街霸占。所幸他们要去的地方在第三个巷子，因为建筑历史悠久，被作为居民楼保留了下来。

是那种最古朴的江南平矮楼房，木质结构的大门，到现在还保留着插销的方式锁门。

木门没锁，林缊月一推就进来了，前堂有处空地，再接着是两栋平房。

靠西的那户人家跟林缊月从小就不对付。以前她和西边那户人家的金婆婆经常吵得面红耳赤，还要其他人站出来劝架，让她们各退一步，海阔天空。

林缊月带周拓进来，到了靠东那户人家门前，东找找，西找找，也没看见那把本该压在水缸底下的钥匙在哪里。

她只好叫了开锁的师傅，师傅来了后，三十秒都没有，门开了。

周拓站在旁边目睹一切，抱臂提醒："你这是擅闯民宅。"

"我是故地重游。"

林缊月推开门，踏上瓷花地砖，环顾四周，空气中带着旧日子的焚香味。布局也还是记忆中的样子，旧电视机和棕红布沙发都原封不动地摆放在那儿，日历依旧停留在2017年。

"我要上二楼。"林缊月说，"你就随便坐坐吧。"

周拓也跟着环顾，点头道："原来你叫我来，就是给你把风的。"

"再说一遍——"林缊月愤愤地上楼，"我不是小偷，这是我家。"

准确地说，这是她外婆张秀华的家。

张秀华结婚很早，丈夫和她是一个工厂的工人，虽然在不同车间，也算半个同事，两人通过朋友介绍认识，没多久就结婚了。

丈夫在认识张秀华前就听介绍人说过三号车间的张秀华有些古怪，长得水灵，但做事过于认真，没事就喜欢坐在床边看书。

没想到真是这样，结婚当天搬进新房，她就把屋里上上下下打扫了一遍，说是自己擦的，会干净些。他跟着她一起，擦好后两人出了一身汗，洗好澡，新婚当夜躺在床上，她居然倒头就睡。

张秀华和丈夫只生了一个，那就是张婉清。

两人最激烈的一次吵架，吵的是女儿跟谁姓。丈夫说："从古至今，孩子很少跟母亲姓的。"

张秀华就不理他，一直不理，弄到最后丈夫也没脾气了，再不上户口就要赶不及了，于是他就这样妥协。

没多久，他身体出了问题，最开始是腹胀，接着是食欲不振。他觉得喝点中药就行了，结果喝了中药也没治好，还头晕眼花。张秀华逼他去医院，他推托几次，终于去了。

从诊断结果出来到去世，不过几个月的时间。那时候张婉清才刚上小学，什么都不懂的年纪，张秀华一边要接送她上学，一边又要照顾丈夫，脚踏车就是在那时练得又快又稳。

但他到底还是去世了。

林缊月从二楼没上锁的柜子里翻出相册。这本相册她小时候看过很多回，每回她都问外婆上面的男人是谁。

外婆告诉她，是她的外公。

小缊月不解道："为什么我从来没见过他？"

外婆坐在窗边借日光织毛衣，整个人看起来暖洋洋的："因为他上天堂享福了。"

"上天堂可以享福？"

"你外公人还不错，虽然固执，但最后总会妥协，没让我受过委屈。所以他会变成星星，挂在天上，保佑我们一家。"

听起来很温暖，小缊月盯着照片上目视前方又有些严肃的外公，顿时觉得亲切起来。

现在外婆也变成星星挂在天上了。

长大后的林缊月盯着那张结婚照，用现在的眼光看，外婆化了个极其夸张的妆容，红嘴唇、紫腮红、网格蕾丝的帽子……但这些都遮挡不住她的漂亮，那家照相馆没倒闭前，一直把她的照片挂在橱窗吸引顾客。

"来看外婆？"

林缊月做贼心虚般"啪"地合上："不是说替我把风，你上来干什么？"问完，她突然觉得哪里不对，"你怎么知道她是我外婆？"

周拓伸手从她身后绕过，顺着封皮右下角点了点，那里用小楷写着名字："张秀华。不是你外婆吗？"

林缊月看过去，还真是，不知是谁写上去的，她居然一点印象都没有。

"林缊月，你一点也不诚实。"

哪有？她刚想开口，听见那个轻描淡写的声音又响起。

"大费周章把我叫来，目的都不透露，上来看相册还鬼鬼祟祟……这就是你说的，想和我一起过圣诞？"

"好吧，我确实骗了你。"沉默片刻，林缊月点头妥协，指着照片上外婆的笑脸说，"今天是她的忌日。"

"嗯。"周拓从她手里抽走相册翻看，"诚实了点。"

林缊月踮脚去夺，被周拓反扣住手腕。

"好了，现在给我介绍下，这些都是谁？"

真好意思说。林缊月吹胡子瞪眼，周拓不甚在意，点着一张合照里的小孩问："这是谁？"

明知故问。

"你是瞎子？这是我。"

"你以前是这样的风格？"

林缊月得意地哼哼："看不出吧？我上小学前留的都是齐耳短发，别人打架都打不过我。"

"真厉害。"他就近挑了一缕她的发丝摩挲，放在鼻下，闻到玫瑰洗发水的清香。

酥麻的电流顺着发丝传到头皮，真奇怪。林缊月强忍着："不知道了吧？我厉害的事情多着呢。"

"哦？那都给我说说。"

"想得美。"

周拓被拒绝也不恼，搬了板凳自顾自坐下。

相册翻页，是林缊月一岁生日时，张婉清抱着她吹蜡烛。他听见她的声音缓慢地响起："那个拼图，记得吗？就是她给我的。"

"我知道。"周拓没有抬头，"你和我说过。"

"我什么时候……"林缊月顿住，想起来那年圣诞她带着周拓去自己房里看拼图，确实跟他说过，心却不知怎么软得一塌糊涂。她走到他面前，手搭在相册上乱晃。

"也别给我把风了，我带你到处转转。"

周拓抓住她的手腕，捏着往下拉了把，林缊月顺势跌坐在他的大腿上。他半搂着她的腰，脸贴着她颈侧，气息喷洒在她耳后，痒痒的。

"嘘，等我先看完。"

张婉清未出嫁前住二楼，木质楼梯"吱嘎"作响，张秀华为了早起不吵人，常年在一楼的屋里睡觉。

于是三楼的房间就空置下来。

林缊月记得自己小时候最喜欢这里，三楼有扇飘窗正对院里的花草，冬天太阳会晒到这里。

他们顺着楼梯爬上去，发现居然一点都没变，木质雕花的床榻，白墙上遗留着大片她年幼时手痒用蜡笔画的涂鸦。

林缊月弯腰辨认，看了半天也只看出一个"春"字，旁边是各种颜色的五角星,还有一些用来计数的"正"字。

……她应该没少挨过打。

林缊月坐在木床边休息,伸手抚摸,床上居然意外的干净。周拓对着墙,不知还在看些什么。

"周拓,"年久失修的木床发出"吱嘎"的摩擦声,她轻轻唤道,"我们在这儿避过雨,你还记不记得?"

白墙靠下的位置刻着一条短线,侧边用水笔标记"一米一五",时间是2003年4月。

顺着往上,是每隔半年的身高记录,一直写到2008年,大概一米四的样子,就戛然而止了。

中间隔着巨大的空白。视线越过大片空白,在最靠上的地方,更新鲜的笔触写着"一米六八",有人还用粉笔画了两朵花,旁边标注着一个日期,2017年12月31日。

周拓看了一会儿,终于直起腰,转过身面对林缊月。

"什么时候的事?"

"就是那次郊游,你不记得了?市北高中组织我们去登山,我说有点无聊,不如干点其他事……"

"对。"他接过话头,"你把我拦下,我们从半山腰上下来,你说有个更有意思的地方要去。"

"但我问的不是这个。"他盯着林缊月,一字一顿,慢悠悠地问,"那些记忆,你什么时候想起来的?"

"断断续续的。"林缊月不敢看他的眼睛,"今天我也是来了才记起……"

"撒谎。"周拓不知什么时候走近,捏住她的下巴,认真审视。

"你都想起来了。"

过了一会儿,他又说:"所以你什么都记得。"

2

那天他们一路从半山腰上下来,乘坐87路公交车前往S市老城区。

林缊月如愿站在那间屋子门口,敲了半天门,也没见里面有人回应。她知道外婆有在水缸底下藏备用钥匙的习惯,轻车熟路地找到钥匙开门进去。

里面像有段时间没住人的模样。

她预感不对,但又觉得外婆应该只是出了趟远门。以前外婆闲下没事,就一人到处旅游，不在家也不稀奇。

人不在，房子就没什么好看的了。

林缊月对周拓说："我们现在回去登顶，还来得及。"

她锁好门，把钥匙重新塞回水缸底下。还没等走出巷子口，豆大的雨滴就砸落在他们身上。

突如其来的倾盆大雨，泥土湿润的气味从地底下冒出。

林缊月仔细一想，在屋里她就感到天色变暗，还以为是老房子光线不好。

S市的冬日，出太阳还好些，下了雨就更加阴冷潮湿，两人只好又拖着湿漉漉的身子跑回去躲雨。

二楼是张婉清的房间，她不想碰，一楼是外婆的，她也不想碰，最后只好到三楼去。

她打开飘窗欣赏了一会儿，雨滴落在外头院子凹凸不平的石板地面，逐渐汇聚成水洼。

周拓把她揪回来，往她手里塞了一杯东西，有些烫手，还冒着热气，原来他刚才去烧热水了。

林缊月"呼呼"吹着喝了几口，看见周拓也浑身湿透，少有的狼狈样子。

她把手插进他头发里，毛茸茸又刺刺的手感传来，她"哈哈"大笑。

周拓拉下她胡闹的手，肌肤相触，大片的冰凉。

"热水器已经打开了，过十分钟去洗澡。"

林缊月对周拓的话置之不理，抽出手来，把窗又往外推了一点，低头趴在窗口，任由雨水刮到脸上。

雨大风大，把涂着斑驳木漆的旧窗子吹得像层薄纸般飘来飘去。

周拓把窗关小一点，林缊月置之不理，伸出脑袋硬要淋雨。

又不去洗澡又在窗口吹风……周拓拉她远离飞溅的雨水，冷着脸问："你究竟想做什么？"

水杯掉落在地，热水氤氲，蜿蜒流成一道。

房间里静得只剩下窗外"噼里啪啦"的落雨声，两人对视片刻。

"你压到我的身高标尺了。"

周拓没理她，溅进的雨水已经打湿大片地面。

风伴着雨刮进来，林缊月又说："能不能关个窗？我有点冷。"

"现在知道冷了？"周拓的脸黑得像炭。

"嗯，周拓哥哥，麻烦你帮我关下窗，谢谢。"林缊月凑到他肩膀处，校服潮湿,吸一口满鼻腔的檀香味,有点令人安心。

周拓松了手,但没放全,掌心垮垮绕着,他害怕林缊月再做出自毁的举动,拉着两扇窗户同时朝里拉拢,"啪嗒"一声,终于隔绝掉窗外风雨。

她最近这些天老这样,阴晴不定的。

周拓去找纸巾收拾地板,林缊月蹲下来和他一起,背后的白墙果真露出被涂画过的痕迹。

每隔几寸就刻一截,记录者在旁边标注了精确到厘米的身高数,以及测量当天的日期,上午还是下午。

最底下从2003年开始。

"一米一五,这是你五岁时的身高?"

"怎么样?"林缊月很自豪,照着比画高度,"我小时候营养充足,连个子都比别人高些。"

周拓的视线滑到最上端,一直到2008年,就再没有过划痕了。

林缊月知道他在看什么:"后面我就回去和父母住了。"

周拓没有这方面的经历,一时不知说什么好,刚才定的闹钟在这时响起,热水好了。

他按灭闹钟,把垃圾扔进桶里,对林缊月说:"去洗澡。"

林缊月站着踌躇不走,没头没脑地说:"我有点担心我外婆。"

周拓拿纸巾给她擦掉脸上的雨水,拍拍她的脸。

"去洗个热水澡,再睡一觉。你这样子,你外婆回来看到还要反过来担心你。"

雨还没停,他们把帘子放下,两人的校服并排放在暖气片上。

林缊月在衣柜里找到留宿忘带走的旧衣服,也分了一件给周拓,两人穿着夏天的短袖,窝在床上取暖。

昏暗的光线,窗外的雨声"滴答"作响,空气里仿佛有燥热的东西在涌动。

她问周拓:"你热吗?"

周拓说:"还好。"

她又伸脚踹踹周拓:"是不是有点无聊?"

"还好。"

又是"还好"。

"你不是要睡觉吗?"周拓的声音不知何时变得有些喑哑,"不要再乱动了。"

片刻，有什么湿漉漉的东西贴了上来，他突然拽住那只手拉出被子，微弱的光线下，手腕上有道血淋淋的口子。

"林缊月，你什么时候受的伤？"

"是血还没凝固吗？"她不以为意，伸手去摸，被周拓制止。

刚刚洗澡的时候，她就发现了，但没多在意，这种伤一会儿就自己好了。

周拓脸色很差："什么时候划到的？"

"就刚才。"林缊月回想着，"你推我的时候，窗台那里的木头很粗糙。"

外婆家是旧得不能再旧的老房子，年久失修的窗台起着刺手的木屑。

周拓在一楼找到药箱，用消过毒的镊子给她取出木刺。他想起不久前自己也是这样给她处理伤口，但那天他推了她。

他好像总害她受伤。

周拓脸色更暗几分，一时间又有些自厌。

"你感到痛，为什么不说？"

"我说了你就会注意吗？"

"但你会痛……林缊月，谁让你这么忍着的？"

"我是忍者神龟，不会痛的。"林缊月不想接话，撇过头开点玩笑搪塞过去就当算了，"脸这么臭，心疼我啦？"

周拓看着她，把她扭到一边的脸用力扳回，认真地盯着她的眼。

"痛就要说出来，没人教过你吗？"

"没有啊，怎么了？"

"那我现在教你，你感到痛，就要说出来。"

"谁会听到？"

"我。"

本来不觉得痛，现在被周拓这样一说，林缊月倒真觉得有些委屈了。

他目光里像有什么东西一路从瞳孔烧进她的灵魂，留下一摊火漆，再重重盖上印章。

周拓才认识她个把月，说出的话却像飞速转动的弓箭，跨过重重障碍，"咻"一声，正中她的靶心。

先是喉咙发紧，然后是鼻尖发热，林缊月用手横盖住脸。

林缊月抖作一团，周拓的心先软成泥，又碎成玻璃碴子。

"很痛吗？对不起，下次我不会再推开你了。"他弯腰把她的手拿下来，涂上药水，又轻轻拍她的背，像刚看见新生儿的母亲，僵硬地学着如何去拥抱，以为这样就可以让她停止哭泣。

又过了一会儿，他说："我不是那个意思……对不起。"

林缊月依旧捂着脸，听到这话，竟颤得更加厉害。

…………

再醒来时已经傍晚，雨还没停，卫生间传来淅淅沥沥的水声。

卫生间顶上只有一盏灯泡，昏暗的暖橘色灯光映在周拓身上，他坐在红色的塑料椅上，正在搓着刚才枕巾上蹭到的血迹。

林缊月倚在门框上，看那双被泡沫包裹的手浸得通红。

周拓把枕巾挂好晾着，对她说："去把衣服换好，校服已经干了。"

林缊月拿起校服套上，听见周拓的声音继续从卫生间传来，在狭小逼仄的空间里，还带了点回音。

"我和我爸妈说过了，这场雨下得太大，我们先在这里住一晚，明天再回去。"

林缊月打开手机，才看见章筱给她发来了二十多条消息，抱怨雨这么大，他们被老师疏散到破旧的小宾馆里躲雨，不知什么时候才能回家。

她掐灭手机，想了一会儿，问周拓："你饿不饿？"

橱柜里只有一桶红烧牛肉味的方便面，林缊月烧好水，泡了五分钟，从橱柜里拿出两双筷子，打开电视机。

里面正播着今天暴雨的新闻，高铁禁止运行，高架也封路了。主持人说城市多处发生了内涝，并不建议出行。

周拓和林缊月一起坐在餐桌边共吃一碗方便面。

"雨一直在下。"林缊月望着窗外。

"嗯。"

"明天会停吗？"

"不知道。"周拓停下筷子，"不停我们也要走了。"

"不能一直在这里吗？"在这里待得太舒服，林缊月一点也不想离开。

"但我们明天就要回家了。"周拓看出她的不舍，"你想的话，我们下次再来。等你外婆回来后，我们来做客，可以吗？"

听到这话，林缊月心痒痒的，后脑勺居然有点发麻。她浅浅"嗯"了声，搁下筷子就要窜回房间里去。

"林缊月。"

周拓在林缊月要跨上台阶前叫住她。

林缊月回头，兔子一样受惊的神情，有些可爱。周拓问她："还痛吗？你的手。"

林缊月愣了下，老实地说："还有点痛。"

"嗯。"周拓说，"睡前我再帮你换次药。"

次日，雨停了，老房子外鸟鸣一片。

周拓睡在楼下的沙发上，林缊月独占三楼，他醒来时屋子很静，静得像整座房子只有他一个人。

不知过了多久，隔着天花板，楼上终于传来些声响。周拓在一楼洗漱好，想了想，还是走上去敲了敲门。

"进来。"林缊月明朗的声音响起。

他开了门，地上散落着老旧的粉笔盒，林缊月正站在白墙前，对着那排身高记录。

"你醒了？"

"嗯。"

"能不能帮我量下身高？"

林缊月刚才就一直在尝试自己刻身高，但担心测得不准，需要帮忙。

"好。"

周拓从她手里接过粉笔，让林缊月站好站直，他们的身子几乎贴在一起。周拓的呼吸短短喷在她脖颈上，目测片刻，在林缊月毛茸茸的脑袋上方留下一截短短的横线。

林缊月等不及转过去欣赏，从一米四到一米六八，那一大段长长的留白，就是她这几年长大的证据。

"今天是几号？"她转头拿走周拓夹在指尖的粉笔。

周拓刚要回答，听见林缊月自言自语地说："对哦，我怎么忘了，今天是2017年最后一天。"

明天就是新的一年了。她在横线旁边写下日期，写完觉得有些单调，又在左右两侧分别添了两朵桃花，看上去生动多了。

手机铃声打断了两人的思绪，周拓接完电话，神色并不自然。

"潘叔还有半小时到。"

他们被突如其来的潘叔打乱了计划，手忙脚乱地穿好校服，打扫完卫生又把垃圾袋拎到社区垃圾站扔掉。

临走前,林缊月想到什么,从书包的内衬口袋里掏出盒子,举着里面的拼图碎片说:"你说过要陪我再回来,我把拼图放在这儿,你就耍不了赖。记得到时候陪我一起回来拿,我还可以介绍外婆给你认识。"

看着她认真的样子,周拓笑了:"我什么时候说过谎?"

他陪她回家藏好,这样弄完,身上又都出了层薄汗。

周拓看着潘叔发来的消息,对林缊月说:"还有五分钟到。"

不知为何,两人都显得有些紧张,眼神撞到一起去,对视片刻又"哈哈"大笑。

潘叔已经等在巷子口,车子进不来,所以要他们出去找他。

周拓捏着她的手:"准备好了吗?"

"嗯。"林缊月轻轻应着。

门缓缓打开,晨曦洒在他们身上,周拓和林缊月一同走出家门口。

从这扇门出去,他们就共享了同一个秘密。

一个只属于彼此的承诺。

3

天真的少男少女自以为同享一个秘密,到头来却发现,不只有他们,另一些人也都知晓。

而墙上粉色的笔触、两朵潦草的桃花,还有那截长长的留白,似乎也在诉说这六年的缺席。

那时的承诺,到头来竟都成了妄言,就连这间房子最后也没能等来它的主人。

"那些记忆,你真的都忘掉过吗?"周拓抬起她的下巴,语气里带着他也没意识到的害怕,"还是说,其实你一直都记得?"

"如果都记得,我一开始就不会再来招惹你。"

林缊月的语速很缓很慢,好像声音不是从自己嘴里发出来的。

周拓看她的眼神就像看一个陌生人。

"真的没有骗你,"林缊月垂眸,"我还去看过医生呢。"

上大学那段时间学校有免费的心理咨询,谈话中需要追根溯源到青春期,但不管自己如何回忆,那几年的记忆几乎一片空白,就像一栋被烧毁的房子,内部溃烂,烟消云散,外头只留下一个残缺的钢筋框架。

她就只记得这个残缺的钢筋框架。

那个坐在灰色沙发上的金发咨询师简女士告诉过她,这叫分离性遗忘,是大脑面对创伤而产生的自我防御机制。

"好。"周拓扫过她的眉梢和眼角,选择暂且相信,"既然你都记起来了,那你告诉我,你最后,为什么要走?"

"我不想说。"

有什么不对劲,周拓想,今天是 12 月 25 日。

"你说今天是你外婆的忌日。"

那面白墙上的日期是 12 月 31 日,2017 年的最后一天。

再过几个月,她就会拿着李敏的五百万消失,来年夏天,漂洋过海,抵达地球另一端。

周拓中途来过这里,前堂结着网的荒凉院子,花花草草衰败枯死在水缸旁……好像有什么东西串在一起,一切变得有迹可循。

"你外婆……"周拓不可置信地望着她。

林缊月眼神闪烁,似乎在恳求他不要再说下去。

"你外婆在我们来这儿躲雨前,就已经去世了。这是……你离开的原因?"

但还是有什么说不通,思考着,他下意识地脱口而出,连自己也没有意识到放柔了语调。

林缊月此刻好像某种薄脆的陶瓷,任何震颤都会让瓶身不堪重负。

她松开手,或许带周拓来也不是个好办法,动了真心才会留有遗憾。

在外婆的事情上遗憾一次就够了,她的人生再经不起更多遗憾带来的折磨。

她甩开了手,周拓又立即扣住她的手腕。

"放开我。"

"我可以放开你,但你要先回答我。"

周拓力气不大,但林缊月觉得他的手掌像藤蔓缠绕,把她从头到脚都捆得牢牢的,几乎要喘不上气来。

不知是不是因为同样的场景、同样的人,或许还有那同样的柔情眼神,一瞬间林缊月居然以为这是六年前,她只是因为不喊痛在和周拓对峙,窗外下着不知什么时候会停的雨,外婆好像也只是外出远行。

想了想,她轻点下头,给出个模棱两可的回答。

"你那时为什么不和我……"

"能不能别说了?"林缊月抬头望着周拓,眼神里带着哀求,"有点痛。"

她指了指心脏的位置。

那一瞬间,那一刻,周拓觉得有人正伸手穿过他的喉咙,顺着食道下去,找准了他心脏的位置,重重击打。

他从没见过林缊月这副神情,像被雨淋湿的落汤鸡,又像无家可归的丧家犬。林缊月平时神采飞扬,看着刀枪不入,原来也会示弱。

自己在六年前教她痛就要说,六年后的今天他真的如愿听到她喊痛,却觉得像要溺水。

"好。"周拓脸色不是很好,僵硬地点头。

过了一会儿,林缊月这副样子,他实在看得有些不顺眼:"想哭就哭出来,你这个样子比哭还难看,你自己知道吗?"

"我没有。"

"你就有。"周拓把她的手臂拉下来,露出张湿漉漉的红脸。

他试图用手拭去眼泪,却源源不断地流下。

他将她揽进怀里,她双手抵住他胸膛,安静地抗拒。

周拓轻拍她背部,一下一下,柔柔的、缓缓的,一如多年以前那样。但这回他学会了如何拥抱,也知道应该做什么能让她不痛。

"哭吧。"他说。

林缊月居然真的呜咽起来。

…………

"你再不起来,我的手就要抽筋了。"

林缊月说:"再等一会儿。"

她已经埋在周拓怀里一刻钟了,平静下来后觉得有点丢脸。

周拓不理她,松手放开,胸前传来一阵寒意,衣服上也留下了一摊水渍。

林缊月脸颊上的泪痕早已干涸,眼睛红肿,神情有些不太自然。

"擦擦鼻涕。"周拓没见过她这样狼狈,觉得好笑,从口袋里掏出纸巾。

林缊月剜了他一眼,接过纸巾,恶狠狠地说:"你哭不流鼻涕?下次最好别让我逮到你。"

她把用完的纸巾丢给周拓:"我知道拼图在哪里了。"

但等她拉开书桌的第三个抽屉,里面干干净净,什么都没有。她不信邪,又拉开第二个、第一个抽屉,也都是空空如也。

这间房子被清理过。

她转头看周拓。

周拓耸肩:"你要感谢我替你保管,不然早就被人扔掉了。"

"谢谢你。"林缊月贴上去,"原来真的在你这儿,什么时候拿走的?"

周拓推开她:"不告诉你。"

"不告诉我就不告诉我。"林缊月对他又搂又抱,"怎么样才能还给我?我今天可以带你去见外婆哦。"

"看你表现。"

这几个字林缊月以前就对他用过,周拓这人果然记仇。

她把头埋进周拓的胸膛,脸颊不小心蹭到自己刚才留下的泪渍,心里有些痒。

"想要我怎么表现?"

"叫哥哥。"

林缊月有些咬牙切齿:"叫叫就算了,你还真想做我哥?"

周拓没说话,只是盯着林缊月,眼神里满是"不叫就不给你"的警告。

林缊月不堪其扰,愤愤地从喉咙里溢出两个同样的音节。

"没听清,再喊一遍。"

她又说了一遍,虽然音量稍小,但咬字清晰。

周拓还在装傻充愣:"什么?"

林缊月受不了了:"哥哥哥哥哥哥哥哥哥哥哥哥!"喊完她很不高兴,掐了他一下,"行了吧?"

"嗯。"周拓点头,"但还可以更大声点,今天就算了,下回再努把力。"

他把她下巴抬起来,盯着那双像小鹿般的眼睛。

"那现在,亲我。"

飘窗的白纱帘随风舞动,冬日和煦的阳光照进三楼的这间空房间,墙上的涂鸦和印记好像都活了起来。

两人互相依偎,交缠的剪影看起来像一场皮影戏。

林缊月搂着周拓的后颈,胸腔中有什么东西又复活了。

就今天,放纵交付真心。在这样熟悉的环境里,没有人会伤害她。

但周拓按住她蠢蠢欲动的脑袋:"行了,不是说要带我去见外婆?再不走,等下就要天黑了。"

4

　　林缊月又拉着周拓亲了一会儿，才从老房子出来，路过邻居家时，门把手动了。

　　"当年的事……你要照顾好自己……"金婆婆边和屋内的客人寒暄，边一同走了出来，正好看见林缊月，诧异道，"缊月？"

　　林缊月牵着周拓的手，笑道："金婆婆好。"

　　"回来看外婆呀？"

　　"是呀。"她点头，"您最近怎么样？"

　　"就那样呗，能活一天都是偷来的……"金婆婆这几年也苍老了很多，头发花白，背也佝偻了，摆摆手，"你说巧不巧？你妈也在这儿。"

　　金婆婆身子一偏，张婉清的脸就从她身后露了出来。

　　母女见面，谁都不跟谁讲话。气氛死寂，饶是迟钝如金婆婆也看出异样了："你们还在吵架呀？好了好了，母女之间哪还有隔夜仇的……"

　　"金婆婆，我先走了。"林缊月没看张婉清一眼，朝金婆婆点头告别，"到时空了再来拜访您。"

　　周拓和金婆婆还有张婉清打过照面，也跟着那个疾步的身影追了出去。

　　张婉清看上去有些愣神。

　　金婆婆叹气："你们这样……还是要聊聊的，母女不可能一辈子都不说话吧？秀华要是活着，肯定也不想看你们这样，有时候做家长的对小孩要先放下脸面……"

　　张婉清过了好一会儿才回过神，把金婆婆屋子里的白猫留下的浮毛从毛呢外套上捏下去。

　　"金姨你放心，我都知道的。"

　　林缊月在巷子前的老街上打到车，一直盯着地图看，那辆黑色轿车在拐角等红灯。

　　"林缊月。"周拓叫她没反应。

　　他又叫了一遍："林缊月。"

　　"嗯？"

　　"手松一点。"

　　林缊月显然对周拓的话感到迷茫，周拓把他们握在一起的手举了举："你再掐我，我手背就要破皮了。"

"噢。"林缊月这才意识过来,松开一点,"对不起。"

司机估计接单前不知道是坟山,到的时候被一排排黑色墓碑吓得有些发抖,加大马力,等两人下车后迅速开走了。

外婆的坟在北面最上边那一排。外婆和外公各葬一边,外公的遗照是孔武有力的壮年时期,而外婆的照片已是迟暮之年。

周拓为了让她能有独处的空间,在底下等着。

林缊月把鲜花放在外婆墓前,不知哪里来了一阵风,吹动着她发梢。

"外婆……不要怪我过了这么久才来看你。"她把头发撩到耳后,把这几年的经历全部浓缩成几句话,"我这几年还不错,赚了点钱,工作也可以,但还买不起房……你呢,你最近怎么样?在天上,"她伸出手指,指了指上边,"和外公,有没有都变成很亮的星星保佑我?

"你走前一定最担心我吧?我这次来就是想说,我现在过得很好,虽然很遗憾没见到你最后一面,但其实也没关系……你一直都在我梦里。

"不过能不能……不要再让我做噩梦了,我想你在我梦里好看点,不想再梦见你在病床上的样子了。"

…………

林缊月走下台阶时,周拓正举着手机接电话,她在一旁等他挂电话。

"发生什么事了吗?"林缊月突然想起他们今天都旷了工,周拓平日里忙得团团转,不知有没有耽误他工作。

"没事。"周拓收起手机,"是要带我去见外婆了吗?走吧。"

墓碑前。

林缊月先前在外婆的墓碑前放了束鲜花,照片中的外婆看上去慈祥极了。

周拓视线往右边看:"你外公也在这儿。"

林缊月点头:"他比我外婆早走。"

"你有点偏心。"

外婆墓前色彩鲜艳,但外公的空空如也。

林缊月解释:"买的时候只剩一束了。"

周拓弯下腰,捡起地上不知从哪儿飘来的纸屑,变戏法似的从背后掏出一束鲜花。

"不知道外公在这儿,我也只买了一束。外婆墓前有你的了,我的就放这里吧。"

他把鲜花摆在外公的照片前,两边看起来足够对称。

"你什么时候买的？"林缊月觉得神奇，她刚才分明没看见周拓手上有东西。

　　"借花献佛一下。"周拓被阳光包裹，整个人看上去暖洋洋的，"只许你偷偷献花，不许我也讨好下长辈？"

　　"不允许。"林缊月龇牙咧嘴，"他们的爱都是我的，不许你和我抢。"

　　"嗯。"周拓轻笑，"不和你抢，连我的爱也都是你的。"

　　哪里刮来阵妖风，林缊月被树林的"沙沙"声吵得有些耳鸣："你说什么？"

　　"没什么。"

　　"你撒谎。"林缊月分明听到些什么，阳光熨烫她的脸颊。

　　"看在鲜花的份上，我让他们也保佑你。"

　　周拓揽过她，在她柔软的发顶轻轻留下一个吻："不用分我，光保护你一个他们就够累的。"

　　林缊月心头颤动，整个人埋进他的大衣，原来再见外婆，也并没有她想的那么难。

　　口袋里的手机响动个不停，林缊月不堪其扰："周老板，你好忙。"

　　周拓说："还不是因为你绑架我。"

　　林缊月说："知道了，马上就放你回去工作。"

　　他们又在墓前站了一会儿，林缊月决定就这样打道回府。

　　照片上的张秀华注视两人离去的背影，越走越远，越来越小，到最后，身影融成圆点，消失不见。

　　又飘起一阵微风，两座墓前的鲜花簌簌闪动，远远看去，竟是一片安宁祥和。

183

Chapter 9
照片

恨也会消散

1

林缊月进周氏大门的时候正好遇上周佳文,她无视他路过,被他截下。
"林小姐,好久不见。怎么跳槽到我们周氏来了?"
"副总,你应该不管事吧?"
林缊月抬脚打算要走,周佳文又拦住她:"哎,别着急呀。"
"干什么?"林缊月回头询问。
周佳文虽然五官和周拓有六分像,但败在笑起来绽开的眼角,一看就没安什么好心。
"今晚肯赏脸一起吃个饭吗?"
"没空。"
遇见个"疯子",好不容易脱身而去,林缊月心情萎靡,趁午休去茶水间煮咖啡,隔着层玻璃,正巧看见有群人从会议室散出。
她抱臂等着,不一会儿,果然看见人群中那个被众人簇拥的身影,正低头和秘书说着什么。
条纹西装马甲贴合腰际,袖口挽到手肘处,随意露出具有力量感的手臂,衬衫领口处的暗色斜纹领结却打得有点歪斜。
林缊月心情好了一些,勾起嘴角欣赏他胸前那枚蹩脚的温莎结。
那人察觉视线,投来目光。林缊月脸上发烫,又装作无事般地转过身去。
那时她在床上赖着不起,周拓对着镜子套好衣服,戴上手表,正拉开抽屉拿出领带。她突然不困了,下了床踮脚走到他旁边看他。

两人在镜子前，林缊月白玉般的肌肤从粉色真丝睡裙中裸露出来，上面布满红痕，周拓却西装革履。

他也任由她这样盯着，穿过领结，收紧，又扣上马甲扣子，转头把她的吊带扯上去一点："当心感冒。"

"昨晚怎么没听你这么说？"

周拓自顾自整理衣领，听见她继续控诉："你还在我身上留了这么多痕迹，我今天怎么办？"

什么怎么办，穿上衣服就能盖住了。周拓懒得理她，林缊月拉过他的领带，像得不到关注的小孩寻求注意，周拓没设防，跟跄着被她拉下身子。

两人面对着面，额头差点撞到一起。

周拓无奈："林缊月。"

她倒是笑得很开怀，手顺着领带滑上去："哎，你这个打得不对，我给你系个英式的温莎结。"

她把周拓系得平整漂亮的领结拆开，从左边绕到上面穿下来，再绕一圈，有时还停顿想一想，退回上一步，重新绕好。

意料之中的一个丑结。

周拓说："这就是你在英国生活六年，学会的正宗温莎结？"

"对呀。"林缊月"嘿嘿"笑，"我看他们就是这么系的，不懂吧？我在英国待得比你久，这你就要听我的了。"

…………

茶水间里，林缊月暗自欣赏着今早的"丰功伟绩"，倒好咖啡，转过身。周拓还没走，隔着那层薄透玻璃，两人的视线在咖啡香气中交汇一瞬。

过了一会儿，门被推开，熟悉的安神香味传来。

"来下我办公室。"

"什么事？"

"签好字的文件不要了吗？"

林缊月把牛奶盖子拧回去："其实你给张秘书也是一样的。"

真记仇。

周拓看她打开冰箱，把牛奶放回去："也可以，但张秘书被派去出差了，你最少得等一个礼拜。我听说，你急用那份场地许可？"

于是林缊月还是跟他上到顶层，午休时间还有十分钟就结束了。

"周总，我的时间很宝贵哦，请快点给我。"

她伸手抓住他的领带,那个领结实在有些过于蹩脚,刚刚还可以欣赏,看久了有点忍受不了。这回周拓没让她拉下去,倒顺着她的靠近捞住她后腰,往前一带。

他们之间呼吸可闻。

林缊月评价:"职场性骚扰。"

"嗯。"周拓低头看她,"等下就把投诉邮箱给你。"

"打得这么丑,没人提醒你拆了重系吗?"

林缊月解掉领结,有些嫌弃。周拓像是想到什么,突然轻笑:"他们不敢。"

林缊月在通勤路上搜过教程,看了几遍视频,但眼睛会了手还没学会,到第三个步骤就不对劲了,丑结逐渐显形,她终于甩手放弃。

"不打了,你自己来吧。"

周拓刚要松掉,她突然又捏回领带,狠狠一扯,周拓这回被拉得又弯腰又低头,脑袋就凑在她眼前。

她对着他的薄唇轻啄一下,松手时眼里尽是做了坏事的笑意。

"嘿嘿,我又反悔了。"

原来欺负周拓这么好玩。

林缊月亲完就跑,但周拓放在她腰上的手根本还没松开,所以她只是回缩了下,又被拉回来。

周拓扣住她的后脑勺回亲,等到她的呼吸变急促,才放手。

两人相视喘气,林缊月问他:"你今晚几点回来?"

"七点。"

"好。"林缊月点头,"我在家等你。"

"什么事?"

"请你吃饭。"

林缊月悄悄踮脚后退,拿走那份文件。

周拓盯着她小碎步后退,靠近门框,然后一个转身,开门就逃。

"拜拜哥哥,一定要准时回家哦。"

她的音量极低,但就算这样,周拓也听见了。

望着那仓皇离去的身影,他轻笑出声,转身去整理衣领。

晚上,回了家,刚打开门就闻到一股奇怪的味道,周拓嗅着进了厨房。

林缊月在那儿忙前忙后，案板上的食物这儿一摊那儿一摊，看起来简直一塌糊涂。

　　"锅里的东西是不是要煳了？"

　　抽油烟机太吵，林缊月专心对着手机上的菜谱研究下个步骤，被这突兀的声音吓了一跳，转身抢救锅里的鸡翅，捞出来的时候已经煳底了，那口锅看上去也得丢掉。

　　她难得心血来潮下厨一次，没想到差点烧掉厨房。

　　"家里还有……多余的锅吗？"

　　"别做了。"周拓把锅放到水槽里，蓄上水，"我们出去吃。"

　　于是，两人就近去了家粤餐厅。

　　"老火靓汤。"林缊月指着菜单说，"我刚刚本来是想做这个的。"

　　"你不是平时不开火吗？"周拓问，"怎么突然想自己动手了？"

　　"上回吃过你的饭，礼尚往来，我也想请你吃一顿，谁知道我的厨艺这么不精。"

　　"没关系。"虽然厨房里一团糟，但看着她脸上那团可疑的红晕，周拓心情倒是很好，扬了扬下巴，"你请我吃这个也是一样的。"

　　用过晚饭，他们就这样一路慢悠悠地散步回去。红砖墙边的梧桐大道，有对爷爷、奶奶牵手漫步在他们前面。

　　林缊月心下一动，找到身旁那个热源，手刚触到，心灵感应般，就被温热的掌心握住了。

　　她偏头，周拓脸上是实打实的泰然自若，她又默默转回，握紧了他粗糙的大手。

　　周拓却突然笑了："牵个手而已，你这样做贼心虚做什么？"

　　"就你最光明磊落。"

　　她压下乱晃的心跳，此消彼长，心跳下去，嘴角却扬起来了。

　　他们缓缓走在后面，肆无忌惮地晃着手，始终都没有超过那对步调迟缓的爷爷、奶奶。

　　漫长的冬天初始，他们就这样，一步一步地回到了家。

2

　　时间还早，周拓在书房干他的事情。林缊月有些困了，勉强撑起精神玩了一会儿手机，见他还没出来，左顾右盼了好一会儿，才敲门进去。

周拓问她:"什么事?"

"我能不能最近都和你睡?"

"又做噩梦了?"

"对。"林缊月咳嗽几声,故意说得夸张,"天天晚上做噩梦,不是梦到房子着火,就是梦见我被追杀。再说,天冷了,两个人一起睡,怎么说都会暖和一些吧……"

周拓听罢点头:"那好,你来吧。"

他本来也邀请她留宿了很多次,是她每次都逃窜回去的。

没想到周拓二话不说就答应了,林缊月欣喜地点头:"那我先回去睡觉了,等下你上床的时候记得不要吵醒我。"

"好。"周拓看着手中的文件。

"也不要压到我的头发。"

"好。"

林缊月心满意足地哼着小曲就回房间洗漱去了。自从圣诞后,她一直鸠占鹊巢地睡在周拓房间,这几天她真的没再做过噩梦了。

周拓身上的木香,真的十分安神。

深夜,忙完手里的事情,周拓推开半敞的房门,床上的那个身影已经沉沉睡去了,她听见声响,嫌吵般翻了个身。

床是很大,但不知为什么林缊月总是习惯睡在边边角角的位置,加上她睡姿又不太好,这一转身,差点掉到地上去。

周拓眼疾手快地捞住她,屏着气送到床中央,又确认那人依旧熟睡,才去卫生间洗漱。

真不知道这些年她一个人是怎么过来的。

第二天早上,周拓起床,床边已经空了。

他走下楼,桌上摆着几个切好的三明治、贝果、煎鸡蛋和培根,视线左移,是得意扬扬的林缊月,她就差在脸上写着"快夸我"三个字了。

而视线右移,是一脸欲言又止的家政阿姨。

周拓扬起嘴角,拉开椅子坐下:"最近你挖掘了对做饭的热爱?"

"那倒不是。"林缊月也坐下,拿起三明治咬了口,"怀旧了,想尝尝自己以前的厨艺。"

"哦。"周拓也拿起三明治吃了一口,在她期待的目光下,咳嗽一声,

"还不错。"

热爱倒还称不上，但上回的失败经验让林缊月十分受挫。

平日里她就爱争强好胜，这下在厨艺上落了下风，她自然也是不服。

好在她天生聪颖，愿意花心思的话事情总不会做得太差，于是周拓就这样连续吃了一周她做的饭。

就连中午林缊月都为他准备了铁盒便当，一打开，依旧是她新学的老三样：糖醋排骨、可乐鸡翅、清蒸西蓝花。

周拓晚上回家，就自觉承担了洗碗的职责。最近家里洗碗机坏了，每天用过的锅碗瓢盆，他得洗上半个小时。

不仅如此，林缊月还爱上了逛超市。

这天她约周拓做苦力，开车到五千米外的大型超市去。出门前她忘带外套，他们又折回去拿衣服，她在车上动作笨拙地套好外套。

等车开到了超市，地下停车场里。

"走吧。"林缊月拿着环保袋，把购物清单塞进口袋。

"等等。"

周拓拉住她，把她散开的外套对齐并拢，找准拉链缺口，"刺啦"一下拉到顶，再把兜帽翻上来盖住她的脑袋。

视线被阻挡，她整个人被宽厚的棉服包围，脸都藏进帽子里。

林缊月记得外婆以前也喜欢这么干。冬天她总是不好好拉拉链，在外面玩的时候散着个外套，露出里面并不是很能抗风的毛衣。

要去走亲戚时，外婆就会抓住她，念叨着给她拉好拉链，如果晚上刮风，还会帮她戴上帽子，才让她跟着张婉清离去。

林缊月僵硬地把口袋里的购物清单捏得紧紧的，小小的脸从帽子里露出半张，看不清神色。

周拓以为她有些疑惑，解释道："这个停车场不直达超市，上去还要走一段路。"

"哦。"

"大帽子"点点头，贴着他挪动了。

昨天还没这么冷，H市好像一夜间入了冬，林缊月被风吹得直吸鼻子，但裹在棉服里的身体暖暖的。

好不容易走进超市，热风扑面而来，他们同推一辆购物车，闹哄哄的人群里，他们就像一对再正常不过的小情侣。

林缊月对照清单把车推到生鲜区,站在冰柜附近挑排骨,正拿不定主意,一只胳膊从她身后伸出。

"这个好。"周拓拿起来递给她。

林缊月接过,假装赞同,状似不经意地问:"最开始没人教你,你怎么学的做饭?"

"看多了就会了。"周拓说,"这不难的。"

但林缊月想,他做得这么熟练,李敏和周放山从小没教过他这些,什么肉好,什么瓜果品质佳,以前对他来说全是茶几上煮好剥皮切块的现成品。她开始学做饭时都尚且分不清这些,周拓那时的困惑比起她应该有过之而无不及吧?

她随意地走到离周拓两米远的冰柜前,旁边的阿姨给她指了指:"小姑娘,这块肉好,新鲜,叫你男朋友别挑了,这是我刚刚才切下来的……"

"他不是……"

"谢谢阿姨。"旁边有只手伸出来替她接过盒子,放进购物车。

周拓不知什么时候走过来了。

"不是男女朋友?"阿姨八卦之心熊熊燃烧,"小伙子你在追她啊,你们还蛮般配的啊。要好好对人家,知不知道?"

"我会的。"周拓对阿姨点头道谢。

"占我便宜。"林缊月小声嘟囔。

"毕竟合约情侣,"周拓提议,伸出手臂示意她挽着,"多练练没坏处,以防以后穿帮。"

林缊月轻轻"喊"了一声,还是配合地挽上了手。

他们又买了冬瓜、青菜、鸡翅,还补了点葱姜蒜和一车的零食,结完账就准备回家了。

到家后,林缊月刚准备下厨,周拓拦住她。

"干什么?"

"今天我来吧。

周拓把袖口折上三折,手刚洗净,他赶走林缊月:"你自己去玩玩,到客厅转转什么的。"

林缊月今天想要大展宏图的凌云壮志半途就歇菜了,她被赶出厨房,有些不爽,坐在客厅打开电视,随便挑了个综艺看,不一会儿就投入进去,转头便忘了这事。

等周拓做好出来叫她的时候,看见她正坐在沙发上看电视,脸上还挂着傻傻的笑容,不由得嘴角也跟着上扬。

"过来吃饭。"

林缊月点头,视线还黏在电视上,又过了一会儿,才磨磨蹭蹭地到餐桌边。

周拓的手艺还是高出一筹,林缊月边吃边评价。

周拓夹了青菜到碗里,一副欲言又止的样子。

"你能不能……别继续做饭了。"

"嫌我做得不好吃啊?"

"不是。"周拓皱眉,"你不如每天多睡一会儿。你上完一整天班,还要做三餐,我担心你太累了。"

"哦。"林缊月点头说,"好啊。"

其实她早就撑不下去了,但誓言已经立下,不做出点成果,她不好意思半途而废。好在周拓这样说,她就可以顺着台阶心安理得地下了。

过了一会儿,林缊月又挑眉笑道:"担心我啦,哥哥?"她在底下偷偷勾他的脚。

"别胡闹。"周拓僵硬地制止她。

饭后,两人看了一会儿电视,是那种搞笑综艺。周拓不赞成她的品位,看了一会儿就起身走了,剩林缊月一人乐呵呵地对着电视傻笑。

周拓回书房继续工作,楼下的电视还在播放,笑声一跳一跳地压着他的神经。

不知过了多久,他才惊觉底下的电视已经被关了。

"咔嚓"一声,门被打开了。

林缊月没敲门就进来了,她不知什么时候已经换了身衣服,后头扎着马尾,露出流畅纤细的肩颈线条。

周拓不确定自己是否看错,定睛一看,发现准确无误:"你……"

"嘿嘿,忆苦思甜一下。"

她其实这几年没太多变化,婴儿肥消下去一些,不化妆的模样几乎和以前一模一样。

周拓盯了一会儿,突然勾起嘴角,双手交叉抱臂,靠在椅背欣赏她。

"你以前住我家,很苦?"

"你家是不苦,是我比较命苦。"

林缊月开了个玩笑,但周拓没有理她。

"你从哪儿弄来的校服?"

"喜欢吗?"她掸了掸百褶裙,踮脚转了圈,一双腿笔直又匀称,"我在外婆家发现的,应该是以前落在那儿的。"

市北高中的夏季校服是那时她的最爱,白衬衫短袖、暗红格纹的短裙,有段时间还在网上火过。她舍不得这套校服放在衣柜里发霉,就装进包里带了回来。

"过来。"周拓对她勾手,眼神闪烁,"你穿这个想做什么?"

"我吗?我……"林缊月凑近周拓,从侧边拿了一本书,翻开一看发现居然是法律书籍,"学习。"

"你穿校服是为了看书?"

贴上的温热手掌熨烫了她的肌肤,林缊月咽了咽口水,说:"对,不可以吗?"

"哦。"周拓把自己的钢笔塞在她的手里,又起身把座位让给她,"学给我看。"

真学习啊?林缊月硬着头皮佯装看书,圈圈画画,还捏笔在空白处写了一个"解"字。

周拓搬了凳子坐在旁边盯着,好像还真有几分过去的样子。

林缊月那时最讨厌做数学作业,偏偏周拓理科最好,她总是想方设法让他帮忙写作业,他大部分时间都不肯,硬是问她哪里不会,他可以教她。

周拓虽是个优秀的解题者,讲起题却不尽如人意,很多简单的知识点他都默认林缊月知道,老是跳过步骤就直接得出结论。

每次林缊月都听得一愣一愣的,假装自己会了。周拓就把草稿纸收掉,要她在他眼皮底下重做一遍,她就咬着铅笔写下"解"字,写来写去,不知所云,最后抬头看他。

林缊月这点倒还没变,一要学习,她就下意识地在空白处写下一个"解"字。

片刻,周拓终是忍不住,将椅子拉开,把她抱起来放在桌上,倾身吻去。

…………

他们把一尘不染的书房糟蹋得不成样子,林缊月洗完澡,周拓还在整理地上散落的文件。

她靠在一边看了一会儿,正想打趣点什么,突然想起自己也有份银行文件今天寄来,拜托了阿姨帮忙签收。

她转身下楼，在客厅的茶几上找到那份快递，拿起来时发现底下掉了一封信，写着她的名字，但没贴邮票，也没敲章，看上去十分可疑。

她把快递放到一边，撕开信封封条。

刚开始她还可以抱着欣赏的眼光翻看，到最后居然感觉脊背有些发凉。

信里面都是些她和周拓的照片，角度刁钻，但足以看清脸。

有"岩极"开展时二人在古树下同吃巧克力的照片，还有那天他们在游艇的栏杆处接吻的照片，连最近一同从车里出来，进出别墅的身影也被抓拍了。

一张一张，全是被偷拍的他们两人，翻到最后，甚至连张婉清的私人照也混进来了。

林缊月把照片藏进袖口，关掉客厅的灯，踏上台阶。

周拓站在楼梯终点，他们对视片刻，林缊月感到发冷，但还是继续上楼。

周拓问她："不是要睡了吗？怎么又下楼了？"

"今天有份银行的快递来了，我去检查了下。"

周拓"哦"了一声，又低头看她："出了这么多汗？"

林缊月被惊得藏信封的手一松，差点掉到地上。

"那还不都怪你。"她嗔责地剜了周拓一眼，"我浑身上下软绵绵的，想先去睡觉了。"

"嗯，是我不好。"周拓帮她把头发理到背后去，拉她进房，"你今天早点睡。"

林缊月挣脱开："你还要洗澡，吵死了，我先回自己的房间放点东西。"

"那好吧。"周拓无奈地看她，搂着她亲了一口，"晚安。"

"晚安。"林缊月迟钝地转身，"等下见。"

回到房间，她把信封放在桌面。

张婉清今早发消息要见她一面，她因为太忙还没回复。

想了想，她拿起手机给张婉清发消息：你什么时候有空？我正好也有事要找你。

3

张婉清捏着杯柄，十个手指头涂满鲜红的甲油，目光停在林缊月身上，像在一张试卷上挑错。

"午饭吃了吗？脸色这么差。"

林缊月没有理会她的嘘寒问暖："找我什么事？"

张婉清那绸缎般的头发垂在胸前晃动，她拨到后面，端着咖啡杯在嘴边抿了口。

"你把我家的门锁都撬了，还问我找你什么事？"张婉清说，"下次来和我打个招呼，没必要叫人来开锁。"

水缸底的钥匙不翼而飞，原来是张婉清住回外婆家了。

"不必担心，你在那儿，我肯定不会再回去了。"

"随你。"张婉清皱眉，"你和周拓，你们怎么回事？"

"就是你看到的那样。"

咖啡杯搁在瓷盘上，发出清脆的一声。

"你想翻天了！"她的惺惺作态终于在此刻原形毕露，"嫌那年吃的苦头不够，还要重蹈覆辙是不是？"

"也不看看是谁害我这样的，要不是你瞒了我这么多事，我会答应李敏离开？"

张婉清不作声了，她知道自己确实理亏。

"怎么？"林缊月忍不住冷嘲热讽，"现在过上你想要的生活了吗？"

张婉清默默把歪斜的咖啡杯摆正，端起来喝了口，沉默了好半晌："我们已经不联系了。"

"我不想知道。"

"你和周拓在一起，是为了报复我吗？"

"妈，你高看自己了。"林缊月笑了，"我还不至于为了报复你，才和他搭上关系。"

"难不成你还喜欢他？"

"那说不准了。"林缊月从包里掏出信封，"你都能和他爸在一起这么多年，我为什么不能喜欢他？"

林缊月把照片侧过来摆在台面上，是一个能让二人都看清的角度。

最上面那张照片里的男女面对面站着，脸几乎贴在一起，氛围暧昧，但像素模糊，看不清脸。

"既然我喊你声妈，照片送到我这里，我觉得还是应该给你也看下。"

林缊月翻过，第二张照片比较清晰，看样子应该是另一个半球的海岛。天朗气清，窗帘卷起，露出别墅朝海的落地窗，还是张婉清和周放山，两人在开放式厨房做菜，你来我往，氛围温馨。

翻下去,是两人深夜前往酒店。那是最好的五星级酒店,林缊月只在网上看过别人介绍,张婉清和周放山二人挽手一同进了门。

接下来是他们在总统套房拥吻的侧脸,窗帘漏了个角,被快门迅速捕捉。

"想做什么?"张婉清按住相纸,"翻了天了,哪里来的照片?"

林缊月把她的手生硬地挪开,继续翻下去,一共十二张照片,全是她和那个男人。

"你对我,不用骗。"林缊月叩击桌面,一下又一下,"不管你们分没分……能不能不要连累我?"

"究竟是谁给你的?"

"不知道。"林缊月把信封也推给她,"妈,你和他在一起多久了……六年,还是比六年更久点?当年是不是因为你和他的关系,我才得以住进周家?"

这十二张照片张婉清半天都没看完,鲜红的甲盖停在照片边缘,显得尤为晃眼。

"那年你和他在办公室,我其实什么都看见了。"林缊月移开视线,"你害死了外婆,还要和他在一起,我不知道这个人究竟好在哪里。"

"你瞎讲什么!"张婉清脸上完美的面具终于裂出缝隙,她把照片丢在桌上,痛苦慢慢爬上她的眼梢,"她是我妈妈,我怎么可能……"

"难道不是?"林缊月不明白自己说错了什么,一字一顿,"那年要不是你在偷情,外婆怎么会错过最佳抢救时间?你有资格来过问我的事吗?我和周拓确实不合适,但为什么不合适,你心里不清楚吗?"

龙生龙凤生凤,老鼠的孩子会打洞。

"你和周放山,我就和周拓,从这个角度上来说,我们还真的是母女,基因这种东西……"

"啪!"

林缊月的脸被打偏过去。

天色渐晚,路灯还没亮起,林缊月顺着蜿蜒向上的小路慢慢走上去,挑了个板凳坐下。山坡的夜景隐没在灰蒙蒙的蓝色里,多年前的恨意千回百转地重新回到她的胸腔。

外婆去世三个月后,林缊月才知道这件事。

她不信,张婉清就直接领她去了外婆的坟头;她不看,张婉清就逼她睁眼。张婉清的声音飘在风中，有股冷意："是真的走了，不是我骗你。"

好像一场噩梦。

然后噩梦突然醒了，她才开始恨，浓烈又连绵的恨意像涨潮的海水，一浪比一浪凶猛，盖住最底下亲人离世的悲痛。

圣诞节后的那个清早，父亲托林缊月帮忙送文件到周氏。

空荡荡的三十五层，周放山不见踪影，林缊月推了好几扇门，听见窸窸窣窣的声音从走廊尽头的休息室里传出来。

"哎呀，做什么？我等下还要回去……"

女声调笑，情意绵绵。

林缊月僵硬地走到那扇门前，透过缝隙看见两个相拥的身影。

林润刚口中爱助人为乐的富商，帮助他们一家渡过难关的大善人周叔叔——原来是妈妈的出轨对象。

更要命的是，后来林缊月才知道，那天上午，外婆其实就躺在急救室的病床上等待抢救。

但林缊月连外婆生重病都不知道，所以她去送文件了。

知情的张婉清本应该在病床前看护，但她不在。

她在三十五层和人偷情。

很长一段时间里，林缊月并不悲伤，七情六欲全部坍缩成"恨"这一个字，直愣愣冲向张婉清和周家的每一个人。

但周拓又不一样，林缊月当年自己都说不清对他到底是何种感受，索性就先放到一边。

谁知道放着放着，她就忘掉了。

真的是忘得一干二净。

大脑拥有很厉害的保护机制，那些承受不了的伤痛，它能自动"唰"一下就给她抹除，心理学说这是分离性遗忘。

但就算如此，即便人体拥有再多的保护机制，也没能让她忘掉那个早晨和外婆去世的事。

大概是太痛了，身体反倒要让她记着。而那些澄澈的、五彩斑斓的回忆，被轻而易举地忘掉了。

破产、转学，又寄人篱下，这场骗局附带了一场风花雪月。但也可能是那份朦胧的情感过于美好，剥去肮脏的外壳，里面居然真的结了漂亮的果实。

但果实越漂亮，越显得可笑。

大脑估计是这样想的，所以删除的时候没有丝毫留恋，好让恨也恨得更加纯粹一点。

可恨也会消散。

她先是恨周放山，恨张婉清，恨林润刚和周拓……到头来，她却只恨自己。

最后她连自己也不恨了，只空留遗憾。

就是这样。

遗憾，长长久久的遗憾。薛定谔的盒子里面那只忽在忽没的猫，强行打开，就会发现里面空白一片。

不是什么都没有的空白，是一整个图层都消失的虚无。

手机振得她心慌，林缊月掏出想要挂断，看见来电显示，愣了一会儿，僵硬地接起放在耳边。

有人问她："你在哪儿？"

耳鸣终于得以消除，清朗的嗓音及时将她拉回现实世界。

于是小型犬的低声咆哮、遛狗夫妇的呵斥、大爷大妈锻炼身体的喘息，还有偷偷幽会的情侣呢喃，通通窜回了她耳朵里。

周拓隔着电话，声音里是丝丝缕缕的温柔："我这边快结束了，你还在市中心吗？等下我接你回家。"

说来也怪，积攒了这么久，千回百转重新找上门来的恨意，在接到周拓的电话后，像休眠多时又回归喷发边缘的火山口，亮了又暗，暗了又亮，突然就熄灭了。

"好啊。"林缊月轻轻应道，"我在老城的公园里，你来接我吧。"

周拓和林缊月坐在公园山坡边的座椅上，从这儿望下去，老城区的夜景飘着点点滴滴的星光。

"哎。"沉默好一阵，林缊月才说，"当年我不告而别，你是怎么想的？"

"为什么突然这么问？"周拓把脸转过去看她。天色已经黑了，她眼底倒映着路灯的光晕。

"没有啊。"她垂眸，"我就是好奇，你要是不想说也没关系，我……"

"我又不是不告诉你。"他的侧脸隐没在阴影中，想了一会儿，那年的画面逐一从脑海里复苏。

林缊月前一天还在正常和他一块儿上学，第二天人就消失了。她房间里的书本还摆在书架上，碎花被单平整铺着，以至于他还以为林缊月只是回了趟老家，又或是贪玩出去旅游。

直到一个礼拜后，管家带家里的阿姨把她的东西都清空出去，他才知道她是真的走了。

大家都说她心怀不轨，和她的家人一样，贪心又贪财。

周拓听了半年，也就不动声色地厌恶了她半年。

他为她甚至去了英国，至少她看上去过得不错，这应该就是她曾说过的想要追求的那种生活。

幻想破灭，回来后他连厌恶也没有了，听到林缊月的名字，只剩漠然。

就这样过了六年，直到她又出现在他面前，那点早已被验证过的、可笑又错误的直觉，居然又开始蠢蠢欲动。

周拓想到这里，有些自鄙。

"老实说，我有点恨你。"

黑漆漆的小山坡上，冷风刮到脸上，林缊月下意识地缩了缩脖子。

"你恨我。"算是意料之中的回答，林缊月的声音很轻、很小。

"对。"周拓点头，"你想听实话，这就是实话。我当时确实有点恨你。"

"没关系。"林缊月微微侧了侧头，"我那个时候也不喜欢你。"

周拓以为自己会更自鄙，但好像并没有："那正好，我们负负得正了。"

他把林缊月漏风的领口拢紧，她看上去有点冷。

"我今天炖了乌鸡，走吧，回家喝汤。"

"怎么不早说？"

"你又没问。"

"你趁机报复。"

"再不跟上，你就自己走回家去。"

周拓起身绕过她，加快脚步，三两下就把人甩在后面。

林缊月起身去追。

"哎，你这人真过分，等等我。"

远远望去，他们的背影在万千灯火中显得尤为渺小。

两人你追我赶，顺着小路下了山坡，再快速钻进车里。片刻后，车子就隐没进街道。

车水马龙的城市夜景，看上去和刚才并无区别。

4

周氏的酒厂项目有条不紊地进行着,秦烨开完会回来,观察林缊月的神态,自觉奇怪。

"你是不是好事将近?"

"哪里来的好事?"想到那些被偷拍的照片,林缊月苦哈哈的,"我能苟活来上班,就已经不错了。"

可秦烨从没见过林缊月上班这么积极,她以前经常因为没按时打卡,一个月有三十天,能扣二十天的钱。

"你有点奇怪。"他观察了半天,也只说出这五个字。

上班积极,这还要归功于周拓。

林缊月每天早上都搭周拓的便车,人一旦开始习惯,即使他有别的事,她也有样学样地让司机送她。

他们的策划在月底就要进行拍摄了,大伙都紧锣密鼓地联系对接的影视公司。

"哎。"林缊月凑近秦烨,"我今年的假期加起来,一共有多少天?"

年底将近,秦烨就知道林缊月要开始问他假期了,她在本部是出了名的"卷",雷打不动地上班一整年,假期都攒到年底一并用掉。

"大概半个月吧,怎么了?"秦烨脱口而出就感到后悔,"在这个节骨眼上,你不会要跟我请假……"

"我哪会这样?"林缊月怪秦烨以小人之心度君子之腹,"项目不是年底前就能结束吗?我要给自己来场身心放松的海岛之旅。"

"还海岛之旅呢。"秦烨取笑她,"你先看看我们的葡萄园之旅吧。"

其实海岛之旅林缊月早就已经紧锣密鼓地偷偷计划着了。

"我要住这个!"林缊月提议,"深山老林的木屋哎!"

"能不能换一个?"周拓无奈,"住这个的话连吃饭都要自己去打猎。"

"而且……"他在地图上放大给林缊月看,"这里不能看见海,这和你想去的地方是两个城市。"

那间地处深山老林还可以泡温泉、骑马的农场木屋着实令人心动,但林缊月更想去日照时间充足的阳光沙滩,遂狠下心来放弃了。

按照最理想的方案,他们会一路沿着南半球的黄金海岸游玩。

"那租房车好了。"周拓提议。

"房车吗？"林缊月质疑，"谁来开？"

她虽然有国际驾照，但那么大一辆车，不见得容易上路。

"这有什么难的？"周拓说，"到时候我开。"

林缊月将信将疑地和周拓找了好多房车租赁广告，按照车型和内饰选了很久，终于定下一辆。

他们又敲定好具体时间、具体城市，讨论在哪些地方玩久点，有些地方看上去好像不值得花太长的时间。

她对这来之不易的假期视若珍宝，恨不得每一分每一秒都完美利用上。

酒厂宣传片的拍摄日期就在下周一，林缊月和同事跟影视公司最后核对完方案，审过他们那边的制片表，静候着周一的到来。

好在"西林"只是代替周氏做个监工，拍摄日早上五点，天还没亮，他们就动身前往郊区葡萄酒厂。

制片姐姐贴心地给每个人都准备了早饭，好在开工早，影视公司效率又不错，这天收工不算晚，只不过剧组里的人都累得不成样子了。

林缊月回到家就瘫倒在房间。周拓有洁癖，她累得没力气洗澡，知道周拓一定会想方设法地让自己起来去洗，自觉麻溜地滚回她的房里暂睡了一个晚上。

第二天早上起来，她才发现没调闹钟，周拓有事自己先走了，在热气腾腾的早饭前留了便条，让她一定要吃早餐，司机在这儿随时待命，他帮她请了半天假，不用担心迟到。

林缊月拿起烤吐司，还是热的。她抹上花生酱，又敲了个鸡蛋，慢悠悠地吃完了早餐，又从头到脚地清洗了一番后，才到了公司。

秦烨看她请了半天假，关切地问她："还好吧？"

"可把我累坏了。"林缊月说，"我们是死亡赶进度。"

秦烨点头赞同："要是在英国，这个应该要拍上三天。"

项目进入收尾，林缊月的假期也马上就要来临，她提前进入迎接南半球夏日的欣喜心情之中。

下了班，她匆匆赶回家。周拓还没回来，但阿姨已经做好饭了，她给他发消息，也没见他回复。

她只能自己先吃了饭，过几天要去递签，这段时间事务繁忙，还有大批文件没来得及打印，她推门进到书房，在电脑里找到重要文件，按下打印。

油墨味散出，打印机"吱嘎吱嘎"地吐着纸，林缊月等得不耐烦，手上不老实地在桌上胡乱翻着周拓叠得老高的一堆书,全是跟法律相关的。

她拿起一本翻看,应该是司法考试的教材,法条密密麻麻,她没了兴趣,要塞回去,看到不经意露出来的白色的厚厚一角。

她的心脏猛跳,那是信的一角。

很像她收到的信,装着那不可见人的秘密的那封信。

酒店里,流光溢彩的晚宴,宴会上宾客欢声笑语。

顶层的总统套房,周佳文打开门,看见立在门前的是周拓,并不感到诧异。

"终于把你等来了,哥,考虑得怎么样了?"

"照片原件呢?"

"在我的硬盘里。"周佳文笑了,"你不用担心我发给媒体,这些是我专门用来对付你的。"

半个月前,周佳文给周拓往公司寄了一封信,周拓从秘书手里拿来,撕开一看,全是密密麻麻的偷拍照,有他和林缊月的,也不乏周放山的私生活照。

"让渡你手里股权的十分之一。"周佳文打电话来谈判,"我就把这些照片送你做礼物,怎么样?"

"不知道你在拿这些东西吓唬谁。"周拓举着手机,不以为然,"这些照片发出去也没人看。"

"是。"周佳文赞同,"对你,对周放山,甚至对周氏都起不了一点作用。但你有没有想过,那位藏在别墅的林小姐,知道了会怎么样?"

"你给她看过了?"周拓刚要挂电话的手顿住了。

"暂时没有,但以后会不会,就要看你的诚意了。"

…………

总统套房里,周佳文捏着硬盘给周拓展示:"这里面就是你和你爸的……"

"砰!"

周佳文硬生生挨了他一拳,踉跄地后退几步。

"哥,你这样就不太好了。"周佳文擦掉血,看见周拓的拳头捏得泛白,"我们开诚布公……"

周拓揪着周佳文的衣领,又抬手给了他一拳。

"你疯了?"

周佳文白白受了两拳,不明所以,也跟着火起来,躲过进攻,欲把周拓翻到地上。没想到周拓练过几年巴西柔术，敏捷地锁住了他的咽喉，他一时间一点声音也发不出，拿手直拍周拓的胳膊。周拓又紧了紧，才松开。

周佳文满脸通红地捂着喉咙咳嗽："谈不拢就谈不拢……你来我这儿闹事算怎么回事？"

周拓喘也不喘一下，蹲下来问伏在地上的周佳文："你什么时候给她看的？"

周佳文愣了："什么？"

"别装了。"周拓眼神直直地看着他，"那些照片，还要我再展开讲吗？"

"我说你今天怎么这样动怒，原来是因为这件事。"周佳文笑了，爽快地承认，"对，我就是给她看过了，怎么样？"

周拓的拳头又攥紧了，周佳文讥讽道："怎么，还想再给我一拳吗？"

不仅周佳文破相，周拓的拳头也擦出了血，他松了松手，突然笑了："好玩吗，周佳文？"

"竟然用这种卑鄙的手段。"他低头俯视周佳文，"你觉得你赢了，是吗？"

"赢不赢的我不知道，但看到你恼羞成怒，我当然心情不错。"周佳文恨恨地把血擦掉，"我不仅给她看过，也同样给周放山发了。你这下可是惨咯。"

他做了二手准备，等周放山看到这些照片，绝不会任由周拓谈恋爱。周放山一动怒，他就是鹬蚌相争，渔翁得利了。

毕竟，家大业大的周家，一共也就只有两个继承人。

Chapter 10
离开

要么做恋人，要么就是陌生人

1

林缊月回到自己房里，把她的书桌都翻烂了，也没找到自己半个月前藏的那封匿名信件去了哪里。

于是她又回到书房，那角信封变得越发刺眼。

她盯着那个露出的小三角，像被定住，过了一会儿才去推书堆，沿边拉出尖角。信封上的收件人写着"林缊月"三个字，连她那时撕开的缺口都原封不动。

也不用打开信封看了，她知道这里面是什么东西。

"我们聊聊。"

林缊月被门口的声音吓了一跳，手里的照片全部抖落出去，散在书桌上，有些晃眼。

不知道周拓什么时候回来的，立在阴影里。林缊月站在桌前，下意识地把信推到一边："书房给你用，我回房间。"

她端着电脑就要走，眼睛垂下，路过周拓时，下意识地缩手。

"我们聊聊，没听见吗？"周拓拉住她，她没挣开，"本来我也打算找机会和你说的。"

"没什么好聊的。"林缊月扭动手腕，"这是我的信，你从哪儿找出来的？凭什么你可以随意翻我的房间？"

"那是意外。"

他握得更紧，两人死寂地对峙。

周拓逼她承认看过这些照片,就好像逼她承认不光彩的人是自己。

林缊月闭上眼,又想逃了。

"你什么都看见了?"

"对。

"什么时候?"

"半个月前。"

"所以你知道了也没和我说。"林缊月自言自语,"就和我一样。"

她抬头看周拓:"你也没告诉我。那为什么现在要和我聊?"

"因为……"周拓固定住林缊月的手臂,再从她发白的指节间拿过电脑放在一边。

"因为,这件事我比你想象中知道得还要早些。这值得你坐下来和我谈谈吗?"

两人又坐回一楼的客厅。

前段时间他们还在这儿有说有笑地看电视,现在气氛居然又降回到冰点。

"你什么时候知道的?半年前?一年前?还是……"

"比六年前更早。"

字字珠玑,每一个都揿在她的脑门上。

"是我住进来以后吗?你也遇见过他们……"

"不是。"周拓打断她。

林缊月发他的脸色居然也不是很好,身上的衣服还皱巴巴的。

周拓开口,如慢动作一般,时间定格,只有他那张该死的嘴在动。

"你来我家的前一年。"

林缊月坐在那儿,像硬生生挨了一拳,脑子一片空白。

"你说……什么?"

周放山这人,教导自己的儿子埋葬天性,到了自己这里却是纵情酒池肉林。

周拓最开始发现父亲出轨是小学快毕业的时候。

那天放学早,周拓回了家,坐在屋子里写作业,突然听到一阵暧昧声响从隔壁传来。

这个年龄的他还懵懵懂懂,走过去,透过门缝,两个赤裸身影交叠,只一眼,他马上就跑了。

他后来一周没吃好饭。

这样的事他总共撞见过好几次，以至于后来机敏到只用眼睛观察，他就可以断定周放山和身边女人的关系。

高中时某天补习结束，潘叔来接他，说周放山有事要见他。

他去了，发现来的不止自己一个，周放山旁边还站着一个女人，头发齐肩。

"小拓，"周放山揽住他的肩介绍，"这是张阿姨，爸爸的朋友。过不久她女儿要来我们家里住一阵子，到时还要你多照顾。"

"本来不担心的，你这样一说……"女人意味深长地看了周放山一眼，"我家那个鬼点子可是多，不知道她在你们家能不能被好好对待……"

"你还担心她受欺负不成？"周放山安慰，"放心吧，有我在，还能让你女儿受什么委屈？"

那是周拓第一次见张婉清。

他第一次见，就确定张婉清和周放山关系匪浅。

客厅的暖光灯下，林缊月坐在沙发上，周拓把热茶塞给她。

茶水滚烫，林缊月端起来喝了口，舌尖发麻。她的大脑仍转不动，但是有什么东西突然理顺了。

难怪。

她以为周拓说的早知道，是在看见照片之前，没想到早到跨越时间，在起点，他就带着全知的视角。

"怪不得你一开始就不喜欢我。"林缊月抬头，直愣愣地盯着他。

她以为是他高傲自大，实际上应该是理所应当。

周拓没有否认。

闷热的盛夏，周放山和张婉清在喘不过气的热浪里都要眉来眼去，周拓那时不动声色地都看在眼里，喉咙像卡了异物，忍了好久，才没让自己干呕出声。

他不喜欢周放山，不喜欢张婉清，连带着也不喜欢林缊月。她入住他们家是周放山偷情的结果。

不知怎的，林缊月身上又开始冒冷汗，那年撞见张婉清偷情的画面突然"轰"一声涌进脑海，"哗啦啦"的，像那天的倾盆大雨，但更像落了满地的玻璃碎碴。

娇俏可人的调笑声、空旷无人的三十五层，还有病床上奄奄一息的外婆……她的小腹开始急急下坠，胃里翻江倒海。

她把茶杯放回桌上，茶水四溅，她也没在意，起身上楼，到房间里拉出行李箱，周拓拦她。

"放手。"

"林缊月，你听我说，最开始我确实不喜欢你，但……"

"周拓，我真搞不懂，你是怎么想的？"

林缊月抬头盯着那双幽深的桃花眼。

他讨厌她，还要把她从雨地里拉起来，还要告诉自己众人皆为星尘，还要送灯屋给她，再接着……他们到第三巷的老房子里躲雨。

自始至终，他一直知道她是他爸爸出轨对象的女儿。

"林缊月，你冷静一点。"周拓不明白她为什么会这样，"不要让这件事影响到我们。"

周拓伸手要牵她。

林缊月和周拓面对面，目光撞到一块儿，她感觉什么东西裂开了，无名火"噌"地从缝隙里窜出来，她踹了一脚周拓，用了十成的力。

"真厉害。"林缊月气极反笑，"到头来是我被你耍得团团转。你有那么多机会可以告诉我，为什么不说？看我笑话是吗？我、我居然还什么都跟你说……"

"我们是什么关系，我又要用什么立场来告诉你？"

"这你倒说对了，我们确实什么都不是，我们的关系都写在白纸黑字上！"她挣扎着要回房间。

"林缊月，你看着我。"周拓拉住她，扳回她侧开的脸，"你忘了吗？我们还要开房车去海岛过夏天……他们的事情不值得我们这样，好不好？嗯？"

"你自己过夏天去吧！"林缊月推开他，"我要留在这里过冬。"

"你觉得就你是受害者，是不是？"周拓的眸子冷了，嗓音也沉了下来，"你以为我当年看到你妈，心里就好受吗？那些事你恨不得全装起来锁进保险柜，我撬一嘴你说一句，到现在你都不信我，我怎么跟你说？"

"你说得对，我就是不信你！"林缊月恶狠狠地笑了声，"但事实证明，你就是一点都不值得相信！解约……周拓，我要和你解约！"

屋内静了几秒，林缊月开始自顾自搬空衣柜。

有什么东西掉在地上了，林缊月捡起来一看，是她那条年久失修的旧手绳，这东西她就不带走了。

她正要丢进一旁的垃圾桶。

"他们出轨是他们的事，和我们有什么关系？"周拓突然开口，"林缊月，你有没有想过，其实到现在为止，你都还接受不了你爸妈离婚的事。你外婆当年去世——"

"啪！"

周拓的脸被打偏过去。

"不许你这么说我。"

她又被剖析个干净，变成剔透的水晶骨架了。

什么出轨，什么离婚，什么外婆去世，她通通要忘掉。那些记忆就不应该记起来。忘掉，通通忘掉才最好。

真心的瞬间不值得被铭记，最开始你来我往的恶意才是永恒。

林缊月觉得有东西下坠再下坠，"咕咚"一声沉底了，涌起的气泡"咕噜噜"地向上浮，越浮越大，浮上去的是心虚，是期待，是过去那些你来我往，还有这些天好不容易磨合出来的融洽。

"啵"一声，准确无误地落进她耳朵，什么东西轻轻破了。

林缊月动作利索地一件一件往行李箱里扔衣服。

周拓阴恻恻地靠在门边，盯着她的一举一动，她不说话，他也不说话。

林缊月看到什么放什么，到最后，她坐在硬壳行李箱上拉拉链。

"又要走？"

林缊月没有回答，周拓直直地看着她。

"走了就别回来。"

音量很轻，但足够他们都听清。

"好。"林缊月说，"解约的钱我分期给你，'岩极'和周氏的项目我已经做好，以后我会尽量避免和你合作。"

晦暗不清的灯光里，林缊月听到周拓笑了声，抬头看，他脸上是皮笑肉不笑。笑完，他又静了一会儿，连冷笑的痕迹都迅速从他脸上爬走，像水渍被风快速吹干。

"还是你厉害。"

周拓转进自己房间。过了一会儿,他手里端着灯屋出来了,当着林缊月的面放在地上,把里头的蚕灯拿出来。

棉花包裹的灯芯,他用剪刀把那里一点一点裁开,闪着黄光的刺眼灯芯破茧而出。

"你这么想走,那就走吧。"他把什么东西掐出来扔给她,"这个还你,我们两清了。"

林缊月不明所以,低头看去,是皎洁明亮的一轮圆月,城市夜空最后的缺口——她找遍整个家都没发现的碎片,居然就藏在六年前周拓送自己的灯屋里。

林缊月很长时间都说不出话来,灯芯的残光忽明忽暗,照着地上七零八落的棉花絮。

这大概就是结束了,她把拼图捏在手心。

"周拓。"

她像在下最后的通知,也像是告诉自己。

"这次,我是真的要走了。"

2

林缊月回出租屋将就了一个晚上。

南半球的夏日度假显然是告吹了,但林缊月依旧要在之前跟"西林"申请的时间段休假。

快到假期,她已经开始整理工位。这次休假半个月,等她回来,小组一定已经不在周氏驻扎了,她早点把东西理好,到时候托秦烨帮她顺路带回"西林"。

桌上从健达奇趣蛋里拿出来的小玩具已经落灰了,她把它丢到垃圾桶。

"啧啧。"秦烨在一旁看着有些心疼,"你不是很喜欢这只小恐龙吗?怎么给扔了?"

"不喜欢了,不可以扔吗?"

"你这……"秦烨端详林缊月精神不济的一张小脸,"也没休假前的欢呼雀跃?我记得你之前不是这样的?哎——"

林缊月起身走了。

秦烨不跟她一般见识,正遇上从电梯下来的张秘书,问秦烨:"林小姐去哪儿了?"

等林缊月从楼下上来,秦烨对她说:"张秘书有事在楼上等你。"还给了一张电梯卡。

林缊月拿了张秘书的卡刷电梯上楼,张秘书等在休息区。

"林小姐,楼下不方便说,还是在这儿比较稳妥……"

林缊月点头表示理解。

"周总让我问您,落在他家的东西,您想怎么处理?"

最后一天,林缊月本来就累,不愿多花时间周旋在这上面。

"都扔了吧。"

"扔了?"

"对,请你转告直接扔了,我没有问题。"

"可……"

"对了,"林缊月抬头,"他那儿还有间灯屋,也是我的,请他帮我都扔了。"

张秘书的办公区在三十四层,平日几乎就他一人,林缊月走后,他尴尬地站了一会儿,才走进旁边一间没有关门的会议室。

"周总,"张秘书踌躇着,"林小姐说都扔了……"

"嗯,听见了。"周拓正在签字,没看他,点下最后签名的圆点,才淡淡开口,"照她说的做。"

晚上回到家,阿姨已经做好热菜热饭,今天下班早,周拓回来时正碰上阿姨还没走。

"周先生,这么早下班啊?"家政阿姨问,"林小姐今天回来吃吗?"

周拓正在玄关处脱鞋,愣了愣:"她不来。"

"往常林小姐有应酬都会提前同我说,所以今天我煮了两人份的饭,怎么……"

"以后做单人的就可以。"周拓把外套脱下来挂在手臂上,上了楼,没有回头,"她以后不会再来了。"

换好家居服,周拓坐在餐桌边吃饭,空荡荡的屋子显得有些冷清。

吃完把碗洗好,客厅的茶几上还摆着昨天那两盏茶杯,里面盛着昨日的残茶,已经浮出了一圈水垢。

阿姨今天工作量很大,又要清扫又要整理,估计是忘了。

那个杯子是林缊月从出租屋里带来的,那时装袋子里她怕碎了,便让周拓拎着放在后座,宝贝得要命,结果离开的时候也没带走。

杯壁上那锃亮的彩绘陶瓷色块鲜明,拼凑起来是个天马行空的彩屋,周拓盯了一会儿,提起杯子,"啪"一声丢进了垃圾桶。

他朝林缊月走了九十九步,到头来,她还是要走。

她这么想走,他就放她离开。

"啪!"

门关了,窗外树影婆娑,冰凉的蓝光隐约反照在地面,留下一汪海洋般的月光。

第二天,周放山来了,照片的事果然惊动了他。

周放山虽然一早就知道林缊月从英国回来了,但确实不知道这两人居然已经住到了一块儿。

空荡荡的三十五层,他把照片摔在周拓的桌上:"造反了?你现在的位置是谁给你的?"

同样的场景,周拓没有兴趣再经历第二遍。

"这不是你想要的吗?要我坐这个位置,好做个傀儡,乖乖供你操纵。"他抬头看周放山,没有丝毫畏惧,"外面的人全部虎视眈眈地盯着这里,你分权给我,不过是把风险放给我。"

"那你就该乖乖做个傀儡!"周放山冷笑,"该断的,都给我断清楚!身居高位,你以为这么容易?玩玩就算了,威胁到周氏,我看你是轻松日子过太久,忘记以前的苦日子长什么样了!"

周放山转过身:"自下周起,你就停职吧。我说过,这个位置,你不好好珍惜,会有人比你更宝贵。"

灰蒙蒙的周五。

这是林缊月休假前的最后一天了,H市已经进入深冬,寒流侵袭,难得一见的冷。

她嫌周氏的咖啡不好喝,去了隔壁咖啡店买,双手捧着杯子取暖,迎着风喝了口。今天的咖啡风味偏酸,刺得她智齿发疼,苦味随痛感一块儿蔓延。她从没喝过这么难喝的美式,但好歹可以做暖手宝,她端着进了电梯。

身边还站着一个人。

她这才发现自己进错电梯了,这是到三十五层的。

"周拓。"

她下意识地喊他,想到今天是在周氏的最后一天,也该好好道个别。可还没说出口,听见他的讥讽声音。

"你倒豁达。"

"连朋友也做不成了吗?"她鬼使神差地问,"我们还是做朋友比较合适……你不觉得吗?"

"哪门子的朋友?"周拓终于偏过脸,盯着林缊月的眼睛,"我不会和朋友住在一起,也不会和朋友睡觉。你想找这样子的朋友,就到别处去,我这儿没有。"他一字一句地说,"要么做恋人,要么就是陌生人。在我这里,没有第三个选项。"

林缊月无法反驳,垂下眼,咖啡杯外套了纸套,却还是烫手。

"下周我就走了,来和你道个别,做不成朋友,这点礼数总该有吧?"

电子屏上的楼层不断增加。

"叮!"

"不用特地跑来和我说。"周拓走出电梯,"陌生人之间是不需要道别的。"

留下一个越走越远的背影。

两扇门逐渐闭拢,电梯门关了,徒留立在停滞电梯里的林缊月。

她端着咖啡出神,片刻后,也走出去,换到另一部电梯下行。

林缊月决定这两个礼拜回趟英国。章筱得知后硬要来送她,飞机是下午两点起飞,章筱九点半就整装待发地停在林缊月楼下接她。

章筱和林缊月合力把行李箱抬进后备厢,关上车门后,章筱握着方向盘行驶在道路上。

她瞟了一眼林缊月,发现林缊月正在发呆,趁机试探道:"你这次要去多久?"

"两个礼拜?"

"林缊月,你不会和上次一样,说走就走了吧?"

林缊月被她试探的样子逗得"扑哧"一声笑了。

"你笑什么，不会是真的吧？哎！"红灯了，章筱踩下刹车，转过去看林缊月，"你——"

"放一万个心吧。"林缊月笑说，"我这次是真的休假，半个月后就回来了。就算要走，我也一定会提前通知你的。"

"那还是不走最好。"得到肯定的答案，章筱放下心来，"你在我这儿信誉为零，你不知道吗？你要怎么证明你不是骗我？"

"我交了一年的房租。"林缊月把出租屋的钥匙拿出来给她，"你知道我平时最省钱，这个抵押在你这儿，可不可以？"

章筱"哼"了声："最开始房子还是你托我帮你找的。"

虽然最后她没看上自己选的大豪宅。

"哎呀，谢谢你啦。"林缊月只好歪头，由衷地对章筱撒娇。

"少说漂亮话。"章筱把她的头推开，"到时候我休假，你带我去英国玩，给我做导游。"

林缊月乖巧地点头："吃喝住行我都包。"

章筱听到这个，"扑哧"一声笑了。林缊月平时一毛不拔，和铁公鸡似的，居然愿意给她包吃住。

"得了吧，我有钱。"

短短六个字，对林缊月的杀伤力很大。

"建议你别这样说，对我心脏不好。"

车子开上高架，章筱伸手轻触，点开车载音响放了首歌。

是她们以前都爱听的那个歌手。

旋律悠悠，一别经年，重新听到这首歌，就好像又回到那个用校服袖子盖住手腕，雄心壮志又尴尬生长的青春期。

车里的两人都心照不宣地轻哼起来。

有血缘关系的家人不能选择，但朋友是可以选择的家人，那年鸡飞狗跳的诸多杂事里，章筱是老天对她的意外馈赠。

3

周拓就这样被无限期停职，司机、秘书，就连家里的家政阿姨也都一并消失了。

周佳文代替他到了三十五层，所有人一阵哗然。这件事还上了新闻，各路媒体一时间猜测纷纷,周氏变天的传闻闹得沸沸扬扬。

风撞得窗子"呜呜"响,今年的冬天尤其冷,天气预报上说这周有望碰上几年难遇的雨雪天气。

姜严明在击剑室里找到周拓的时候,他正在和教练对打,向前刺出,剑尖直指对方胸膛,教练避之不及,脱下面罩认输。

见他一点也不受外界干扰,姜严明不由得拍手称赞:"真是厉害啊,周拓,外面都说周氏要变天了,你倒好,一个人窝在这里击剑呢。"

只要细听,就可以听出嘲讽的语气。

"你来这儿做什么?"

看见姜严明,周拓脱下面罩,满头大汗,头发都湿了。

"我再不来,周佳文就要接班做继承人了,你不急,我都替你着急。"

周拓把剑放回包中,坐在板凳上喝水。

"周佳文乐意,让他做好了。"

"你就这么有信心?"姜严明不解,更不知中间的渊源,"哎,你到底怎么惹到你爸了?是上次潘言薇的事,还是你把金涵要的项目拦下那次?"

见周拓不说话,姜严明倒真开始为他担忧:"因为什么你自己不清楚?总不可能是稀里糊涂惹到你爸了?周佳文可是一直都想要你的位置,在这条路上先除掉你,再和你爸周旋,他最后想要什么,你不清楚吗?你就不怕周氏落到他和你叔叔手里?"

"那不是我需要考虑的。"周拓转头看他,"既然我被撤职了,周氏的事,就不该我管。"

"你还真是心大。"姜严明也没办法了。

他们以前是学击剑的搭档,但好几年都没练过了,今天姜严明正好在这儿,看周拓这样子很不爽,便要了教练的装备和他对打。

中途来了电话,周拓没接。姜严明落了下风,打完一场,大汗淋漓地坐在椅子上中场休息时,周拓的手机又响了起来,姜严明催他去接,他才拿起手机放到耳旁。大概听了有半分钟,他面不改色地挂了电话。

"谁啊?"姜严明问。

"不认识。"

两人又在场上对打几番,姜严明总是输得心不服口不服,他以前就老是输给周拓,怎么现在还是照输不误。

终于第三场,他挑到周拓的前襟,记分机器"嘀嘀"作响。

"我输了。"周拓摘下面罩,坦然认输。

姜严明其实已经累得动都动不了,就为了等自己赢周拓的这刻。这样高强度的运动下,两人出了一身汗,击剑房有独立卫浴,他们分别去洗了澡。

"你是自己开车来的吗?"

"对。"姜严明捏着车钥匙,取笑他,"怎么了,要我送你回去?"

惹怒了周放山,周拓不仅没了司机,连家里的车也全被收走。指不定周拓今天来击剑房,还是徒步来的呢。

"车子借我开下。"周拓把他的车钥匙从手里抽走,"我有事用车。"

"那我怎么办?"

"你家这么多辆车,选一辆叫司机来接你回去。"

周拓拿了车钥匙,打开姜严明那辆招摇的红色布加迪威龙,弯腰俯首坐了进去。

"小心点啊!"引擎启动,震天动地,姜严明在后面喊,"这辆全球限量的,坏了很难再买的——"

灰蒙蒙的天气里,红色的布加迪威龙招摇过市,直直地开走了。

高架上,红彤彤的跑车像抹火焰一路烫去,中途一辆棕色货车突然别过来,周拓踩下刹车,但还是避让不及。旁边车道上没有车,他方向盘一打,"砰砰"两声,车子先翻滚一周,然后直直撞上了护栏。

灰白色的高架上,鲜红的跑车冒了烟,从远处看去,竟然像摊血。

不知从什么时候开始,天空居然飘起细雪,雪花落地,片刻就消融不见。

血红的车内,周拓被安全气囊挤压着蜷缩起来,他用尽力气挤开车门,却发现腿部动弹不得。

四周的嘈杂涌进耳朵,从他好不容易挤开的车缝里飘进丝丝缕缕的白雪,针线般居然全部扎到了他的眼里。

懒洋洋的,周拓终于不堪重负地闭了眼。

中午十二点,林缊月同章筱告完别,进到海关入口,脱下外套过安检。

一点半,广播开始播报登机提醒,林缊月排队在后,和章筱发消息报平安,一点一点挪动靠近登机口。

下午两点整,H市居然开始飘雪,这架前往英国的航班准时准点起飞了,阴天下的H市像微缩模型般地立在地上。

飞机的嗡鸣声像白噪音般环绕在耳里，催眠似的摇晃着林缊月，她闭上眼，带着这些日子里所有的疲惫和不堪，像是得到一个足以说服自己的理由般，沉沉地睡了过去。

到英国已是傍晚，空气里带着股微妙的咸湿味。她排队过了海关，坐地铁到了一区。她在这儿短租了房间，同附近一个艺术学校的学生做室友。

她拖着行李到的时候，室友还没从学校回来，她按照室友发来的消息拿到钥匙开门进到屋里。

一路上颠簸，又好不容易到了住处，林缊月只想瘫倒在床。

正碰上章筱给她发消息：到了吗？

林缊月回了一张简陋的房间照片。

章筱没理她，简短回了三个字：看新闻。

林缊月不知道什么意思，章筱直接给她发来链接。

居然还是财经版块的头条，林缊月打开，上面写着：**周氏集团董事长周放山近日被匿名举报利用资金、持股及信息优势来操纵股市。**

林缊月下滑，新闻后面附上了几张突击周氏的照片，办公室里书桌整齐，正坐在沙发上饮茶的周放山面对不请自来的证监会，依旧表现得镇定自若。

而第二张照片里，在周放山的对面，左侧的小角落里，有个熟悉的人影。

林缊月点进照片，双指在屏幕上放大再放大，那握茶杯的手指纤巧细长，和多年前给自己扔银行卡的正是同一双手。

那是——

李敏的侧脸。

4

李敏不请自来。

秘书在后头追她，嘴里小声嘀咕："夫人，周总不在办公室……请您下回再……"

李敏推开门，周放山就坐在办公桌前，正对着门，两人的眼神对在一起，周放山叫秘书给李敏上了杯茶。

上好的西湖龙井冒着热气，李敏看都没看。

"我不是来和你喝茶的。"

"我知道你来做什么。"周放山端起杯子,吹拂片刻,喝了口,"照片的事,是你在背后搞鬼。"

"是我。"李敏笑了。她雇人把他的那些私事都曝光发到了网上,有些讨论的声音,但不足以威胁到他的位置。

"但这不是我今天的目的。"她背过身,从包里掏出一份文件丢到桌上。

周放山放下茶杯,茶几离沙发有些距离,要起身才能够到。他捞过来看了眼,片刻抬头看李敏:"你要和我离婚?"

"很惊讶吗?"李敏端起茶杯喝了口,"你连照片都知道是我泄露的,我要和你离婚,难道不是理所当然的事情吗?"

以周佳文的能力,要是没有李敏泄露行程,他不至于拍到那么多自己的行踪。周放山以为这不过是李敏对自己表达不满的方式,没想到她是来真的。

"为什么?"

"什么为什么?"李敏皱眉看他。结婚前,周放山气宇不凡,拥有大家都羡慕的好人缘,但结婚二十多年,他的好人缘没变,身上的翩翩风度倒是歪斜走样成了另一种样子。

"你在外面拈花惹草,还真当我不在意?"

"我以为这些东西,在结婚前,都已经默认好了。"

"那不过都是你以为。"李敏懒得多说,不耐烦地催促,"看好了就快点签字,我后面还有事。"

离婚协议整整四页,周放山翻到最后,盯着那份财产协议看了半天,笑了下。

"你该换律师了。"周放山将协议扔回茶几,"要周氏股权的六成,哪位律师能在离婚协议里出这样的纰漏。"

"不是纰漏。"

"不是?"周放山又笑了声,看上去很不屑,盯着李敏,确认她并不是在开玩笑后,脸上的笑意逐渐消失,阴阴地问,"你不会真想要周氏股权的六成?"

"你都说了是强强联手,没有李家帮衬,你以为周氏能有现在的地位?"

"离婚可以,想要股份,我连沫子都不会给你。"

"是不是异想天开,你等下就知道了。"李敏闻言笑笑,去看墙上的挂钟,又低头品了口龙井,细声慢语,"善意提醒,如果你现在签字,还只是按照原来协议中的比例。

"但要是不签,两点一过,等到证监会的人来了,那就不好收场了。"

周放山右眼一跳,心中顿时惴惴不安起来。

"你在威胁我?"

"不,我是通知你。"李敏低头整理自己的衣服,"二十多年的夫妻,我也算对你仁至义尽了。"

秒针转动着最后一圈,两点一到,周放山办公室里的座机电话准时响起。他狐疑地走近接起,听见那头前台慌乱的声音传来。

"周总,来了几个自称是证监会的人,说要来调查举证,说、说您涉嫌操纵股价……"

周放山挂断电话,抬眼盯着李敏。她坐在沙发上,看上去依旧悠然自得。他面色愠怒,目光像把利剑刺向李敏:"你究竟做了什么?"

急急的脚步声隔着玻璃门传来,还可以听见秘书焦灼的声音。

"没有预约,不能进来……"

李敏轻嗤,欣赏般盯着周放山脸上逐渐崩坏的表情。

"你不会真以为我会用照片这种小打小闹的手段来对付你?

"前些年我不过是懒得对付,想着我们好歹夫妻一场,毕竟最开始的时候,多少还有点情分。谁知道你这么不知好歹,居然还敢变本加厉……周放山,你不会真当我是瞎子?"

那些照片能让董事会乱了阵脚,但还不够,这些绯闻对周放山这样的企业家来说,不过是不痛不痒的花边新闻。所以她还需要加点料,让这场闹剧愈演愈烈,才有机会得到本该属于她的那部分。

周放山也是一路摸爬滚打过来的,被李敏这样一点,突然醒悟过来,那些花边绯闻不过是烟幕弹,用来铺路的。

"我居然被你将了一军。"

"过奖。"李敏笑笑,同床共枕这么多年,周放山那些勾当不会有人比她更清楚,"我只是举报了一点知情的内幕消息。"

两点过五分,玻璃门被打开,门口站着几个身着西装的人,朝着周放山亮明身份:"你涉嫌经济犯罪,请协助我们调查。"

李敏满意地看着,勾唇一笑,拍拍周放山:"我送你的这份新年大礼,还喜欢吗?

"接下来，你就自求多福吧。"

语毕，李敏拎过包，与证监会的人擦身而过，踩着高跟鞋转身离开了周氏。

医院楼道，消毒水味刺鼻，贵宾病房外，护士正对着电脑录入病人信息。

新来的护士好奇，趴在台子上头问："童姐，里头住的是什么人？这么兴师动众的，院长都来了。"

那个被叫童姐的护士长正盯着电脑录入信息，听到来人好奇八卦。

"你叫什么名字？"

她眼神锋利。那人还没回话，就被另一个护士模样的人赶忙拉走，点头哈腰给她道歉。

"童姐不好意思，小韩刚来没多久，对医院规矩不太熟悉，我再教教她。"

走到远处，吴梦拍拍小韩，怒道："你想丢掉工作就直说！这层最重要的一条规矩你忘了吗？"

这家医院的顶层八楼是VIP高级病房区，来的人非富即贵，因此规矩尤其多，最重要的一条就是不能多问。

"吓死我了。"小韩还沉浸在童姐给她的那个冰冷目光里，又拉着吴梦贴贴蹭蹭，"对不起，我下次一定记住……还是你最好了，梦梦。"

她和吴梦两人是护理学校的同学，这家医院也是因为吴梦推荐，她才能过来的。

"得了吧你。"吴梦把小韩从自己身上推开，看她认错态度良好，心软了，"你想知道，我告诉你就是了。"

"你知道？"

吴梦"哼"了声："我不久前接的病人，怎么不知道？"

最开始是底下急诊送来的，身上的伤口被同事清创过，人看上去也有意识，就是一动不动，像尊俊美的雕塑。

"我告诉你了，你可要管好自己的嘴巴。"

"你放心。"小韩打包票保证，"你跟我说的，我就从来没对外说过。"

看在她态度这么诚恳的份上，吴梦终于松口。

"周氏继承人，在高架上出了车祸。这下满足你好奇心了吧，再探究下去，对你也没什么好处。"

"吴梦——"

"来了！"童姐的声音从远处传来，吴梦听见，急速小跑过去。

"803的病人拍片回来了，你帮忙推一下。"

吴梦帮忙把周拓推进去，小韩探头看了眼，坐在轮椅上的那人五官深邃，侧脸像山脊般起伏，她看呆了。

病房里，李敏来了，姜严明站在门口待命，看上去神色萎靡。

李敏和院长握手，颔首问好："张院长。"

"李总，客气了。"

张院长把片子放在灯光下，指给李敏看："轻微脑震荡，右小腿骨折，二三跖骨骨折。小腿骨折要手术，跖骨目前看片子应该是对位骨折，可以保守治疗……"他朝一旁的周拓看去，"还好没伤到脊柱，也算是福大命大。"

周拓安静地坐在轮椅上。

"能保守治疗，就先保守治。"李敏点头，"麻烦张院长了。"

张院长走后，周拓被护士扶上床，半靠在床背。

手术被安排在礼拜五，按理说，他应该疼得厉害，但他脸上没有丝毫表情。

李敏回头看了姜严明一眼。

"不是我。"姜严明立马解释，"我们去练击剑，他回家，说有事要借我的车，我什么也没做……"

姜严明回到家屁股都还没坐热，就接到了医院的电话。

红色布加迪威龙，全国也没几辆，周拓在车内不省人事，很快就有人联系到他这儿。

姜严明傻眼了，明明距离周拓借走他的车才不过半个小时，他心爱的限量跑车就在高架上被撞成了废铜烂铁。

"你先出去。"

姜严明立刻离开，病房里就只剩下李敏和周拓。

"和他没关系，"周拓这才开口，嗓音还有点沙哑，"确实是我借的车。"

李敏不说话，盯了他半晌，"啪"地挥了一巴掌过去。

"不孝子。"

行车记录仪她看了，在去机场的路上速度过快，差点和变道的大货车相撞，躲避不及，车子侧翻过去，马上就要掉下护栏。

"你想寻死，有更简单的方法，从周氏三十五层跳下去就可以，不必这样兴师动众。"这样好的日子触了霉头，她总归是不高兴的，"我看你腿断成这样，还能到哪里去！"

"嘭"的一声，李敏摔门而去。

过了一会儿，落锁声响起，安静的病房里，只有消炎吊瓶的"滴答"声。

又被监禁了，周拓想，只是换了个地方。

Chapter 11
眼泪

要一直往前走

1

林缊月还在倒时差，一晚上几乎没怎么睡。她被轻微的提醒铃声吵醒，摸到手机，点开那条消息，才想起自己约了今天早上十点的心理咨询。

她在英国上学时就一直在看心理医生，那次做梦找回记忆后，她和当初的咨询师取得了联系。两人在线上进行过几次咨询，但因时差和地域方面的问题，后面还是中断了。对方最后建议她有条件回英国见面的话，效果会更好。

十点整，林缊月坐在简的办公室里。

多时未见，简依旧是头金色短发，一身干练的职业装，样子还是和多年前一般和蔼可亲。

"月，很高兴又见到你……最近过得怎么样？"

"还不错。"林缊月笑笑。

"不要撒谎哦，你想接着上回的那个梦说起吗？"简引导林缊月，"就是我们之前在线上提到过的那两个梦。"

那次做梦找回了记忆后，林缊月就立刻约了简。

简告诉她这是正常现象，问她最近的生活环境，以及与家人的关系有没有得到进一步改善。

林缊月说自己和家人的关系还是比较僵硬，但是遇见了一个故人。

"他是什么样的人，可以描述一下吗？"

她那时只想潦草地揭过，因此只是敷衍，又立马扯到其他事情上去了。然而今天，她面对着简，决心要勇敢些。

她深吸一口气:"今天,就聊聊那个人吧。"
…………

从简那里出来,林缊月还约了以前的大学朋友在市中心的一家咖啡馆见面。她和朋友坐在靠窗的那排高椅上,阳光从外面照进来,身上被英国罕见的冬阳微微熨烫着。

史黛拉问她:"回国感觉怎么样?"

"还不错。"林缊月回答了,又问,"你在这里还好吗?"

"就那样吧。我最近和男朋友合计想要换个更大一点的房子,打算养一只边牧。大些的房子方便点,但这儿房租太贵,稍微靠近市中心的,动辄要……"

杯子里,做拿铁的小姑娘给她拉了个漂亮的麦花,旁边还点缀了一张笑脸。

两个圆点,一道弯弯的弧线。

林缊月想起她以前和周拓一起补课。那时他们已经到了可以和平相处的程度,她有时候乐意犯贱,看周拓一本正经地在上课,她就趁老师背过身,捏着水笔,翻转他的左手,用笔尖戳在他手背上。

两个圆点加一道弧线,只不过弧线开口朝下,看起来是个抗议的表情。

周拓只是皱眉,面色如常,就任由她这样涂涂画画。

林缊月那时颇为得意,因为她明白那短促皱起的眉头是什么意思。

周拓有严重洁癖,这样做分明是故意气他,但他没有发作。

不仅没有发作,他还把笔拿过去,又把她的手也翻转,给她也画上了两个圆点加一道弧线。

只不过弧线开口朝上,看上去和他作画时脸上的表情很贴近。

林缊月偷鸡不成蚀把米,气急败坏,又踩了他一脚,看到他忍痛的模样,她内心暗爽。

现在想来,是不是那个时候,她也没觉得周拓会烦自己。正是因为这种打心底的笃定,所以她才这么放肆地捉弄他。

指尖刺痛,她迅速收手,厚重的杯壁传热慢,滚烫的温度这么久才感觉出来。

"缊月,你在听吗?"

"在听。"林缊月迟缓地笑了笑。

"怎么了？"对方很担忧，"你看起来精神不大好。你不是来休假的吗？怎么不太开心？"

"大概还在倒时差吧。"林缊月垂眸，"脑子总是沉沉的。"

"哎，正常啦，你晚上早点睡，很快就会调过来了。"

她们又聊了一会儿各自生活中发生的事，下午茶一直吃到傍晚。

晚高峰的地铁上，如人挤人的沙丁鱼罐头，地铁里特有的黄色光线照得车厢里的每一个人都无所遁形。

没有信号的车厢里，早上和简的那场对话又突然涌入她心头。

说到出轨那件事。

林缊月说知道了周拓对此事一直知情，自己感到尤其愤怒。

简问她："你认为你的愤怒出自何处？"

林缊月只是沉默，她自己也不知道。

简让林缊月想象，如果他只是一个工作上的同事，她会不会觉得生气与失控。

如果是秦烨他们，隐瞒也不过理所当然，但周拓不一样，他……

"你看。"简说，"虽然你自己都说不清楚你们的关系，但你的身体和脑子比你更了解自己。

"你的愤怒和无助，实际上与一个人被背叛时会拥有的情感相当。

"背叛是亲密关系间产生的情感。"

简说："至少从我的角度，在你内心里，始终有个部分是相当信任这个人的。

"只有足够信任了，才会感到极度愤怒。"

到站了，林缊月挤过堵在前面的人，笨重地下了地铁，在混浊的空气里，沉闷地往出口走。

"产生这种情绪很正常。"简说，"但一方面，你很有可能把当年你外婆去世的痛苦转移到你母亲出轨的事情上了。

"你说很长一段时间里你对亲人离世感觉不到任何悲痛，但实际上悲伤很可能没有消失，只是变成其他情绪了。"

开着暖气的明亮房间里，简对她说："你要允许自己悲伤。"

林缊月走回家，正巧碰到室友出门去参加派对，她们寒暄一阵，说了"再见"。

223

林缊月掏出钥匙开门,越过客厅,走进自己空荡荡的房间。

四面白墙,中间立着一张床,靠门处有张书桌。她疲惫地放下包,脱下外套,把暖气开到最足。

然后,躲在这个陌生的房间里,她捂着脸,把忍了一路的眼泪全部倾倒出来。

2

医院病房内,姜严明狐疑地盯着周拓吃饭,生怕他再做出什么自毁举动。

"哎,我是真没想到,一众朋友里,你居然会是第一个想要结束自己生命的。"

"我再说一次——"周拓忍无可忍,"我那天不是寻死。"

"不可能,你开那么快,不是寻死是什么?我可跟你说啊,我的车是全球限量,你把我的车撞坏了,肯定是要赔我的……"

"那天的那通电话是周佳文打来的。"

"什么?"姜严明正沉浸在爱车离去的痛惜之中,乍一听以为自己听错,"谁?"

"周佳文。"周拓说,"他来给我通风报信了。"

当然是不怀好意的那类。

那通电话刚接起来,周佳文就分享了证监会的事,说他联合李敏把周放山举报了。除此之外,他还意味深长地说了一个航班信息——MU551,下午两点,目的地是英国。

"她还是要走。"周佳文在电话里笑了,"你是去追呢,还是就眼睁睁地看着她走?"

"不是。"姜严明眉头蹙得更深,"周佳文为什么要和你说这个?什么叫她还是要走——"

事情逐渐变得明朗起来,结合周拓出车祸的地点,航班的目的地,那个住在周拓家的女人……

"我就说你最近怎么这么奇怪——"

姜严明恨不得最开始就不和"西林"打交道:"所以你真不是自杀……周拓,你都这样了,还想着去追她!你知不知道那天就差这么一点,你就要瘫痪了?我看你爸妈做得对,好好把你关在这儿养病,把脑子里那些垃圾全部清出去!"

周拓若无其事地把餐具都整理好放在一旁,按了铃叫护士来收餐具。

姜严明被他这事不关己的样子气得更是牙痒痒,在护士来之前就摔门走了。

第二天早上,姜严明又来了,还带了一摞书来。

昨天半夜他发了十几本两性关系学的电子书,周拓一概没回,于是今天他特意把《一个月速成,远离恋爱脑》这本拿出来摊在周拓面前。

"看。"

"这是什么?"周拓目光移动,"我看不懂。"

可不就是看不懂,姜严明一想到周拓也有这天,看他的眼神都充满了怜爱。

"没关系,看不懂就多看看,学习都是这样,慢慢就懂了。"

周拓皱眉,把书推开:"你是在说林缊月的事吗?"

"对,你多钻研钻研,希望成功拆除你的恋爱脑。"

周拓:"如果你担心林缊月的事情,我可以明确地告诉你,我不会再和她有任何的关系了。这样你满意了?"

"我不相信。"姜严明将信将疑,周拓这人在他这儿已经是前科累累了,"你怎么证明都是真的?那丫头一来,你的魂都没了。"

"是真的。"周拓说,"你想我怎么证明?"

"你……"

周拓这几天一直在想,倘若他真的顺利到了机场,然后呢?

实际上并没有然后了。林缊月那天说得那么清楚,他狠话也都放了,两人走到这里,已经是画下句点。

那天去追她,他也不过是想赌一把,看自己能不能挽留住她。

但如果过了这么久,她还是要走,还是觉得H市像牢笼一样网住她,那么自己确实应该放手,这对两个人都好。

他平时不赌没把握的事,但在林缊月身上铤而走险好几回,结果发现居然全盘皆输。

在这场他亲手掷下的赌局里,林缊月从来都是庄家,而他不过只是个流连忘返的赌徒。

玩家输赢无定,庄家总是会赢。

代价惨痛点,他才知道自己在这场赌局里,终究博不到想要的东西。

博不到就算了。

他要做的,和多年前丢弃那支钢笔的动作无异,一伸一放,禁锢自己的过去就这样从手中掉落。

周拓盯着姜严明,眸子锐利,什么东西在他眼里永久冰封了。

他薄唇轻启,一张一合,吐出五个字。

"我愿赌服输。"

"所以——"他这样对姜严明说,"你不用担心我会再和她联系。"

又过了一个礼拜,周拓的手术很顺利,按照医嘱,休养好,他可以开始做康复训练了。

由于姜严明不断在李敏那里说好话,李敏中途来了几次,也都看见周拓确实在乖乖养伤,她到底嘴硬心软,把门口保镖都撤了,但还是克扣着他的吃穿住行。

张秘书在病房外敲门。

"请进。"

张秘书推门进来,把要审阅的文件都放在桌上。周拓最近正处理着前阵子因周放山而牵扯出的不少解约合同。

张秘书把自己的钢笔递过去给周拓。

"不用了。"周拓婉拒。他手上握着托护士去医院小卖部买来的水笔,签下了那几份巨额违约金的解约合同。

这阵子,李敏一战成名,成了周氏的大股东。为兑现和周佳文合作时提出的条件,也为了惩罚周拓的任意妄为,她顺水推舟地送周佳文坐上了他日思夜想的继承人位置,周佳文一时春风得意。

周拓被降了职,张秘书每天仍会定时送公文来给他处理,但比起车祸前已经算是悠闲许多。

处理完文件,周拓在走廊开始了康复训练。

他的右腿已经可以落地,只是行走速度有些缓慢,需要借助一部分手臂的力量。

张院长要周拓多休息,说他的恢复情况已经超过绝大多数人,训练过度也可能会影响恢复。

从病房走到尽头那扇窗,大概要十分钟,周拓昨天已经控制在九分钟内,今天想再试试。

身后传来脚步声,这层只住了他一个病人,周拓听到这脚步声就知道又是姜严明。

姜严明最近没事就来医院帮张院长盯着,那些护士不敢说,只好由姜严明来监督周拓不要训练过度。

"等我走完这圈就停。"周拓背对着来人朝那扇窗户挪动。

"为什么不接我电话?"

周拓的右手臂朝前搭,左脚迈出,缓慢走动。

"我听说你在去机场的路上出了车祸,你去追我,我怎么都不知道?"

他继续向前走,那人不依不饶,又跑到他旁边。

"你是怕我像上次一样,有去无回,对不对?"

"别挡我的路。"

周拓不堪其扰地侧身,林缊月动都不动一下:"没人和你说过吗,我只是去休假两周。"

"可这和我有什么关系?"

"所以你去追我,只是为了耍帅?"

林缊月来时忐忑,但真在医院见到周拓,胸腔里才冒起火来。

周拓做的一切,样样都和她有关,但样样她都不知情。她垂头看周拓僵直的右腿,又抬头看他,眼里恼意更深。

"你以为这样伤害自己很酷吗?"

林缊月的一颗心在胸腔里"扑通扑通"地跳动,很恼火,但也突然觉得自己活过来了。只有见到周拓,她才有这样的感觉。

"林缊月。"

周拓很平静,他沉默许久,语调缓而慢,一字一句。

"这件事,全天下谁都有资格说我,但唯独你不可以。"

他眼中寒意跳跃,看林缊月的眼神就像在看一个陌生人,她震颤的心脏又突然死寂了。

周拓绕过她,慢慢挪动身子往回走。盯着他笨拙撑拐杖的样子,异样的酸涩挤压着林缊月的心。

"周拓,我都知道了。"

她讲话前言不搭后语,周拓不作声地往回走,两三步就被她追上。

她像根不停试探的羽毛梗,每次触碰到他的忍耐极限又立马缩回,等待另一个浅尝辄止的机会。

"我听说你那年去英国找过我……可奇怪的是,为什么那时在英国,我却从没见到过你?"

周拓的身子终于僵直一瞬,他加快步伐往病房走,右腿不便,走得一瘸一拐,但这已经是他速度的极限。林缊月拦在面前不让他走,两人四目相接,火光飞溅。

"让开。"

林缊月不动,周拓也不说话。

他微转身体,林缊月往左一挪,又轻易地挡了他的道。

周拓突然不耐烦起来,盯着她的眼睛:"林缊月,你究竟想做什么?"

"来和你做恋人啊。"林缊月垂眼注视着周拓用力到发白的指尖,她没忍住,抚摸上去。

周拓果真静了下来,盯着那双含光的杏眼,他若有所思了片刻。

"你要和我做恋人?"

林缊月点头。

不做恋人,就做陌生人。

简说得没错,连她自己都没意识到之前,她就已经把信任交给过周拓。因为足够信任,所以那天的自己才极度恼怒。

恼到想要毁掉亲手搭建的信任,也要一同离开那个温暖又适宜生长的温室。

林缊月感到周拓指尖轻颤,她抬起头来看他。空气中飘浮着刺鼻的消毒水味,一时间没有人再说话。

过了一会儿,周拓把林缊月推开。

"做不了,你走吧。"

3

林缊月休假不到半个月就回来了,在英国的冬天待满两个礼拜简直不能算是休假,更像被发配到宁古塔受罪去了。

等从章筱那里拿回钥匙，理完思绪，再想找周拓的时候，她发现他的电话打不通，去了他的别墅，院子空空的，他的那些车也都不见了。

林缊月连别墅的门都进不去，只好跑到周氏，徘徊许久，好不容易看见个刚从外面回来的眼熟面孔。

"张秘书。"

"林小姐。"张秘书见到她，愣了片刻，估计是没想到还能在这儿遇见她。

"周拓在这里吗？我有点事想找他。"

"周总不在。"

"为什么？"林缊月问，"是因为周放山的事吗？我去了他家，也没看见他……"

张秘书低头："林小姐您不知道吗，周总他……出车祸了。"

"车祸？"

怎么会这样？明明她走前，他还……

林缊月抬头问张秘书："他在哪儿？"

张秘书不说，只是说周拓还有点东西要转交给她。

林缊月跟着张秘书上去，张秘书已经被换下了三十四层，他把林缊月的水杯、落在周拓家的文件，还有那三盆植物都一同拿了出来。

"还有这个。"张秘书从文件袋里抽出来，"周总说解约的违约金就不算你的，这房子是他在解约前就买好的，他也不想要了，如果你还想要的话，在这里写下你的名字就可以。"

空旷的会议室里，林缊月看着那份购房契约书，傻傻地愣住了。

张秘书以为她不想要，劝说道："这房子在H市最好的地段，市值年年还在涨，周总为了拿下这栋别墅花了不少精力。林小姐，您还是收下吧。"

林缊月不作声。

"没事。"张秘书又说，"您可以再考虑考虑，到时候如果想签字了，就给我快递，就写周氏的地址和我的名字，我会帮您办理的。"

半晌，林缊月艰难地开口："周放山的事对他影响大吗？"

这些天这件事一直在热搜新闻上居高不下，连带着那些花边新闻也全被抖搂出来，周放山的情妇这么多，不知怎的，林缊月就是没看见那几张张婉清的照片。

"公司的消息不便透露。"张秘书颔首，片刻，大概是想起自己的境遇，他也忍不住为周拓叹了口气，"周氏最近……也是麻烦事缠身。"

"我了解。"林缊月垂下眼，手指绕着叶片摆弄，"谢谢你替我保管这些东西。"

张秘书走后，林缊月问前台借了个小推车，把东西都放上去后推到楼下，在门口打开软件叫车。

身后电梯"叮"的一声响起，皮鞋的脚步声从里头传出来。

旁边的光线被遮挡，林缊月朝侧面望去，发现是一身西装笔挺的周佳文，样子神气。她转过头去，不理会。

"来这儿找周拓啊？"

林缊月盯着手机上移动的车辆图标，并不讲话。

"他不在这里，你不知道吗？"

"你知道他在哪儿？"

"你还真是他的克星，当年就害他不浅，这回也要多谢你，我才……"

林缊月停顿片刻："你什么意思？"

周佳文笑了："你连新闻都不看的吗？"

"你说我当年就把他害得不浅……"林缊月牢牢地盯着他，"这是什么意思？"

周佳文愣了，低头笑道："他还真是什么都舍不得和你说。"

三十五层和她之前上来找周拓的模样已经大相径庭，沙发都换成了克莱因蓝，晃眼得很。

"从哪里开始讲起呢……"

周佳文坐在这样刺眼的蓝色里，悠哉地跷起脚，像是陷入回忆。

"啊，对了，是周拓大一的时候，突然吵着要去英国见你。"

他喝了口茶，边观察林缊月的表情边说："李敏和周放山都不同意，但他还是去了，回来后周放山把他关进酒窖的小黑屋里，一关就是一个礼拜。出来后没再给过他一分钱，大学四年，学费、生活费全是他自己赚来的。

"……你就不好奇他现在为什么都不骑马了吗？勃雷，就是那匹白马，早在周拓登上飞机去英国的时候就被他爸送到屠宰场去了。周拓回家后，被周放山关进黑屋一个礼拜，出来被告知的第一个消息就是白马不在了。周放山不愧是操纵人心的一把好手，他就是要周拓痛，痛到能彻底记住反抗的后果。"

周佳文虽然一直想和周拓争个高低,但他不至于残忍到认为周拓受这些惩罚都是咎由自取。

"你知道吗?"周佳文扫视着林缊月,"你拿李敏的五百万那件事,在我们圈里早传开了……大家都在背后说你和你妈为了钱,什么都可以做出来。"

林缊月想反驳,却张不开嘴,只觉得被什么东西堵上了。

"但我就不一样了,我最感谢你和你妈。"周佳文轻蔑地笑着,"要不是我拿你的消息钓他,周拓怎么会开车去追你?没有那场车祸,我也不能趁乱坐上这个位置。可谓环环相扣,你才是这最重要的一环啊。"

…………

医院八层,一片死寂里。

"嚯"的一声感叹,姜严明不知道什么时候来了,正站在楼道处,好整以暇地隔岸观火。

周拓在这间隙推开林缊月,回到病房,"砰"一声关上了门。

"他最近在复健,脾气大。"场面一时间有些尴尬,姜严明是个体面人,还是给了林缊月台阶下。

"好。"林缊月说,"我先不打扰了。"

姜严明点头:"那就不送了。"

林缊月挤出笑,道了别,转身进了电梯。没一会儿,这层楼道又恢复了它应有的宁静。

病房内。

"我相信你了。"姜严明非常欣慰,拍拍周拓的肩赞叹,"看来那本书有点用,我改天再给你带几本。"

"有没有人说过你在这里,有些吵?"

"有吗?"姜严明从周拓冷若冰霜的眼眸里读出杀气,点头如捣蒜,"好,你忙你的,从现在起,我不会再说话了。"

4

高级酒店里的下午茶,林缊月报上预约的名字,侍者就毕恭毕敬地领她到了窗边的白桌。

李敏已经到了,正翻着菜单,听见动静,抬头看她一眼,并不说话。

场面微微尴尬，林缊月硬着头皮坐下来。

"喝什么？"李敏依旧从容不迫地翻页，"不知道你喜欢配什么糕点，给你点了司康。"

侍者也给了林缊月一本菜单，她翻看片刻又合上了："水就可以。"

李敏这才抬头看她，眼神意味深长，转头对等待点单的侍者说："给她上英式早餐茶。"

点完单，李敏才开始打量她。

"你会来找我，我很惊讶。"

"伯母。"林缊月从背后的包中掏出存折，还有当年李敏给她的那张卡。这些年里面的数字增增减减，总算是凑齐了。

她把存折和卡放在桌上。

"密码还是六个0。当年你给我的五百万，本金加利息，我都原封不动地存在这张卡上了。"

"什么意思？"

"当年那些钱算我向你借的，现在把它都还给你。"

李敏拿过存折，一页一页翻看到底，末了，合上后笑了声，又退回去给她。

"林小姐说笑了，这钱是当年当作条件跟你交换的，忘了吗？"

"我没忘，所以才把钱都还给你。"

当年林缊月坐在李敏的书房里，这五百万的条件，是离周拓远远的。

她曾经以为这笔钱是重获自由的一条捷径，但到头来发现钱买不了自由，反倒弄巧成拙，给自己徒增禁锢。

花钱时林缊月总觉得心虚，于是拼命打工，半工半读，才勉强补上一部分。工作后，她又每月都填些进去，直到前阵子，才把这个窟窿填好。

"你要还钱，怎么现在才想起来？"李敏审视着林缊月，不清楚她的意图，"世上哪有这么好的事？钱你花了，周拓的腿也折了，到头来，你却说要反悔？"

"我说难听点，周拓会出车祸，并不能怪在我头上。一码事归一码事，这钱是我该还的……我要对得起自己的良心。"

"你要真的有良心，就该离周拓远远的！"李敏眉头紧锁，"他那年为了去找你，大学四年几乎没怎么回过家！四年的学费和生活费，全是他自己出去打工挣的。连最开始进周氏，周放山都让他从基层员工做起。"

"你凭什么表现得好像这些年备受折磨的只有你自己?"李敏忍不住冷笑一声,"你拿了我的钱,过着不知道什么样的好生活。周拓呢?周放山宰了他最心爱的马,导致他现在有钱了也不敢去骑马,这是他一辈子的噩梦。这次也是……他本有机会保住继承人的位置,半途杀出了个你,他才折了腿,又丢了自己的位置。"

李敏把茶杯放下,盯着林缊月的眼睛,分外认真。

"你要是还觉得你们这样互相折磨是对彼此有益,那就继续吧,我没意见。"

晚上十点,章筱才刚回家没多久。今天收工晚,她准备叫个外卖,还没打开手机,门铃就响。

"谁啊?"

来人不答,章筱看了眼监控,才开了门。

"你怎么来了?"

林缊月左右手各举着一瓶酒,脸上有着可疑的红晕。

"喝不喝?"

"你是喝了过来的吗?"章筱退后一步让林缊月进来,"你什么时候爱上喝酒了?"

以前每次打电话约林缊月喝酒,她都推三阻四的,难得这次她主动找上门来。

林缊月大摇大摆地脱了鞋子,抱着两瓶酒歪斜地坐在客厅的矮桌旁,等章筱端杯子来。

章筱拿了点下酒小菜,给林缊月递了双筷子。

林缊月推走:"不吃。"

章筱今天忙着杂志拍摄,一天都没怎么吃饭,好不容易收工,连下酒菜尝着都觉得香得不得了。

回过神时,林缊月已经把一瓶红酒喝了大半,像只安静的小动物,一声不吭地解着渴,端杯子"咕嘟咕嘟"喝到底。

章筱看傻了,把她手旁的酒夺走。

"这么喝,你不要命了?"

林缊月阴沉的小脸从杯子后头露了出来,章筱这才发现她脸色差劲。

"发生什么了？"

章筱拉她到阳台透气，夜晚的寒风瞬间钻进衣领，冷得她一个激灵，像突然醒了似的，她拉开门捡起地上的外套。

"我该走了。"

"……去哪里？"

还没等到回答，林缊月已经关门离开。

"林缊月？"

等章筱换好衣服、鞋子，楼道空空如也，她到楼底下去找，林缊月也不知所终。

医院八楼，唯一有人的 803 病房已经熄灯了。

楼下传来嘈杂的脚步声，红彤彤的电梯指示灯亮了。

"叮"的一声，两扇电梯门缓缓打开，不太利索的脚步声响起，一个鬼魅般的影子跟跄地走近，门"啪"一声被撞开了。

屋外的黄色光线泄进来。

周拓被突如其来的声响吵得直皱眉，他用手挡住前额，眯着眼睛。

"你……"

"嘘。"林缊月气喘吁吁，把食指压在双唇上，"你先听我说完。"

周拓挥挥手让跟在她身后欲阻拦的护士先行离开。

林缊月靠在门框上，站都没怎么站稳，脸隐没在暗处，看不清表情："周佳文说我是为了五百万才一走了之的。

"但你妈给我的五百万，我其实根本不敢花，每次都是用一点添一点……这几年工作下来，我已经凑齐本金和利息了，我……"

林缊月越说，越没底气。

"算了。"她抹了把脸，转身要走，"反正你也不会相信。"

在周拓这里，她已经是劣迹斑斑，苍白的解释听起来也不过像是在寻借口。她不知道自己怎么来了这里，明明刚才还在章筱家喝酒。

"过来。"

周拓说了这两个字后，一直没再出声，等到林缊月靠近床沿，他掐着她手腕下拉。

"喝了多少？"

"一杯。"

"撒谎。"

林缊月有前车之鉴，怕他觉得自己胡搅蛮缠，想了想，还是说了实话："……一瓶半。"

周拓冷冷看着她："你发酒疯，也不要打扰我休息。"

"对不起。"林缊月道歉倒是快。

窸窸窣窣的声音传来，周拓沉着脸给她递了什么，动作有些粗鲁。

是一杯温白开，林缊月正觉得口渴，言听计从地喝光了水。

"喝好了就走吧。"周拓把杯子放在一边，没再看她。

林缊月不动："……我不是来喝水的。"

周拓的好耐心几乎要消磨殆尽，他看着林缊月："你究竟要做什么？"

"我就是来看看你过得好不好。"

"你现在看过了，可以回去了。"

"我不要。"

林缊月低下头，昏黄的光线正好落在周拓虎口的伤疤上，温水让身子暖了起来，反正周拓无论如何都要赶自己走，那不如她就再多说一点。

"……我还有些话要对你说。"林缊月顺势坐在椅子上，头靠在床边，轻微地感受着周拓身体的起伏。

她缓缓地、声若蚊蚋地说："他们都说你那年回来后被关在酒窖一个礼拜……这件事，我觉得不能怪我。"

借着窗外零星的光，周拓冷峻的神情被她捕捉，她转脸换边，将视线对着病房的白墙。

"……勃雷的事我也听说了，发生这样的事我很抱歉。但我认为，这也不应该怪在我身上……还有这次，你出了车祸……"

周拓拉住她抓着床单的手，皱眉打断，嗓音烦闷："没有人说是你的错。"

"没有人？"林缊月突然转头看他，音量猛地增大，"可他们都这样说——"

周拓这才发现她眼睛泛着红，脸颊湿润润的。

他蹙着眉伸手，被林缊月拍了下去。

她的语气忽急忽重，又像突然烦躁起来："我从没要求过你做那些事。

但你给我做灯屋，帮我保存拼图，我走了，你还来追我。明明都是你的决定，为什么我却这样良心不安？"

现在昏暗的光线都让她觉得刺眼，周拓在她眼里快要变成重影。

"外婆的那幅拼图我回去拼了十遍，每回都觉得哪里不对劲，拼到最后……"她深呼出一口气，什么温热的液体滑出眼眶，她胡乱擦掉，还是逼自己说下去，"拼到最后……"

她喉咙堵住，再说不下去。

她把头埋进床单，周拓触到一片冰凉，她弓着背靠在床上，整个身体都在抖。

林缊月拼了不下十遍，每回扣上最后一轮城市夜空的圆月，完整的《风雪夜归人》的漂亮城市图景映在眼前，她却依旧觉得缺了点东西。

拼第十一遍的时候，她才明白，当年明月，不是此时圆月。

"别哭了。"

但那泪珠像断了线的珍珠，怎么也拭不完，林缊月抬起头，任由泪水流淌。

"我该走了。"

周拓下意识地伸手，意识到后，自己也顿了顿，又缩了回去。

"这里偏远，你喝了酒，一个人回去不安全。"

"可……"

"你不累吗？林缊月。"周拓好像叹了口气，"在这儿过一夜，明天早上再走。"

喝掉的那一瓶半红酒在她脑子里跳舞，今天过得像坐过山车一样跌宕起伏。

"上来吧。"周拓掀开被子，"这里躺两个人没问题。"

林缊月忽然想起那个鬼使神差的雨天，他把她从泥潭里拉出来，领回家，又蹲在黑漆漆的客厅给自己上药。

蓝灰色的月光底下，她脱掉鞋子爬上床，像是多年前受到蛊惑那样，缓慢地用她特有的笨拙方式靠近着周拓。

"再过来点。"

林缊月挨着床边，规规矩矩地平躺着，闻言装模作样地做了个假动作。

周拓终于不堪忍受，用手把她拽了过来："平时这么猖狂，现在怎么连床都不敢躺？"

她被拉到周拓身边，脸颊贴着他的肩膀。男性气息温热，她甚至能察觉到周拓身体的起伏。

不知是酒还是病房里的暖气，林缊月觉得有些燥热。

"水、水还有吗？"

"没有了。"周拓确保她有足够的空间后，又盖上被子，按住她不安分的腿，"别再动了，睡觉吧。"

林缊月偷偷把被子拉至鼻尖，深深吸了一口，鼻腔被令人安心的香味占据。酒意让她更大胆了一些，她挪动身子，转过脸看着周拓。

他已经闭上眼休憩，医院走廊的光透过门缝打在他高隆的眉弓，顺着往下，将他的侧脸描摹成一道金线。

林缊月伸手在空中依葫芦画瓢地临摹，额头、鼻子、嘴唇……周拓突然睁眼时，她的手还举在半空。

她的偷偷摸摸被逮了个正着。

"看够了没？"周拓冷冷地问。

林缊月立刻闭上眼，仿佛这样就能躲过周拓的审视。

好在周拓没有再问，闭着闭着，她的思绪就开始下沉。

明天醒来要怎么办呢？明天的事，明天再说吧……或许醒来发现今晚只是醉酒后的梦也说不定，这所有的一切如果都是梦的话……

林缊月看见自己走在一片广袤的草原上，太阳在正上方晃得人眼花。

她又渴又饿，一眼望过去，地上映出两个人影。她心中奇怪，朝右边转头，发现身旁果然还站着另外一个人。

那人身着雪纺碎花夏衫，气色红润，面颊饱满，俨然是记忆中健康模样的外婆。

林缊月一时间走不动路，就这样呆呆地盯着外婆。她从没有如此清楚地意识到这是在梦中，她知晓此刻是梦，正因如此，她才有满肚子的话想与外婆说。

攒了无数的话在心里，她一张嘴，却像是被按了静音键，什么都说不出来，只有两个音节从喉咙里滑出。

"……外婆。"

外婆牵起林缊月的手，两人一道走在无垠的草原上。

她们一直走一直走，一望无际的草原上突然分出一个湖，碧波荡漾的蓝色湖水，比世界上所有的海加在一起都要蓝。

张秀华牵着林缊月，在这片湖水前停下了脚步。

她转过来盯着林缊月，眼神柔软、温和，眼中倒映着远处生生不息的光亮。

"我只能陪你走到这儿了，缊月，接下来的路要靠你自己走。"

张秀华的手伸了出去，湖上悄然出现一座桥。

"不要停留在过去，要一直往前走。"

"你叫我往前走？"林缊月抹掉眼泪，"可你自己停留在了过去，我……我该怎么往前走？"

"眼睛朝前，两条腿一抬一放，就像我刚刚牵着你的手那样。"

眼睛朝前，两条腿一抬一放。

这样简单的动作，林缊月的身体却像灌了铅，无法挪动一步。

张秀华的身体正从边缘一点一点变得透明，林缊月看着木桥，又看看外婆。

张秀华伸手示意她上桥："不要沉溺过去，我们会再相遇的。"

林缊月照着她说的，一抬一放，居然真的一只脚踏上了那座金灿灿的木桥。每走一步，她的身体就轻盈一分，自己也控制不住似的，步调越来越快，到最后，她居然奔跑起来。

即将下桥之际，她听见身后传来一声轻轻的"再见"。

她猛地回头看去，外婆永远留在了那片广袤的草原。

阳光将会永远灿烂地照耀那里。

Chapter 12
我们的家

是彼此生命中
不可或缺的绝对唯一

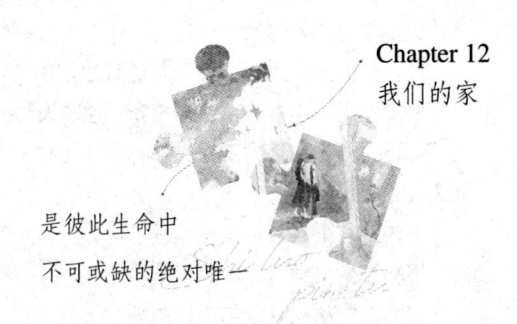

1

又过了一个礼拜,周拓已经可以缓慢行走了。

姜严明来探访他,进了病房,一脸疑神疑鬼。周拓不明所以,低头批阅张秘书送来的文件。

观察片刻,姜严明还是不能得出结论,小心翼翼地试探:"你不会还和林缊月有什么联系吧……"

"你觉得像吗?"周拓想起那天醒来身旁的空位,语气稍显讥讽,"你每天都来,看见她半点人影了吗?"

"也是。"得到回答,姜严明安下心来。这些天他几乎把周拓的病房当成自己的第二个书房,哪见过什么林缊月的痕迹。

"那可能还真是巧合。"

"什么意思?"

"刚才我在楼下看见了林缊月,吓得还以为她是来找你的呢……"姜严明回忆,"这么一说我现在又想起来了,林缊月身边确实站了个男人,应该是陪人来看病的吧?不过,隔得有点远,我没看清。"

"男的。"

"对,年龄大概和你差不多。但你放心,我感觉她应该是知难而退,不会再来骚扰你了。"

琢磨着林缊月有可能新交了男朋友,姜严明心情十分舒畅,这件事终于有了个了结。

"还当你们有多情比金坚呢。这才多久,她就另寻新欢了?我都替你不值。哎,周拓,你跟你妈道个歉,她说不定心软了,就会放你出来了,现在开始相亲你也还来得及……"

周拓投去一个眼神,姜严适时地住嘴了。

他知道周拓不喜欢自己提相亲,这些天周拓复健也确实辛苦,他"嘿嘿"笑了几声:"那你努力工作,赚到钱了记得赔我车哦,我就先走了。"遂哼歌离去。

下午,有个人畏首畏尾地进了门。

周拓正翻书学习。

"嗨。"林缊月举起手打招呼。

周拓像没听到似的,正在本子上写着什么。

"好久不见。"林缊月凑上前,看见周拓手里的书是她以前在书房看到过的法律书,"在学习啊?"

"陪人看病,顺路来看我。"周拓盯着书说,"林缊月,我不需要你的同情。"

"你这说的都是什么跟什么?"林缊月皱眉,突然想起自己刚刚在楼下遇见秦烨,不知道是被谁以讹传讹传到周拓的耳朵里了。

"我只有你这一个哥哥,没有其他哥哥哦。"她从包里掏出糕点,"楼下的人是秦烨,你也认识,我俩是偶遇的。"

林缊月已经做好热脸贴冷屁股的准备,她把绿豆糕拆开:"学累了吗,哥哥?要不要吃点下午茶?"

周拓没理她,自己低头看书,等到一页纸全背好,一抬头,发现林缊月还在一旁,自称是给他带的糕点只剩了零星几个。

他点点桌子,林缊月就抬头了。

"林缊月,回去吧。"

那天夜里他明明不是这样的。

林缊月恳求:"不要赶我走好不好?我知道错了。"

"哦,你错了?"周拓放下笔,抱臂看她,"那你说说,你错在哪里?"

"我……"她看到什么,被刺了下,又笑说,"你把我送你的笔扔了啊?"

周拓看了眼放在书桌的水笔,点头道:"对,有意见吗?"

"扔了好,我没有意见。那支钢笔本来已经旧了,以你这身份,确实应该换更好一点的……"

林缊月捏着一块散发清香的糕点递给他："饿了吗？要不要吃点绿豆糕？我排了好久的队才买来的。"

都快撑到自己嘴里了，周拓不情不愿地咬了口："我不喜欢吃绿豆糕。"

"嗯？"

是自己的记忆又错乱了吗？她记得以前周家的下午茶里，周拓就只动了绿豆糕，正好她不喜欢，所以她都给了他。

周拓皱眉接过林缊月手中的糕点，绿豆的甜味入口，浮躁就都沉了下来。

他好整以暇地看着林缊月："你还没说。"

"说什么？"

"你错在哪儿？"

见他没被自己糊弄过去，林缊月想了想："我错在不该不告而别，但我那天可是提前说过了哦，谁知道……"

"林缊月。"

她差点咬到舌头，不说还好，说着说着变成了狡辩。她想了想，盯着周拓幽深的眸子，半晌垂下头。

"你想我说什么呢？那天晚上，该说的我都说了，你妈妈的钱我已经还回去了，照片的事，我确实不该和你吵架。你说我不信任你，但我觉得不是这样……"

她又抬眼看周拓，眼睛里装着诚实和坦然："我觉得吧，我大概是太信任你了，所以才期望你知道那件事就马上告诉我。我自己都没意识到，我可能早把你当成最亲密的人了……所以那天我才会那么生气。"

"这个，才是我真的要向你道歉的。"林缊月眼里迸发出细碎的星光，"潜意识里我有恃无恐，总是捉弄你的这份……喜欢，那些对你恶言相向的瞬间，我要向你说对不起。这……这够了吗？"

很久，病房里都没有声音响起。

林缊月有种大考前被检验的紧张。她望着周拓，他的目光像沉入无尽大海，她也没看出个究竟来。

"知道了。"

就这样？可他的态度看上去丝毫没有半分软下去的痕迹。

精诚所至，金石为开，大不了她明天再来就是了。林缊月收拾收拾就准备走。

"等等。"周拓叫住她。

林缊月回头,看见周拓伸手指向她手中的那盒糕点。
"绿豆糕留下,你,离开。"
病房内,沁香的绿豆糕化在味蕾,清清甜甜,确实让人心情愉悦。

第二天,林缊月又来了,带了一整盒绿豆糕。
到的时候周拓正好在外面做康复训练,她没出声,看他一人吃力地走到尽头,转过来时,她做出昨天那副没皮没脸的样子:"下午好啊,我又来了。"
周拓满头大汗,应了声,估计是不想被她看见自己的狼狈样子,轻点下巴:"知道了,你先进去吧。"
她进了病房,从病房中间一截的透明玻璃里,看到周拓拄着拐杖走远,望着出了神。
周拓练好进来,汗水已经将病号服湿透,他进了卫生间,林缊月看他行动不便,敲门问他:"要帮忙吗?"
"不用。"周拓嗓音闷闷的,听着有些不自然。
"哦。"林缊月又退回到座位上。
没过多久,里面就传来了"哗啦啦"的淋浴声。
林缊月这才知道,周拓到浴室里不是换衣服,而是去冲澡的。
即使同床共枕多回,像现在这样共处一室,还是让林缊月有点燥热。她环顾四周,找了杯子倒好水"咕咚咕咚"往下灌。
周拓洗好澡,满身清香地出来,朝她伸手,林缊月不明所以。
"绿豆糕。"
林缊月马上殷勤诚挚地献上那份抢手的糕点。
"嗯,你可以走了。"
又让她走,林缊月忍了。
就这样一连送了好几趟绿豆糕,有一回她遇见了姜严明。
姜严明神色不太友善,问周拓怎么回事。
周拓点头说她只是来送货的,林缊月也配合地放下绿豆糕就走人。姜严明还是狐疑,最后看他们一点交流都没有,也就不好再说什么。
这项送货上门的服务在持续一周半的时候被迫中断了,秦烨眼红林缊月休了半个月的假,正好新项目要到外地去考察,就派她去了。
林缊月去了将近一周,和对方公司的项目负责人见面后,林缊月跟他们去考察了活动场地,带上之前预备的方案,又吃了几顿饭,几天下来,终于拖着疲倦的身子回到 H 市。

出租屋里,林缊月拖着行李箱开门,先给自己点了个晚餐,在等待外卖的时间里进浴室淋浴。

2

冲掉舟车劳顿的疲惫,带着热腾腾的雾气走出卫生间的时候,门铃突然响了。

"你好——"林缊月对着门喊,"放在门口就行,我等下去拿。"

外卖员依旧不依不饶地按着门铃,她被吵得头痛,套好衣服打开门,才发现门外不是拎着晚饭的外卖员。

"你怎么来了?"

周拓估计是撑久了有些吃力,轻靠白墙,右腿虚点着地。

"站不住了,让我进去。"

他手掌按了下她的肩膀,林缊月这才让开道,正巧外卖员从楼道拐角提着晚餐跑来了。

林缊月道了谢,接过饭,转过身来发现周拓已经自己拉开椅子坐好,拐杖工整地摆在角落。

她坐在饭桌边吃饭,周拓坐在她对面。

"你出院了?"

"没有。"周拓幽幽地问她,"这一个礼拜,你去哪儿了?"

"没有出院你来我这儿做什——"

"你还没告诉我,你这个礼拜去哪儿了?"周拓打断她。

"我?我去出差了啊。"

她本来是想和周拓说的,但那天好巧不巧遇见了姜严明,她为了躲开姜严明那审视的目光,只好放下绿豆糕就逃。

"林缊月,"周拓皱眉,"那天你说知道自己错在哪儿了,我感觉你不知道。"

"是吗?"林缊月往嘴里送了口烧鸭饭,"那你说说,我错在哪儿了?"

"你错在——"周拓坐在她对面,突然凑她很近,脸对着脸,把她含在嘴边的勺子给抽了出来,"这个礼拜都没来找我。"

"轰"的一声,明明是寒冬时节没有暖气的室内,林缊月却感觉身体里有把火腾地燃起来。她装模作样地咀嚼了数十下，才把那口烧鸭饭吞下，然后喝了口汤，清了清嗓子。

"你这是什么意思？"

"字面上的意思。"

"你是打算原谅我了吗？"林缊月尝试得寸进尺，"……那能不能把我从黑名单里放出来？"

"看你表现。"

这是什么意思？

林缊月想起周拓来时气喘吁吁的："你的腿可以走路了？"

她低头去看桌底，周拓朝后缩了下。

"林缊月。"

林缊月的目光落在他躲到后面的右腿上，就算遮遮掩掩，也不难看出裤子上透出的微微血渍。周拓的手术已经结束快半个多月，这一定不是未痊愈的伤口。

"你的腿又怎么了？"

"没事。"

林缊月从周拓手里夺回勺子，低头舀了口鸡汤。

他们谁都知道，肯定是周拓来她家的时候，走得太快一不小心伤口开裂了。

气氛低缓下来，林缊月心想，或许李敏是对的，她好像总会害到周拓。

"我的腿没事。"周拓说得很慢，一字一句，"如果你是在担心这个的话。"

"骗子。"

林缊月突然不耐烦起来："你过来做什么？这么大老远来我家，就想看我吃晚饭？你的腿……"

"不是。"周拓打断她，"我是来和你谈条件的。"

"什么条件？"

"张秘书都跟我说了，你把购房契约书签了。"

"对。"林缊月点头，"张秘书跟我说你不想要了……"

她看那房子漂亮得很，反正他也不想再要，自己捡个漏，又怎么了？

"谁说的？"周拓从口袋里掏出张银行卡放在桌上，"我花了这么多精力，才从一众买家手里抢下来，怎么能说给你就给你。"

"可是我都已经签好字了……"

她不仅签了字,甚至还发快递给张秘书了。

"这好办。"周拓点头,指了指那张银行卡,"房子还是给你,你每个月还我房贷。"

林缊月刚还完李敏的五百万,浑身上下加起来没有几个子,钱是肯定还不起了。

"能不能换个还债方式?"她"嘿嘿"地笑,"小女不才,身上没钱。"

"没钱有没钱的还法。"周拓把银行卡收起来,"这样,你把自己抵押给我,罚你住回我家,期限是无限期……"

他抬头看她,目光熠熠:"这样的还债方式,怎么样?"

…………

"哎,你小心……周拓?"

周拓推开林缊月挡着的手,伸手够到拐杖,架在腋下,几乎是跳着走到门前。

林缊月拥有健全的双腿,都险些追不上他。隔着电梯门,她问:"要不要帮你叫车?"

周拓懒得理,伸手去按关门键。两扇电梯门缓速合拢,他的身影一点点消失在快要闭合的门里。

"叮"的一声,电梯下行。

他无声地拒绝了林缊月的送行。

"喊!"林缊月撇嘴,不就是刚刚拒绝了他吗?难道是因为生病了,他怎么像小孩子一样阴晴不定的?

但她当然要严词拒绝了。

她才不想做什么无期限囚犯呢!住回去倒是很好,她刚想和周拓商量,谁知他一听见她说不要,就阴着脸拿起拐杖要走。

真小气!

当夜,林缊月给周拓发送了好友验证申请。其实是她拉黑他在先,原本只要她悄悄加回来,就可以继续聊天。

她发去粉红兔子的表情包试探,谁知对话界面出现一个通红的感叹号,底下还有一行小字提示:对方开启了朋友验证,你还不是他(她)的朋友。请先发送验证请求,对方验证后,才能聊天。

幼稚!

林缊月气得脸歪嘴斜，思索再三，还是心不甘情不愿地向他发去一个好友验证，那边立刻通过了。

她愤愤地将周拓的备注修改为：身残志坚185。

她视线往上望去，备注那栏显示"对方正在输入中"，她等了一会儿，周拓什么也没发来。

次日，忙完工作，已经是下午五点。

暮色时分，林缊月到了803病房门口，向下扭门把手，发现门是锁死的。

护士长从老远过来喊她："哎，现在进803病房要登记。"

"登记？"林缊月转头，"为什么？"

护士长后面跟着垂头丧气的吴梦，她认得林缊月，短暂交换过眼神就算打了招呼，并不出声解释。

"病人还不符合出院标准，昨天没告知就自行出院了。重点病人，重点看护。"

昨晚查房时发现803病人不见了，她们被临时来抽查的张院长骂得狗血淋头。痛定思痛，在这位性格叛逆的803房病人彻底痊愈前，她们决定实施更为严格的干预措施。

林缊月立刻反应过来，昨天原是周拓逃出来见她的。

她留好信息，推门而入，进来的时候，周拓正黑着张脸在看书，屋内没有开灯，天光已经沉成蓝灰色。

"啪"一下，林缊月打开了灯，屋内顷刻被黄白色的暖光灯包围。

这样大的动静，周拓愣是动都不动一下，依旧聚精会神地看着手上的书。

"哎，昨天的事还能不能再商量下？"

房间里就他们两人，周拓没反应，肯定是假装没听见。

林缊月伸手到书页前晃动，周拓终于不堪其扰，放下书，抬头看她："商量什么？"

"可不可以去掉无限期，我也不抵押给你，我……我邀请你以后和我一起住进那个房子，可以吗？"

周拓又低头了，他翻过书页，不知在想些什么。

林缊月又走近几步，将被子掀起来。周拓欲去拉，慢了一步，下半身暴露在空气中。林缊月还要再拉他的裤子，这回倒是被他眼疾手快地拽住，他握着被单的指节有些发白。

"你……"他一脸不可置信地抬起头。

林缊月坐在床沿,望着周拓,把他的裤管推上去,左右查看他小腿的血痂,那里并没有再裂开的迹象。

仔细检查过,她才放下裤管,还贴心地整理了褶皱,对上他那一言难尽的眼神,凑近。

"你以为我要做什么?"

"我以为?"周拓对上她的目光,虽然脚不能动,但他的手灵活得很。他往后一伸,勾住她的脖子往前拉,印上她柔软的双唇。

开始的时候是蜻蜓点水,吻着吻着,就变了味。如浪花般汹涌,一浪高过一浪,两人相抵着、纠缠着,鼻子都撞到一起,将这短暂分别的思念全部倾注进彼此的双唇里。

窗外居然又飘雪了,泡沫般的雪花急急地回旋,在空中打转片刻,又轻柔地飘落到地上。

开始总是夏天,四季往复,等待一件事情开了花结了果,又总是隆冬。

门外传来一阵脚步声,周拓伸手关了灯。

"803病人在里面呢,刚刚有位林小姐来访……是,是,这点是我们监管不当,下次不会再犯这样的错误,真不好意思……"

又过了一会儿,房门把手被按下,"咔嚓"一声,门开了。

李敏来了,不仅她来了,姜严明居然也跟着一起来了。

于是场面尴尬地成了二对二,林缊月从床边挪起来,低着头站到一边。

"你……你……"姜严明吓得成了个结巴。

前段时间林缊月还和李敏放过狠话,这下又聚到一起了。昏暗的病房内,大家都默契地没有开灯。

李敏对林缊月说:"出来一下。"

没有人敢阻拦,林缊月就跟着出去了。

到了楼下,两人进了间小咖啡馆。李敏没有点餐食,林缊月也没有,她面对李敏还是心虚多一些。

"上次的话你没听进去?"李敏蹙眉,"你不是前阵子去了英国,现在又回来做什么?"

林缊月顿了顿:"我一开始,就没想过不回来。"

即使是六年前,她也十分确定地认为国外只是她的中转站,自己总有一天要回来的。

李敏沉默，突然幽幽地长叹了口气："你们如果真觉得这样是你们想要的，那就这样吧。"

看刚才周拓的样子，就知道这并不是林缊月的一厢情愿。她并不想让周拓步入周放山的后尘，也不想再有哪个女人经历她经历的那些。

"伯母，是不是因为我妈，你还有误解，我……"

"其实这次没有你妈，我也扳不倒周放山。"

"什么？"

"你妈不知道从哪里听来的风声，知道我要对付周放山，主动找上门来给我提供了一些重要证据，还有他几年前猥亵实习生的证据。没有她，周放山不会倒得这么彻底。"

"可……"林缊月刚要问些什么，一个身影突然急急赶来，看清来人，她不由得大吃一惊，"周拓，你下来做什么？"

"来看看你们聊得怎么样。"周拓把拐杖放在一边，坐在林缊月身边，看看她又看看李敏，"都聊了什么？"

不久后，姜严明也来了，气喘吁吁的。

"我看周拓的腿比我好，我追都追不上。"

医院底下有家粤式茶餐厅，专供病患、医生吃饭，几人转道去那儿，灰白色的桌上还残留着抹布刚擦过的水渍。

"这边需要点什么？"

李敏看菜单："红米肠、蒸凤爪，再来一份艇仔粥。"她抬头对几人说，"想吃什么，自己加。"

他们又加了炒菜和虾饺，周拓和姜严明还要了壶普洱。

林缊月哪能料到今天不仅要再见李敏，还要同她和姜严明坐下来一道吃饭。

她低头把指甲盖翻来覆去地看，也没找见哪里有倒刺。十根手指的指甲都修剪得极短，于是她只好随便用拇指从边缘抠着，温热粗糙的触感攀上，隔壁伸来的大手压住她躁动的手指。

林缊月掐了一下，对方纹丝不动。她抬头望去，周拓并没有看她。

"妈。"

"食不言寝不语。"李敏抬手示意，心下倒有几分释然。

倒是姜严明眼珠转得滴溜溜的，原来这两人已经暗通款曲多日，他天天都来，要么就是没遇上，唯一遇上的那次，林缊月放下绿豆糕就走，他还以为是她一厢情愿。

好啊，这个周拓。

姜严明感到一股被欺骗的愤怒，赶忙在桌子底下发消息给律师，起草自己跑车的赔款事宜。他不仅要周拓双倍赔偿，还要周拓承担自己的误工费、精神损失费……还有他的买书钱！

发完他感觉心情顿时好多了，结果收手机的时候，正看见那两人在桌底下拉着小手，他又感觉心情更糟了，没一会儿就借口不舒服叫司机把他接了回去。

随后，周拓在半夜收到了姜严明的律师发来的赔偿协议。

3

林缊月和周拓走出餐厅，外面已经积雪了，地上洁白厚厚的一层。

"哇，雪已经这么厚了。"

"嗯。"周拓把她脖子上松垮的围巾拢紧，"走吧，我叫车送你。"

林缊月瞥他："是我送你还差不多。"

于是，两人又走到医院八层。林缊月感慨："没想到阿姨居然比想象中亲切。"

"她之前不这样。"

"真的吗？"林缊月转头，"我还以为是我又记错了。"

周拓点头："她最近……是和我爸离婚后才这样的。"

李敏离婚后，性情和之前完全大相径庭。

以前她整日不苟言笑，为周家操劳，也为李氏企业费心。不仅如此，她在公众面前也得做足温良恭俭让的好形象。离了婚，她倒变得轻松许多，没了莫须有的枷锁，卸掉一些担子，总归感觉是不错的。

林缊月轻轻"哦"了一声，两人一道回了病房。

外头的天色已经暗下，从八楼的病房窗外可以看见对面楼房亮着的方格窗，雪絮在黄灯下纷扬。

"不早了，你早点回去休息。"

周拓坐在书桌前，点亮台灯，桌上放着本厚书。

林缊月静了一会儿，才开口问："那你呢？"

这样没由头地冒出一句，周拓不明白她的意思。

"你爸妈离婚，还闹出这样的事，你感觉……"

"我觉得这是好事。"

"……嗯?为什么?"

林缊月好像不相信,撑在桌沿的手都松开,身体前倾,眼里盛满不解。

"是解脱。"周拓耸着肩如实回答,"他们表面上是模范夫妻,背地里你在我家那年也有目共睹了,平时都见不上几面。"

周放山在外面玩得开,这段婚姻从很早就名存实亡了。

很小的时候周拓就亲眼见证父亲出轨的样子,那些场景是他挥之不去的噩梦。钱会流向有钱的人,权力同样也只会附着在更加有权势的家族身上,他亲眼见证龌龊,却还要每时每刻生活在这样的家庭里。

这才是残忍。

周拓对林缊月说:"你走过来一点。"

"做什么?"

他笑着勾手:"你过来就知道了。"

火柴光般的台灯点得恰到好处,周拓整个人都浸在那一小方暖光里。

这幅画面实在太过漂亮,比外婆送她的那幅拼图还要诱人,林缊月鬼使神差地走到他面前。

"弯腰。"

她弯下腰。

周拓双手捂住她的双颊,连带着也盖住她的耳朵。

他的嘴一张一合,声音很柔很轻,但还是传进了她的耳朵里。

"不用担心,那些都是他们的婚姻,不是我们的。而我们……"他的手松了松,又捂紧了,"我们会有自己的家。"

大掌烫得林缊月的脸颊发麻,那暖黄的台灯照得她的心也在发热,她小声嘀咕:"真自恋。"

"林缊月,"周拓喊她,"你不用担心我,我一点也不难过。"

"可是为什么,我有点难过……"

"整齐漂亮的楼房,里面却是烂尾毛坯,这样勉强的房子,你会想要住进去吗?"周拓叹气,"林缊月,你只是有些完美主义罢了。"

"是这样吗?"

林缊月想,她依旧会住全世界最好的楼盘、最贵的房子,最好住上两个人,外头带庭院,能养点花花草草,两个卧室也是刚需,相邻一面墙。

这样吵架了她还可以卷铺盖去另一间房。

房子不用太大,但要漂亮、要整洁,不能进门就只闻到冷空气的味道,要永远亮着灯,永远飘着檀木香气。

想着想着,林缊月心中突然浮现出这样一间房。

它扎扎实实地存在着。

有什么东西在心里"噼里啪啦"地响,嫩绿的、充满泥土气息的新芽突破冬天积满厚雪的表皮,"扑哧"一声,钻了出来。

原来一直以来,自己已经有家了。

人总要在不是家的地方游荡些日子,才能明白归处在何方。

林缊月看着周拓:"你能不能站起来?"

周拓眼神疑惑,但还是缓缓站了起来。林缊月绕过他的腰际,把脑袋埋进他宽厚的胸膛。

树一样沉稳的男人。

林缊月嗓音低闷,耳朵感受着他心脏健壮地跳动着,一下又一下。

她将自己的头埋得更深,蹭了蹭:"什么时候能住回去?我想回家了,哥哥。"

周拓出院那天,林缊月开着自己那辆小甲壳虫要接他回家。

虽然周拓曾多次表示林缊月可以先搬回去,林缊月却坚持要等他一起。

熟悉的铁栅栏门口,林缊月伸手尝试,门禁系统发出刺耳的"嘀嘀"声。周拓伸手越过她肩膀,"嘀"一声,铁门缓缓开启。

面对眼神幽怨的林缊月,周拓耸肩表示:"我以为你不回来,所以就删了你的指纹。"

"马上加上,不然我现在就回去。"

林缊月佯装要走,周拓捞她,低头在她发顶亲了口,抓住她的手往指纹探测器那里伸。

"嗯,现在就加。"

进了房子,还是熟悉的落地窗,室内整洁如新。他们上了楼,林缊月站在半掩的房间门口,显得有些踌躇。

"怎么不进去?"

林缊月回头说:"在想进哪间房。"

"你当然是和我睡。"周拓推她进卧室,"有什么不好意思的?"

他把行李箱摊在地上打开,无奈地抬头:"你是不是还没适应过来?"

"这都被你发现了。"林缊月尴尬地笑了声,又为自己辩护,"你住院这么久,就能立刻适应?"

两人花了将近一下午做整理,她的护肤品、洗漱用具和拼图放在卧室,书、杯子和发财树则放在客厅。

林缊月一边规划物品的放置,一边愤愤不平地念叨:"周拓你……居然说扔就真把我那些东西给扔了。"

周拓就坐在客厅看严肃的法律书,伸手翻页,好像并没有听见她的这点碎碎念,可不知怎的,看着看着,嘴角弧度却莫名上扬了。

他刚住进这栋房子的时候,姜严明总是说这里太过冷清,上下三层,就他自己一人,一点烟火气也没有。

这栋老洋房历史悠久,建筑风格极具北欧特色,据说是按照原房主小女儿的梦境设计的,那户人家和睦热闹,最后移居海外,再也没回来过。

周拓和中介看房时,一眼就喜欢上了这里。房子好像也会有生命,这栋别墅孤零零的,就好像在等着什么人。

"这里要是再放个全身镜就好了。"

林缊月嚣张地把自己的书横在他的书堆之上,她身上冒着股蓬勃的生命力,像经过一整个冬天都没有枯萎的野花。

周拓想,或许他和这栋别墅,都等到了结局。

他忍不住合上书,走到林缊月身后,背影轻薄纤细,他绕过她腰际,把头轻轻靠在她的后肩。

"都听你的。"

晚上,阿姨长假过后终于被喊来做饭,看见林缊月,眼里是藏不住的惊喜。

"林小姐?你……"

"阿姨,好久不见。"林缊月笑笑说,"我休假回来了。"

阿姨看见林缊月就觉得亲切。这些天周拓住院,她闲得要命,知道这两人之前闹了矛盾,现在看样子应该是和好了。

"林小姐,你是不知道,这段时间你不在,周先生过得简直不成样子。"

"哦?"林缊月来了兴趣,"怎么说?"

阿姨的女儿同林缊月差不多大,她哪里能抵挡这样水灵的杏眼投来的期待目光。

她四处张望之下,没有看见周拓,便放松警惕,挽着林缊月的手臂,半是熟络,半是亲昵。

"本来周先生就不按时吃饭,你在这里的时候还好,你一走,周先生就更不按时吃饭了,每天都到深夜才回来。我傍晚做好的饭菜,经常第二天来还是原样摆在桌上……有一天……"

拖鞋的踢踏声由远及近传来,周拓轻咳了一声。

阿姨吓了一大跳:"哟,厨房在煲汤,我怎么把这个给忘了。"说完她自顾自去厨房忙碌,还贴心地关上了隔油烟的门。

只剩林缊月和周拓两人面对面。

"有一天?"林缊月扬眉,"怎么了?"

"没什么。"

阿姨握着抹布端汤出来,讪笑着打圆场:"这汤是林小姐最爱喝的吧?周先生今天特地嘱咐我要炖久些,让肉煮得又松又透。"

周拓拉着林缊月的手臂坐下,给她盛了碗汤递过来:"喝汤吧。"

阿姨添了碗筷,试图转移话题。

"我还做了林小姐最爱的炒饭,马上就端过来。"

林缊月听了果然起了兴趣:"什么炒饭?"她一头扎进厨房去看。

阿姨赶忙又谎称还有东西忘了收拾,晃到别处去了,没一会儿就找了借口先走。林缊月从厨房盛了两碗炒饭出来,红扑扑的小脸隐没在蒸腾的滚滚热气中。

直到离开周拓家,阿姨才松了口长气。

这位洁身自好的雇主平日里滴酒不沾,那天居然浑身刺鼻的酒味,烂醉不堪,在玄关处脱鞋时都稳不住身子。她好意帮忙,听见平日里不苟言笑的周先生嘴里念叨着什么。她凑近了听,只听出个"月"字。

第二天,他就叫自己把和林缊月有关的一切都扔了。

阿姨走出别墅,脸上忍不住荡起笑来。

幸好自己耍了点小聪明,把那些东西都藏在别墅底下的仓库里了。

4

林缊月在书房里开电话会。

周拓在客厅把摆在地上的那片月亮拼图扣进夜空。

"把它给你不是让你做摆设的,还都还了,还不拼起来?"

"什么?你给我拼好了?"她探出头来,脸上露出讨好的笑。

周拓和那颗半露出来的脑袋对视上:"你心虚什么?"

253

林缊月缩回房间，把电脑合上，端着水杯从房间踱步出来，假意倒水，到客厅溜了一圈。那幅拼图果真被周拓拼好了，明洁的圆月挂在飘雪的冬夜里。

　　她在分开的这段时间无数次尝试拼凑，但每回都感觉不对，总觉得这里就应该有个缺口。

　　拼上去不对，拆下来也不像样，到最后徒生厌恶，她干脆也不拼了，就这样晾着那枚碎片。

　　今时今日被周拓扣进去后，才像了样子。

　　最完整、最明洁的银白色月光，正熠熠地照耀着底下倦怠归家的男男女女。每一格窗都亮着，每一格窗都有所属。

　　这是最完整的城市夜景，最完整的《风雪夜归人》。

　　林缊月看着拼图，一种前所未有的安全感包裹着她。

　　周拓看她："你这是什么表情？"

　　林缊月身体轻飘飘的，从头到脚都舒展开，像踩在云端般。她一步一步走近周拓，双手环抱住他，缩进他月亮船似的怀抱里。

　　"当然是，很喜欢很喜欢的表情啦。"

　　她把头凑近，满意地嗅到那股富有安全感的檀香。

　　"你……"

　　"嘘。"林缊月打断，脑袋埋得更深，柔软的羊毛布料代替那双粗粝的大手抚摸自己。

　　"这些天，我好想你。"

　　他明明在医院等了好几天都没等来她，她还好意思说想自己。

　　"怎么想的？"周拓喉结滚动，"跟我说说。"

　　心脏跳动时轻微的震颤隔着衣服传了过来，周拓贪恋地延长着这刻，想要低头吻她，林缊月把他推开："等等。"

　　她跑进卧室，窸窸窣窣地找着什么，又跑回来。

　　"差点忘了。"林缊月把盒子递给周拓，"这是给你的。"

　　长方形的银灰色缎面盒子，周拓将它打开，看了眼里头银光闪闪的东西，又抬头看她。

　　"不是之前那个牌子，也没刻名字。"林缊月不自然地笑笑，"以前那支，你丢就丢了，我送支新的给你。"

　　笔盖银晃晃的，用极细致的笔触重复雕刻狐狸花纹，笔夹底部缀着颗金麦色的星星，深邃的蓝色铺满笔身。这是一个高级牌子出的联名，充满了童趣，和他的身份有些格格不入。

"冬天是不是还没过去？"周拓说，"好像还有点冷。"

"可能是倒春寒吧。"

"傻瓜。"那人轻笑。

林缊月被揽进一个温热的怀抱，周拓捧着她的脸颊，她小声抗议："我还有话没说完……"

周拓不给她机会，扣住她下颌，低头衔住。双唇交融间，林缊月急得直拍他。

"好了。"他替她擦掉唇上的晶莹，"现在可以说了。"

林缊月喘着气，又静了一会儿，等呼吸恢复顺畅，才发作瞪了周拓一眼。

片刻，她终于认真开口："我是想说……如果以前的事对你来说很不堪，那么忘记、丢掉，我都没问题。"她盯着周拓，是对他说，好像也是对自己说，内心充盈着横冲直撞的力量。

"反正，我是觉得，我们应该还会有很多未来要一起。"

她一股脑说完，室内突然寂静无声了，周拓面上依旧波澜不惊，林缊月端起水杯缓解尴尬。她好不容易这样肉麻一次，没想到对方居然一点反应都没有。

"嗯。"

"就这样？"

"好。"周拓笑了，"我知道了。"

他顺着银色笔盖的狐狸雕刻摸到金麦色的星星上。他们都曾固执地画地为牢，但受害者之间是不需要用言语交流的。一模一样的钢笔，她分明是在用自己的方式告诉他，过去那些事情，她已经不在乎了。

"好什么好？"林缊月恼了，"你知道什么了？话说得牛头不对马嘴。"

"你去哪儿？"周拓把要起身的林缊月拉回来，"我什么都还没说，你走什么？"

周拓把她的下巴抬起，四目相对。

"我不觉得过去不堪，也没想过忘掉……我会丢掉钢笔，只是想要一个新的开始。"

是了结，也是放弃。没想到换来了全新的开始。

一个好过成千上万个可能性的新开头。

255

周拓抬头去看林缊月,她眸光闪烁着,像那颗金麦色的星星,熠熠生辉。

"好了。"他收起钢笔,揽着林缊月往卧室深处走,"情话说完了,我们现在来做点更甜蜜的事吧。"

5

年关将近,家家户户开始张灯结彩,贴对联、做大扫除,大街上处处洋溢着喜气洋洋的过节气氛。

这是他们在这个家中度过的第一个新年,周拓给阿姨放了个长假,和林缊月两个人把家中里里外外清扫了一番。

他们拆下窗帘扔进洗衣机,又踩着梯子一个一个嵌进去。林缊月在底下按着铁梯子,心惊胆战地看他爬上去。

下午,林缊月也修剪了发财树的残枝败叶,浇好水,摆在太阳照得到的地方进行光合作用,周拓则出门买菜去了。

说好了年夜饭由他来负责,林缊月坐在沙发上看联欢晚会就可以。林缊月不服,也想露两手,周拓同意了,让林缊月做点冷菜。

晚上,两人进厨房忙碌,一直到窗外都亮起烟花才将年夜饭端上桌来。

熟悉的联欢晚会已经开始了,他们就这样边吃边看。林缊月下午趁着周拓去买菜的工夫,把信箱都清空了,从里面清出来的信件大多是成年累月的垃圾信件。

酒足饭饱,他们在沙发上看电视。林缊月无聊地一封一封翻着,突然发现邮政发来的一个快递。

她拆开来,担心又是不知从哪儿寄出来的偷拍照,结果里面居然是张银行卡。

熟悉的尾号,是她还给李敏的那张,林缊月不太确定是谁寄来的,翻回去看发件人,发现是张婉清从 S 市寄来的。

"怎么了?"周拓发现林缊月的停顿,凑上来问。

"没什么。"林缊月收起银行卡,又继续窝在周拓的怀里。

看了一会儿电视,她抱怨道:"真无聊。"

她想了想,抬头问周拓:"你明天什么安排?"

"明天?"周拓想了想,"明天要回趟家。"

"哦。"林缊月点头,"那正好,我们各回各家。"

于是等到第二天,两人就都各自打道回府了。

林缊月回到 S 市，先去看了外婆，给外婆、外公两人都各买了一束花，然后才回到外婆家去。

不过现在那儿已经不是外婆家了，现在是张婉清的家。

门外贴了一副对联，前堂看上去干净整洁。林缊月敲门，是张婉清来开的门。

屋子里零星传来电视的声音，正在回放昨晚的联欢晚会。

张婉清显然没想到林缊月会来，她把电视机关了，欢乐热闹的气氛消失，徒留一阵长久的沉默。

"妈。"林缊月先叫了她一声。

张婉清眼神防备："你怎么来了？"

"银行卡……我收到了。"林缊月神色并不自然，"是你给我寄的吗？"

"李敏给我的。"

"哦。"

张婉清抱臂看她，片刻，长叹一口气："来都来了，坐下聊聊吧。"

与此同时，李敏望着手里的那份文件，抬头不解地问周拓："你都想好了？"

周拓点头，李敏还想再劝劝："我没有真的想过要把你换下去，周佳文也只是临时担任你的位置……"

"妈。"周拓打断，"我已经想好了。"

本来在周氏做的工作也不是他自己想做的。很久以前，他就对律师这个职业展现了浓厚的兴趣，住院这一个多月，他肩上卸掉不少任务，终于有时间沉下心忙他想做的事。

李敏沉默不语，片刻，松了口："如果这真的是你想要的，就去做吧。"

"嗯。"周拓弯腰，从胸前的口袋里掏出一支崭新的银钢笔，签署了那份离职合同，站起来扣好盖子，插回口袋。

开门离去前，周拓想起什么，转头看李敏，轻轻点头，说："妈，新年快乐。"

当晚两人都回到了家，周拓问林缊月："今天过得怎么样？"

"还不错。"

周拓低头："那你的神情怎么是这样？"

"我今天见到我妈了。"林缊月回想着，缩进他怀里，"我发现，有些事情，好像没有我想的那么不堪……"

"是吗？"周拓把她抱紧，"没关系，你现在知道了也是一样的。"

"嗯。"

林缊月想，好在一切都还不算太晚。

周拓离开前，李敏给了他一份转让书，想给他在周氏留点股份，但周拓最后还是拒绝了。

周佳文听到这个消息高兴得不得了，他拍肩感慨："你早和我说你志不在此，我也就不用这般大费周章。"

周拓笑笑："也还是谢谢你。"

没有周佳文提醒，林缊月那天也不会大晚上跑到自己病房来。

周拓从公司回家，推开门发现林缊月正蹲在地上清点夜爬要用的装备。

"探灯两个、冲锋衣、水杯、补给的食物……"林缊月还偷塞了两包巧克力糖，是她平时最喜欢的牌子。

周拓在她旁边蹲下，看见行李里装满了各色零食、毛毯，甚至还有野炊餐具。

"林缊月，"他无奈地喊她，"明天我们是去登山，不是去野营。"

"知道呀，哥哥。"林缊月说，"我就是有些嘴馋。"

她说这话时无意识舔了下唇，最近H市很燥，湿润的樱桃小嘴半张。

周拓僵硬半瞬，又想起那天林缊月给他下的咒，在心中低骂一声。

林缊月察觉周拓的停顿，问："怎么了？"

"没什么。"周拓回神，按住她的手，"别撕死皮。"

林缊月嘴巴发干就会起皮，她总忍不住用手去撕，因此，嘴唇经常就像打过补丁的布，红一块紫一块。

他皱眉把手中的袋子塞给她。

"什么东西？"

"润唇膏。"

周拓前天就提醒林缊月擦润唇膏，但她对此并不当回事，索要几个水灵灵的吻就当是滋润，实际上连凡士林也没有涂。

"哎，什么香味的？"林缊月翻到背面去看，"柠檬啊？"

"嗯。"周拓瞥了她一眼，"不喜欢？"

冰凉的柠檬薄荷沁入干裂的嘴唇，难耐终于得到片刻缓解。她上下抿动嘴唇，发出脆生生"啵"的一声，嘟嘴对向周拓："酸甜味的哎，你要不要尝尝？"

周拓不想弄得嘴巴黏糊糊的，皱眉后仰："不要。"

林缊月不乐意，打开唇膏给他也擦上："你也来点。"

周拓平时不涂唇膏，他的洁癖不允许嘴唇油润。

他皱眉要去找纸擦掉，林缊月却俯身凑近，近到他能闻见她唇上的柠檬味。

丝丝缕缕的柠檬酸味涌上来，嘴上更觉清凉。

吻着吻着就变味了。

周拓扣住林缊月的后颈，汲取着要加深，林缊月推他："做什么？"

被迫分离，周拓眼里还残留雾蒙蒙的水汽。

"我只不过是帮你更好吸收，你不要得寸进尺哦。"

周拓凑上去，敲开她的牙关，长驱直入。

两人相吻的身影被初春的阳光熨了层金边，从远处看去，像场说不清道不明的皮影戏。

林缊月说以前那次没登顶，这回要和他一起在山顶上看日出。

S山并不高陡，他们挑了条小路，握着手电筒，踩着树枝走。

山路僻静，深夜的山中偶尔传来几声狗吠，树影斑驳，脚步窸窣，静得只剩下两人轻微的喘气声。

"像不像学农的时候？"林缊月转头问周拓。

"为什么？"

"你不记得了吗？"林缊月说，"我们那时候晚上不就是走的这种路吗？"

漆黑、安静、隐蔽。

市北高中每年的传统项目是将高三学生送到郊区的农学基地进行为期一周的农学活动，美其名曰劳逸结合。

那个时候他们每天晚上在农学基地破旧的礼堂听完讲座后，几乎要跨越半个基地才能回宿舍。

回去的路上有一座桥，没有安灯，乌漆墨黑的，只能看见远方的星星灯火。

林缊月就匿在人群里跟随着大部队慢吞吞地挪动，印象里他们和八班的人走在一起，她又正好站在交界处。

那时她旁边是班里的某个男生，他俩正有一搭没一搭地聊着天。

因为不熟，所以交谈时存在着长长的沉默空隙。

林缊月很快就觉得无聊，一片寂静里，那男生突然蹦出一句："你还蛮可爱的。"

她平日里和这个男生交流不多，今天才说上几句话。

所以她着实被吓了一跳，半天没出声。

"林缊月。"

右手边有人叫她的名字。

她转头看，漆黑中看不清面孔。

过了一会儿，那人又说："你的衣领半掖在衣服里。"

周拓朝自己倾斜过来，林缊月闻到初春空气里飘着淡淡的檀香。

"周拓。"林缊月松了口气，"原来是你。"

周拓嗓音淡淡："你希望是谁？"

但林缊月脑子里只惦记着他刚才的话："我的衣领怎么了？"

周拓在黑暗里盯了她片刻，这个笨蛋摸了这么久都没把衣领拿出来，居然会有人觉得她可爱？

真可笑。

他扯住林缊月的校服袖口，示意她走慢些，然后倾身靠近，伸手将她反折的领子翻出。

"是这里。"他说。

"哦。"锁骨处的压力轻了。

林缊月摸摸自己平整的领口，难怪她总觉得今天的校服有些沉。

将衣领掖出后，檀香味就立刻飘远了。

周围逐渐亮起，大部队陆陆续续下了桥。

他们两个班在不同的宿舍楼，下桥后就有拐点。周围密不透风的沉闷空气散了，专属于春天的泥土气息飘了过来。

林缊月摸着衣襟朝旁边望去，昏暗的大路上，周拓早已隐在人群中，不见踪迹了。

…………

"哦。"周拓记起来了，"你说学农那次。"

"对。"林缊月说，"这么黑的夜路，你怎么知道是我？"

"碰巧而已。"

"是吗？可……"她边转头说话边走路，地上有小石子绊脚，她站不稳差点摔倒。

周拓眼疾手快地扶住她:"注意脚下。"

林缊月心有余悸,没再接着这个话题聊下去,没走多久,她又顿住脚步。

"崴到脚了?"

"不是。"林缊月摇头,"你听。"

周拓也停住脚步,跟着她听了一会儿,点头道:"嗯,这附近零散住了几户人家,有狗吠很正常。"

"不对。"林缊月说,"好像是小狗的声音。"

出生幼犬的哀嚎由远及近,她刚才就听到狗吠,现在走近了才发觉是幼犬的嘤咛。她捏着手电四处搜寻,山间夜晚气温低下,天空已经泛白。

"马上就要日出了。"

"嗯。"林缊月应着,"我就随便找找。"

这条野山路四处都是枯枝,野狗野猫流浪久了,听见一点动静就会把自己藏得严严实实。

无奈林缊月执意要寻声源,周拓也只好跟着四处探照。

他们翻过石阶,朝山坡下走了一点,终于在树丛未遮蔽的空地上找到一只嗷嗷待哺的幼犬。

"或许狗妈妈遭遇了不测。"林缊月推测道。

她一走近,那幼犬就像知道来者并无恶意似的,眯眼匍匐着靠近。

林缊月的世界总是这样明亮,大多数时候,她并没有太多防备心。

善良、肆意又坚韧的女孩,她就像那座黑漆漆的桥上浮在远处的星星灯火,在漆黑中虽摸不着,但瞥见一些漂亮的光晕,总是好的。

周拓在林缊月身边蹲下,她正从包里翻出水喂它。

周拓盯着狼狈又奄奄一息的小奶狗拼命舔舐吮吸的模样,伸手轻触它的脑袋,温柔地说:"它能遇见你,真是太幸运了。"

多亏了林缊月包里准备了一堆东西,那只奶狗得以获救。

于是她走山路时连拐杖都不碰了,抱着用毯子包裹的奶狗,自言自语道:"该叫它什么名字呢?"

周拓淡淡地说:"我没同意要养。"

"为什么?"

"你养了它后……"周拓沉默片刻,"总会要分别的。"

狗的寿命只占人类的八分之一,似泡影,也像白驹过隙,弹指一挥间的事，现在的快乐都像是在透支以后离别的痛苦。

林缊月原本在心底准备了千言万语要劝周拓同意，她坚信自己总有办法让周拓妥协。但她最后听见他这样说，准备好的话都烂在了心里。

"好。"她点头道。

勃雷的事发生一次就够了，林缊月想，她不想再逼周拓做出违心的事。

登顶的时候，太阳已经露了个头，晨曦从云层里四散出来，他们找了个石礅坐下。

天光渐亮，林缊月才发现救下的是只纯白的奶狗，一部分的毛发被泥土蹭成灰色。

林缊月说："等会儿我们下山去找找有没有人愿意收养。"

两人在晨曦中无言地坐了一会儿，初春的阳光熨烫着脸颊。

她又说："好暖啊。"

林缊月坐在阳光里，侧脸被镶上金边，周拓与她共享着同片阳光。他转过头，看见林缊月正嘴角噙笑，望着怀里那只已经沉睡的小白狗。

他又转回头，沉默了一会儿。

"养吧。"

林缊月抬头，张嘴，惊讶地看着他，好像在问：真的可以吗？

"嗯。"周拓笑了，伸手揉乱她的头发，"我们可以有一只属于我们的小狗。"

自从周拓同意收养小狗后，林缊月就兴致勃勃地添置了狗粮、狗窝、小零食，以及各色玩具。

客厅一下子就变得热闹起来。

周拓获林缊月允许，给它起名小雷。小雷是只白色土狗，两只耳朵耷拉，眼睛水汪汪的，一见林缊月训它就歪头，扮作听不懂的傻样。实际上它很聪明，知道摆出这副可怜巴巴的样子，林缊月就会于心不忍。

小雷住进家中一个月，已经逐渐熟悉环境，知道这家男主人不喜欢它上二楼，但女主人会偶尔偷偷带它上去参观，做贼似的，一会儿就又把它抱回客厅。

小雷一个月大，林缊月给它举行了"狗生"第一个生日。

她花费一下午，做了个卖相不佳的酸奶蛋糕，端到小雷面前。它只是凑上去嗅嗅，并没有展现很大的兴趣。

"你不吃我今晚就把你丢到深山老林。"

小雷马上狼吞虎咽，林缊月心满意足，快乐过后又有些心酸，抱着小雷道歉。

"我不是故意的，这是你家，我永远都不会抛弃你的，你是妈妈最好的小狗。"

周拓在旁边看，轻吁一口气，嫌弃她肉麻。

"怎么？"林缊月翻白眼，"怕小雷分走我所有的爱？"

周拓把小雷吃完的残羹收拾干净："你以为我会怕这个？"

他从地下室里端出一个有些落灰的四方盒子。

刚一推门，小雷就围着他跳个不停，林缊月被转移了注意力，暂停了电影。

"有些眼熟。"

周拓说道："不是给你的。"

"不给我，那还能给谁？"

周拓很犟："是我给小雷的生日礼物。"

棉花芯还保留着当初周拓拿剪刀划开的残破样子，里头的灯泡因此完全显露出来，放射出的灯光显得更亮、更暖，也更闪耀。

"好吧。"林缊月忍笑，"我也喜欢你。"

"只有喜欢？"

周拓把灯屋放在客厅专门用来展示艺术品的架子上，就在拼图的下方——

合在一起，才像家的样子。

周拓没头没脑地说："我也是。"

"我都知道哦，哥哥。"林缊月走过去牵他的手，"要不要和我一起看电影？"

这个电影一共拍了三部，讲的是一对男女在火车上遇见，下车后决定共度一天，分别时又约定一年后在车站再见。

他们看的是最后一部，后来男女主角已经结婚生子，婚姻变得沉闷、枯燥，他们都十分倦怠。最终两人在异国的希腊酒店大吵一架，彼此揭着对方的伤疤，结婚数年，他们都犯了些错。

女主角席琳跑到湖边的餐厅冷静，她的丈夫杰克找到她，想方设法哄她开心，凑近给她念了首自己杜撰的有关时空机器的诗。

但席琳并不买账。

"不要再玩这种愚蠢的游戏了。"她说,"你没听到我刚才在房间里说了什么?"

"听见了。"杰克说,"你说你不再爱我。"

所有方法都不奏效,杰克受挫地把那张空白的薄纸夹在手指间乱晃:"我觉得你只是说的气话,但你要真这么想,那……"

他转头逼视席琳:"如果你以为我是只狗,总是会回来找你,那你错了。你想要真爱,这就是真爱。因为这就是生活,不完美,但很真实。如果你看不到这些,那你就是瞎了,没招了。"

杰克把诗页揉成一团丢在桌上,不再看她。

林缊月看见这个场景时,正窝在周拓怀里,小雷在她脚边睡觉。

"吵这么凶。"林缊月"哈哈"大笑,抬头问周拓,"像不像我们?"

周拓皱眉:"哪里像了?"

电影的最后,席琳偏头很久,最后还是转向杰克问:"那你诗里的时间机器,究竟要怎么运转?"

林缊月往周拓怀里凑得更近。

客厅墙上挂着那幅《风雪夜归人》的拼图,圆月当空,陪伴着底下倦怠归家的人们。

林缊月丢掉的从来都不是那片月亮,失落的也不只是冬日拼图。

经过好久,她才发现,周拓才是自己生命中不可或缺的绝对唯一。

寻觅到最后,原来最好的结局,早就被命运编排进故事的开端。

番外一

南半球的夏天

  林缊月和周拓的南半球夏日之旅终于在第二年的冬天实现了。

  告别 H 市的寒冬,下了飞机,就可以感受到南半球的热浪席卷,阳光滚滚泼洒在这片热情的土地之上。

  林缊月又是雷打不动地工作了一年,到年底才休假,因此不免怨气积攒,此时看到金黄阳光,心情好得可以高歌。

  "周律,第一站去哪里?"

  "布里斯班。"

  周拓坐在驾驶位,鼻梁上架着副宽大的墨镜,身上穿着棉麻材质的衬衣,整个人看上去已经完美融入了这度假的夏日氛围。

  出乎所有人的意料,他真的卸去了周氏的职务,他之前曾瞒着所有人念了法学硕士,通过司法考试后,就在律所工作。

  林缊月很惊奇,她与他高三共住的那一年都没发现他对法律的痴迷,他却称早在幼年他的喜好就已经有了苗头,于是林缊月最近老爱戏称他为"周律"。

  周拓在律所上了一天班,本来就被客户念得头痛,回到家还要被林缊月这么叫,每次听到他眉头都锁得很紧,但林缊月依旧我行我素。

  海面波光粼粼,已然是圣诞时节,但在夏日湿咸的空气里,俨然感受不到丝毫圣诞的氛围。

  林缊月戴上墨镜,拿出刚才在面包店买的可颂。太阳暖洋洋的,她吃了一口可颂,却突然开始惆怅。

"不知道小雷怎么样了。"

她拿出手机翻找，映入眼帘的就是那张小雷蜷缩在行李箱里的照片。

她多次劝说小雷自己只是远途旅行，不久后就会回家，好话说尽，它才终于从行李箱里出来。

"这么倔呀。"周拓抚摸着小雷毛茸茸的脑袋，"连性格都随你妈妈。"

"我倔？"林缊月看着周拓逐渐变得通红的鼻尖，"究竟是谁过敏还偷放它上来？"

要知道，最初它都是被禁止上楼的。

是谁呢？周拓用手背蹭了蹭鼻尖："反正不是我。"

……………

林缊月看着照片愣神。

房车飞驰在公路上，周拓连接上蓝牙，舒缓的爵士乐在车内飘扬。

"它吗？"周拓倒是淡定，悠悠地说，"应该好得不得了吧。"

网络终于搞定，手机消息逐一弹出，全是章筱发来的。

林缊月点开一看，是章筱给她传来的小雷靓照，再放大，都是抓拍的小雷被章筱家的三花猫暴揍的时刻。

章筱留言：没妈的孩子像根草。

可仔细一看那些照片，人家小猫揍小雷的时候爪子都没伸，倒是小雷面容跋扈，一看就是它先主动去招惹是非的。

好家伙，原来父母远行，家中逆子还有另一副面孔。

再看章筱的留言，就变得正话反说起来了。

林缊月为她不孝的狗儿子道歉：教子无方，请章筱和小咪再忍几天，它马上就要回去了。

她关了手机，周拓还真没说错，小雷确实称霸一方。

她好奇："你怎么知道？"

周拓便把平时看到的说了出来。

小雷犯错的时候天不怕地不怕，把家中名贵的沙发都啃得没形了。告饶的样子却尤为可怜，默默躲到窗帘后面，被他们揪出来也不反抗，蜷缩着趴在地上，身子还一抽一抽的。

林缊月怒急攻心，看着名贵的家具感到万分心痛："你装什么可怜？"

一通责骂过后，小雷还是原样趴在地上，林缊月弯腰一看，对旁边的周拓说:"它好像哭了。"

林缊月嘴毒心软,责备小雷的样子劲劲儿的,但只要一看见它的眼泪,心就软得一塌糊涂。

小雷最清楚自己的优势,也知道怎么做才会讨"妈妈"的欢心,拿圆滚滚的脑袋拱她的手。

林缊月果真就气消了。

"我还以为它每次都知错了才这样。"林缊月听完瞪大了眼睛,"下次我一定不会再落入它扮可怜的圈套里去了。"

"说得好听,"周拓的嘴角忍不住上扬,"下次你肯定还会心软。"

"心软就心软好了。"林缊月无所谓地说,"反正不是还有你吗?"

周拓在小雷心中的形象是威严的男主人,比起林缊月,它确实更怕周拓。

虽然周拓不打也不骂它,但他不怒自威的样子,让小雷察觉到他似乎拥有让自己随时滚回山沟沟的能力。

"有点不公平。"周拓喃喃,"我有时候,也想唱唱白脸的。"

他们就这样沿着东海岸一路玩一路停,房车还是没有酒店方便,经常没水了就要拿上东西去露营点洗澡。

但胜在无拘无束,偶尔早上会被大海的潮汐声给吵醒,就看看日出,晚上看日落,天黑了就铺幕布在野外放电影,或者和各国的背包客在露营点喝咖啡聊天。

这趟旅程很快就进入了尾声,沿海城市的居民天生热情,健康的蜜色肌肤,卷长粗黑的头发,俊男靓女爱好在海滩做日光浴。

这天他们照旧开到海滩,停在专门的房车位。

"还剩一瓶香槟和一些牛排。"林缊月打开冰箱汇报。

周拓心领神会地用打火机给灶台点火:"饿了?"

"是的。"林缊月"嘿嘿"一笑,"周大厨。"

周拓洗干净手,背对着林缊月准备食材,不大也不小的房车空间里,林缊月半倚在沙发床上看着周拓忙碌的背影,有种异样的感觉在心中蠢蠢欲动。

周拓背后一暖,腰身多了两只小手环绕。

他挪不开身,只微侧头,对从身后环住自己的林缊月说:"还要一会儿,你可以先吃点司康。"

林缊月摇头,周拓切菜的后背一耸一耸,她将脸埋进他的灰色衬衣里,那股檀香味依旧令人安神。

再抬起头来时,她探头到前面去看周拓起锅烧油。

"大学的时候司康吃厌了,我等你一起。"

周拓煎了点牛排和青笋,林缊月把冰箱里房东为他们准备的香槟开了,又把房车的门和窗都打开,吹着海风,两人在浪花的"哗哗"声中碰了杯。

直到下午四点,林缊月才等来了专属于她的温柔阳光,不至于像前几天那样把她翻来覆去地烤。再说了,周拓在她身上留下的那些痕迹,被毒辣的正午太阳一晒,还是有些痛的。

四点以后的阳光温度正好,给人一种夕阳无限好的感觉,林缊月满意地抱着毯子去沐浴阳光。

她慢悠悠地走远了,周拓才想起来她还没擦防晒。

前阵子他们去冲浪,她的后背就被晒伤过,还褪了皮,差点黑白相间。周拓去翻她的包,果然,林缊月懒到一种境界,他只好拿起防晒霜去追她。

这边,林缊月美滋滋地寻了处沙滩,跪着摊开毯子,跷着脚趴着看书,后背有些灼热,但她没去管。

这片海域不知为何,人烟稀少,只有零星的人分散在海滩的角落。

林缊月昏昏欲睡,脑袋枕着手臂,隐约感到后背清凉,而后凉意逐渐扩散。她侧了侧头,发现是周拓。

"我都差点睡着了。"林缊月转过来,"你来做什么?"

周拓继续把防晒霜挤出来:"替你涂防晒。"

林缊月一看他这副"家庭煮夫"的样子就觉得好笑,周拓不满她的调笑,但手上动作依旧。涂好以后,他将她那只垫在脑袋底下被枕得发麻的手臂拉出。

这次不同,没有清凉的触感,而是大掌的温热。

脑子和金光一样昏沉,林缊月举起手放在眼下,才发现周拓在她小指上戴了枚戒指。

不知道他什么时候做的野花戒指,用草茎扎成圈,粉黄野花点缀,随湿咸的海风摇曳生姿。

他小心翼翼地给她挪到底。

"大小正好。"

"哪儿来的花?"

周拓耸肩:"只要想,总会找到。"

他也顺势躺下,欣赏夕阳,顺便拿起林缊月的书翻看。

"不许你看书。"林缊月伸出小指递到他眼前,"这是什么意思?"

"没什么。"周拓握住她的手顺势亲吻手背,又翻过一页书,"就是想和你有个家。"

"想跟我结婚,你还得要换个大的。"

"嗯。"周拓把书丢到旁边,看见她正把玩着野花瓣,脸颊被夕阳染粉。

他一双桃花眼里水波荡开涟漪,语气认真,一字一顿。

"这次的不算。下次求婚,我会给你最好的。"

"谁跟你说这就是求婚了?"林缊月用指尖碰着只有指甲盖大小的花蕊,"求婚的话,你要给我叫最好的摄影师,包最好的场地,还要叫上我的朋友们。最重要的是,小雷也要过来看。"

"嗯,都按你说的来。"周拓要把她拥到怀里。

林缊月抗议:"别压到我的戒指。"

周拓绕开手去捧她的脸,迎着夕阳光晕,林缊月尝到周拓嘴里淡淡的香槟味,天旋地转,一切都在上升,只有自己被周拓压了下来。

玫瑰香槟把她也灌醉了。

海风徐徐,他们相拥的身影在落日里烫下剪影。

粉黄花戒在落日下仿佛更加鲜艳,更加闪烁,一瞬又好似随海浪融进天地万物。

这不是终点,只是万千生活的起点。

番外二

爱抵万难

1

市北高中在高考前预留了一个礼拜供学生回家复习,放假前的这天下午,班主任在黑板前叮嘱了一遍又一遍不要忘记带准考证后,终于下课。

大家有说有笑地整理书包,嬉笑打闹,逐一背书包走远。

棕灰色的走廊里,林缊月和章筱也背着书包往外走。

"这居然就是高中的最后一天了。"

"嗯。"林缊月赞同地点头,"好像和平时没什么两样。"

章筱想了想,转头问她:"你什么时候回S市?"

"就这一两天了吧。"

因为学籍在S市,所以林缊月要回S市高考,她准备提前几天回去,熟悉下陌生环境。

她们又互为彼此加油打气,临近校门,章筱朝她挥手告别:"高考后见。"

"嗯!"林缊月也挥手,"你也加油,章筱。"

她转身坐进那辆早已等待多时的车内,刚关上门,就听见周拓的声音闷闷响起。

"你好慢。"

"哎,你对我能不能有点耐心?"林缊月把周拓递过来的迷你单词卡握在手里,上面居然还有他残留的体温,"高中最后一天,你还不允许我多和朋友说说话吗?"

卡片上是她前阵子强迫周拓为自己誊抄的易错单词，还有一些她老是记不住的短语搭配。

林缊月在嘴里默背英文单词，今天放学早，没碰上晚高峰，一路上还算清静。她低头看到第三页的时候，恍惚间好像听见什么声音，但脑子和嘴巴都在忙着背单词，她不确定是不是幻觉。

她把脸转过去，用眼神询问。周拓看起来理直气壮，淡淡地问："看我做什么？"

"没什么。"

认定是幻听，林缊月转头又开始默背，上面誊写的中文是规整的楷书，一笔一画遒劲有力，但写着写着，行书的痕迹就不小心冒头了。有时是提撇缠住了，有时候又变成横折钩在一起，娟秀与粗犷一道张弛。

好像谁的心事，漏在那无端的连笔里，看得人心惊肉跳。

林缊月越背脸越红，最后看不下去，"啪"一下合上本子。

周拓也没问，林缊月自己先心虚了，抱怨眼睛看累了。周拓没理她，正好车子拐进周家，两人都默不作声地下了车。

林缊月蹲下在玄关处换好鞋，刚要起身，有人从后面揪住了她的书包柄，她那书包本就塞满了各式考题，重得不行，更别说被这样一拉，简直像将她固定在原地了。

"怎么了？"林缊月回头，睁着水汪汪的鹿眼。

"我呢？"

"什么？"

周拓也不说话，看了她一会儿，才放开手。

"你有这么多话对你的朋友说，对我，就一点话都没有吗？"

拜托，她和章筱可是要连续一个礼拜都见不到面，当然要多讲讲话了。再说了，周拓成绩这么好，还用她说什么鼓励的话吗？她给他加油打气，未免有些本末倒置吧？

林缊月凑上前："那你想听什么话？"

周拓不说话。

"原来是个哑巴。"林缊月偷笑，"想听我对你说，但又不告诉我你要听什么，哪有你这样的？"

意识到自己凑得太近，周拓的呼吸都险些喷在她脸上，林缊月才惊觉般

271

地后退,奈何书包太重,一动就后仰。她快要倒下时,周拓及时揽住了她。

不知怎的,那单词本上的连笔行书又冒上心头,险些摔跤导致肾上腺素飙高,林缊月的心脏居然"怦怦"直跳个不停。

周拓盯着她的眼睛:"想听你对我说四个字。"

"哪四个字?"

周拓又不说话了。

林缊月思考了一会儿,迟钝地点头表示自己明了。

"你加油啊!"

说完,她匆匆跑回房去,关门躲在门后,外头一阵宁静,静到仿佛整个别墅就只有她一人。过了好久,脚步声才开始响起,缓慢到了门口,又是好半天没有动静,再过了一会儿,周拓房间的门才轻轻扣上。

林缊月不知道自己是心惊多一点,还是窃喜多一点。她打开台灯,在书桌前复习起来,眼酸脑涨的时候,就正好到了开饭的时间。

家里的大人都为了周拓回到 H 市,阿姨给周拓和她各熬了一盅虫草汤补体力,味道有些腥,林缊月不太喜欢,但还是吃完了。

李敏问林缊月:"什么时候回 S 市?"

"嗯……"林缊月想了想,"明天吧,明天就回。"

周拓拿调羹的手顿住了,林缊月假意忽视,但还是觉得他的目光过于露骨,在底下偷偷踹他,他才又开始喝汤。

李敏点头:"你有地方住吗?"她看向周放山,"我们在 S 市市区的房子不然借给你——"

"谢谢阿姨。"林缊月乖巧地摇头,"我家里以前的房子在老城区,正好离考场近,已经特意请人打扫过了。"

"那就好。"李敏点头,又说了点叮嘱的话。

晚饭过后,林缊月在房间里打包考试要用的行李——准考证、涂卡用的铅笔、尺子、复习用的提纲、一沓一沓的卷子……周拓站在她后面看着。

"为什么不早说?"

林缊月没说话。她也是临时起意,刚才看了票,明天早上就有列车,反正都是要回去的,不如就早点回去闭关复习,这几天还是不和周拓见面比较好。

"我让司机跟你回去。"他皱眉看着林缊月凌乱的书包,"老师今天发的提纲带了吗?还有准考证。我们今天发了本红册子,我等下给你拿过来……"

"你要不要把厨师和家佣阿姨都一并打包送到我家,然后最好再找个像你一样的监工,二十四小时监督我学习?"

林缊月把那个迷你单词卡收进书包的单个隔层里,拉上拉链,转过去看周拓。

"周拓,你不用瞎担心。"对上那张沉闷的脸,林缊月突然偷偷笑了,"我也有东西要给你。"

她从书包里翻出前几天托章筱帮她买到的小熊软糖保健品,递给他。

"这是什么?"

"黑莓味的,很好吃。"林缊月轻咳一声,"是助眠软糖,给你这礼拜调整作息用。你睡不着的时候才吃,千万不要考前吃。"

周拓盯着英文说明,抬头又看林缊月,仿佛她的脸上也有小熊软糖的说明书。

"为什么给我这个?"

"还不是你最近总是整晚整晚不睡觉。"林缊月佯装抱怨,"我睡眠浅,房间隔音又不好,我老被你吵醒,行不行?"

"哦。"周拓点头,揣进怀里,"谢谢你。"

他最近确实睡不着,老是一宿一宿地做梦,一下梦到林缊月逃去了国外,一下又梦见她填了个和自己八竿子打不着的大学。

桌上试卷纷扬,林缊月的卷子上全是这些天在周拓监督下的认真字迹,她花了心思努力,成绩进步了不少。

"我帮你一起整理。"

周拓蹲下来,和她一起整理,哪些卷子是语文的,哪些是数学的。林缊月来周家的时候连个行李箱都没带,还是周拓从房间拿出自己的借给她。林缊月把剩下的书和卷子都塞进他的行李箱里,满箱都贴着旅行托运的标签,凑近了还可以看见周拓的中文拼音。

"太重了。"周拓拎了拎她的书包,"你再取出点书放到箱子里。"

"不要。"林缊月拒绝,"你这个箱子一看就很贵,万一有人在车上偷箱子怎么办,书包里的是我最重要的笔记和卷子了。"

周拓无奈:"所以说叫司机送你回去。"

虽然这样说，但他还是把她沉甸甸的书包放回原位，又帮她把杂乱的箱子内部规整好。

林缊月开始从衣柜里往外丢衣服，周拓蹲坐在地上，任劳任怨地替她叠好。林缊月的衣服越扔越轻，他手上的布料突然绵软起来，是个形状固定的小粉蝴蝶结。

周拓动作顿住，愣了片刻，还是一言不发地替她叠好放进侧兜。

"这个带，这个也带。"林缊月完全没有意识到，"要去一个星期，换洗的衣物都要——"

她自言自语，突然意识到刚才丢进去的东西好像要避着周拓，她慌乱转头，发现他正在等她丢给他下一件衣服。

林缊月的脸腾地红起来，周拓也故作镇定，两人在房间里无声地手忙脚乱一番，林缊月最后拍拍周拓："剩下的我自己整理就好，你快回去休息吧。"

她这话确实不假，已经十一点多了，除了几件衣服，她再没什么东西好整理的了。

周拓的耳朵也是粉红粉红的，轻轻点下头，匆忙走了。

林缊月终于整理好回去的行李，又洗过澡，正准备设闹钟睡觉，突然听见门口传来叩击声。

很轻的两下，像是不知道她睡着没的试探。

林缊月探头看着门："怎么了？"

"软糖……"周拓闷闷的声音传来，"落在你这儿了。"

哦，林缊月望向床头。刚才她就发现了，只是没好意思再去打扰他，本想着明早再给也是一样的，没想到周拓这会儿还没睡觉。

她打开门，把小熊软糖塞进他的怀里，怕他拿了也不吃，指着对他说："你现在就吃一颗。"

周拓打开瓶盖，从里面拿了一颗出来，在林缊月热切的注视下吃下。

"好吃吗？唔——"

周拓给她嘴里也塞了一颗，果莓的甜味迅速在口腔扩散。林缊月也有同款，她的是橘子味的，给他选的是黑莓。

"我都刷过牙了！"

"早点睡吧。"周拓忽视她不满抗议的眼神，"天天我半夜没睡，总还听见你在隔壁翻卷子的声音。"

……原来他都知道。

"晚安。"周拓敲她脑袋。

"嗯。"林缊月晕乎乎地点头,"你也晚安。"

关了门,黑莓味的助眠软糖竟然开始发挥作用,吃下不久,就已经让人感到眩晕。

林缊月靠着意志力迷糊地重刷了牙,倒在床上,打开棉花夜灯,闭着眼,呼吸就渐渐慢了下来。

2

林缊月就这样回了 S 市的老家,屋子提前请人清扫过,房里的棕黄色木桌正对着窗,初夏天气依旧,摇曳的绿意仿佛要探进窗来。

这些天她都埋头在这扇窗子下,每天每个学科都会做套卷子保持手感,剩下的时间默背一些记不住的知识点,饿了就去楼下的馄饨店,或是小时候爸爸经常给她零钱去买早餐的牛肉面馆。

面馆的老板娘还是一眼就将她认了出来,她边吃边寒暄,吃完午饭就又回去了。

离高考的日子越来越近,不知是不是错觉,空气里的燥意也越来越甚,可随着时间推进,她心里感到愈加平静。

晚上,林缊月批阅完卷子,冲了个澡,从雾气氤氲的浴室踮脚走出来,关掉电风扇,打开窗户吹夜风,突然听见不和谐的噪声打扰。

"嗡嗡……"

"喂?"

对面好长一段时间都没出声,那绵长的呼吸穿过听筒仿佛在耳边低语。

林缊月怀疑手机坏掉了,又去看来电提醒,再次将手机放回耳旁时,对面终于有了回应。

"林缊月。"

"周拓。"她欢快地答应,"怎么了?"

周拓很少给她打电话,因此她的手机并没有存他的号码。

这几天她忙着去看考场,适应新的环境,没什么时间用手机,周拓估计也在忙着复习。

"这么晚打来,你又睡不着了吗?"

"不是。"

"哦。"林缊月察觉困意,打了个哈欠,"我有点想睡觉了,你还有事吗?"

"有,你先别挂电话。"

他的声音有些急促,但说完又突然静了。

"林缊月,你……高考后去哪个城市,想好了吗?"

"我连我的分数能去哪里都不知道。"

周拓不让她现在去睡觉,她就只好低头在纸上涂鸦,先画出三口之家,左上角是太阳,底边铺上草地,是最普通最小儿科的简笔画。

"B市吧,如果可以选的话,我想去B市。可那儿的大学录取分数都很高,也不知道我考不考得上……"

"B市吗?"周拓一顿,仿若郑重般地说,"我知道了。"

"你知道什么了?"

"林缊月,你哪儿也不去,对吗?"

"我还能去哪儿?高考就这么几天了,难不成我还能弃考吗?周拓,你今天怎么这么奇怪,我刚做完卷子,很累,你能不能……"

周拓打断她,林缊月涂画的手蓦然顿住。

知了突然高歌,热烈的夏天终于要拉开序幕,只有晚风轻柔地拂动。

"林缊月,我们都考去B市吧。"

她听见周拓这样说。

挂了电话,周拓靠在床背,刺眼的手机屏幕上显示凌晨一点,然而他不是没睡,是已经睡了一番。

前几次朦朦胧胧,这次倒有了实形。梦里,林缊月一声不吭地跑去英国,和他形同陌路。比以前一切的梦境都要真实,甚至使他醒来分不清今夕何年,下意识地摸手机拨她的电话。

周拓记得梦里的自己也是这样一刻不停重复拨打,每一回不是忙音,就是显示"正在通话中",最后,连那个手机号都被注销了。

等待接通的每一秒都很焦灼,"嘟嘟"声仿佛也在提醒着预示的梦境,但当她那漫不经心的声音传进耳朵时,周拓全身紧绷的神经陡然都松懈了。

原来真的是梦。

有些事他本想等到考完再问,但醒来后,他突然害怕起来,害怕没说清,又害怕中途无端生出变故,所以才口不择言地问出了那句早已在心中千回百转的话来。

但电话里突然一片蝉鸣嘈杂,他记得是在这片夏蝉的叫声中寻到了自己想要的答案。

高考后还要再问一遍。

周拓握着手机,在心底打定主意,转头拧开装着小熊软糖的瓶盖,又给自己喂了一颗软糖,然后洗漱完躺在床上,准备入睡。

3

高考后几天就是毕业典礼,大家坐在红彤彤的礼堂里,身着市北高中的正装校服,脸上看起来是解脱后的神采奕奕。

好不容易熬过校长的发言,居然又有位学生代表上来讲话,周围窃窃私语,林缊月正打着盹,被旁边的章筱一推。

"看,是周拓。"

林缊月抬起眼,又低下头,"哦"了声。

"你怎么这个反应?"

"我还能有什么反应?"林缊月耸肩,"你知道的,我和周拓互相不对付啊。"

"不对。"章筱细细端详林缊月,"你是发烧了吗?脸怎么红红的?"

"我这么生龙活虎,什么时候发过烧?"

"但真的很红,你没感受到吗?"章筱还打算说些什么,突然听见身旁的议论声,八卦地竖起耳朵,并用眼神暗示林缊月。

是两个女生在小声聊天:"周拓是不是已经被提前录取了?"

"别瞎说,分数都没出来。"

"可是大家都这么说。哎,你说他会去哪个大学?"

"当然是最顶尖的学校了,这还用说。"女生突然调笑道,"你怎么突然这么关心他,是想今天结束,去要他的第二颗纽扣吗?"

"哎,没有的事!"另一个女生忙打岔,"你瞎说什么呢?"

"你去要的话,小心点,别和其他人撞上了。"女生突然减小音调,"我听说学生会的秋怡就准备去要。"

"真的假的，秋怡？"

因为一本漫画，这段时间市北高中开始流行去要男生校服上的第二颗纽扣，这也是大家常谈的话题，如果男生愿意交出纽扣，就表示愿意和对方正式交往。

"我听说莉安就要到篮球队长的了。"

"真的假的？我之前明明听说他不打算给任何人啊。"

"不会吧，我亲眼看见的。"

不知为何，林缊月有些烦躁，佯装要上卫生间，一路低着身子逃出去，在外面待到散场，才混在人群里跟着班级其他人回到教室。

章筱今天带了拍立得，执着于和班里关系好的朋友合照留念，从林缊月到张鑫，都被她抓了个遍。

章筱从同学手中接过拍立得，镜头转向林缊月和张鑫："我帮你们也拍一张吧。"

张鑫点头："好啊。"

但林缊月还没做好动作，快门声响起，被吐出的浅白相纸上逐渐扩散灰印。

林缊月凑过去看相片，旁边的张鑫凑过去看她。

"这个给你。"

林缊月还来不及看清那是什么，张鑫就已经以迅雷不及掩耳的速度逃走了。

她张开手，是张鑫的一枚纽扣。

"张鑫这个胆小鬼。"章筱忍不住偷笑，打趣林缊月道，"男生主动给，我还没见过。"

她转头去看手中那张张鑫连看都没看就逃走的合照。

她瞪大眼睛："怎么后面糊糊的，好像还有个人……"

"林缊月，"门前站着的那个身影双手抱臂，点头示意，"出来一下。"

照片上那个人正是入镜了的周拓，章筱在他们两个之间来回看。

林缊月跟着周拓出去，瞥到什么，突然不耐烦起来："干什么？"

"你好了吗？"周拓问她，"好了就一起回家，潘叔还在外面等我们。"

周拓的黑发在阳光下像镀了层金边，目光却是极致温柔。

"我还不想回家，"林缊月恹恹的，"我要再待一会儿。"

"你手里的是什么？"

"纽扣。"

"哦。"周拓说，"谁给你的？"

"那你呢？"林缊月视线上移，直直地看他，"你的纽扣又给谁了？"

他西装靠近心脏的位置空空如也，她又想起礼堂内无意听见的那番话，不由得更加心烦意乱。

"我的摘掉了。"周拓盯着林缊月，"上次问你的事，你的回答呢？"

"一起去 B 市上学做什么？"

"我想做什么，你还不够清楚吗？"

他郑重地把手摊开，里面是枚镶金边的银纽扣。他无奈地叹气："一定要我做得这么明显，你才懂吗？"

林缊月看看他的手掌，又抬头看他："你……"

"嘘……"周拓把那枚纽扣递过来，不知什么时候已经被串成了项链，金色链子闪着细碎的光，"谁让你总在书房看那些漫画，这几天你不在，我没事就去看了看。"

"把他的扔了。"周拓抬头，"我的这枚更好看，也更适合你。链子是 18K 金，你不想要纽扣，可以留下金链。"

正午的太阳灼烧脸颊，那枚金银色小纽扣耀眼得无以复加。

"还算你有诚意。"

烦躁被抚平，林缊月勉强算是接受，伸手示意他给自己。

"咔嚓！"

闻声，两人双双转头，章筱正拿着拍立得偷拍，相片缓缓吐出。章筱神情惊异："留下案底了，你……他……你们两个别给我抵赖！我……之前怎么没看出来？"

"没有的事！"林缊月要去揍她，"你不要乱说。"

章筱更起劲了："我说你的脸早上怎么这么臭，原来——"她被紧急扑来的林缊月捂上了嘴。

"我去外面等你。"周拓笑意更深，"你什么时候好，我们就一起回家。"

他走后，章筱有样学样地在模仿周拓讲话，又被害羞的林缊月胖揍一顿。

两人玩闹一阵，章筱接到家里的电话，说已经在门口等半天了，怎么还不出来。她只能抱着拍立得告辞。

林缊月和周拓走在早已空旷无人的校园,那枚纽扣还有些重量,一晃一荡地撞着她的锁骨。她突然想到张鑫,掏出手机给他发短信,说了点客套话拒绝,并要把纽扣寄还给他。张鑫秒回说纽扣不要扔了也可以。

"那现在就扔。"

"你怎么偷看我的手机?"林缊月倾斜手机屏幕,"别人的心意,我怎么可以随意乱扔?"

"那你存在我这儿,我代你保管。"

周拓把她紧握成拳的手抠开,拿出那枚纽扣。

终是被抢去,林缊月无力反击:"随你。"她摸摸颈上的项链,突然又开始惆怅。

"高中竟然就这样落幕了。"

"能这样结束,我其实很开心。"

周拓突然开口,那双眼睛深邃而又明亮。

"没有奇怪的意外将我们分开,未来也会属于我们。"他顿了顿,"这已经是我能想象过的,最顺遂的结束了。"

林缊月自有她的心事,低头喃喃:"希望是这样吧。"

"一定是这样。"

周拓悄悄牵起她的手。正午的阳光逐渐漫过他们,仿佛眼前的金白是满地细碎的黄金。

手中的照片终于显现,定格的那瞬,是他们彼此遥望的炙热眼神,竟然全被印进相纸。

"我怎么是这样的?"林缊月要去抢照片,"不许看,我要没收。"

"你难得这样看我。"周拓踮脚不让她抢,"照片我要了。"

"不行!"

"行的。"

"你……"

林缊月比不过他一身蛮劲,气急败坏,撒开手走远了。周拓任由她去,低头看那照片,是他递项链的那瞬,林缊月眼中青涩,脸颊粉红,难得一见的害羞。

周拓抿嘴笑了,伸手摩挲照片里她的侧脸。

"还看!"远处的林缊月回头喊他,"你能不能走快点?"

"嗯。"周拓收起照片,加快步伐,"我来了。"

"跑快点。"

"好。"

大好的未来在他们面前徐徐展开,少男少女的秘密心语都被藏进满地的金光,却又如此昭然若揭。

——这或许,也确实是千万个宇宙中,能想象到的最平稳的那一个。

可纵然如此,每一个宇宙中的结局,又是如此相似。

其实只要他们想,爱就可以排除万难。

全文完

你是我生命中不可或缺的绝对唯一。